星舰联盟 | Path of Exile

星舰联盟

罗隆翔
—— 著

之莉莉丝的夜歌

恶 魔 与 圣 母

北方联合出版传媒（集团）股份有限公司

万卷出版公司

ⓒ 罗隆翔　2020

图书在版编目（CIP）数据

莉莉丝的夜歌 / 罗隆翔著 . ── 沈阳：万卷出版公司 , 2020.10
（星舰联盟）
ISBN 978-7-5470-5390-4

Ⅰ . ①莉… Ⅱ . ①罗… Ⅲ . ①幻想小说－中国－当代
Ⅳ . ① I247.5

中国版本图书馆 CIP 数据核字 (2020) 第 120594 号

出　品　人：王维良
出版发行：北方联合出版传媒（集团）股份有限公司
　　　　　万卷出版公司
　　　　　（地址：沈阳市和平区十一纬路 25 号　邮编：110003）
印　刷　者：三河市嘉科万达彩色印刷有限公司
经　销　者：全国新华书店
幅面尺寸：145mm×210mm
字　　数：260 千字
印　　张：9
出版时间：2020 年 10 月第 1 版
印刷时间：2020 年 10 月第 1 次印刷
责任编辑：王　越
责任校对：张希茹
封面设计：尚世视觉
ISBN 978-7-5470-5390-4
定　　价：45.00 元
联系电话：024-23284090
传　　真：024-23284448

目录 ▼▼

楔子·重阳

地球人都是怪物。很多外星人都是这样认为的。

地球人不知道地球在哪里，他们弄丢了故乡的坐标，他们自称是在很久以前的机器人叛乱中逃离故乡的幸运儿。

地球人拥有庞大的太空舰队，但是他们从不侵占外星人的星球，他们对星球不感兴趣，一直在流浪。他们还发誓说，总有一天要找到太阳系的坐标，返回地球故乡。这个由逃出生天的地球人后裔们建立的庞大太空流浪文明，自称星舰联盟。

地球人的航天母舰战斗群驻扎在一颗不适合生命存在的中子星周围，像光环一样盘踞在行星轨道上，中子星的磁场可以毁灭方圆好几光年的生命体，但是无法穿透战斗群的能量护盾。地球人喜欢用太空舰队保护自己的星际贸易航线，他们还喜欢跟外星文明通商。

地球人还在中子星的轨道上安置了一座巨大的太空驿站，它是直径五十多公里的太空城，由小行星改造而成，供往来的飞船停泊休息和补充燃料。城市的商业街上，来来往往着数不清的外星商人，也有休假的星舰联盟士兵。

城市里有一座角斗场，很多外星人喜欢观看来自不同星球的猛兽在角斗场里厮杀，如痴如醉地讨论各自的母星上最强大的野兽是什么，并讨论在漫长的古代史中，远古祖先们是怎样驯服这些猛兽，为自己所用的。各种尖牙利齿的巨兽、喷吐毒液的猛兽，甚至臣服于高等级文明的半开化嗜血外星野人，都是这个角斗场上厮杀的主要角色。

但是地球人不一样。地球上最强大的"猛兽"，就是地球人自己。

"郑冬！郑冬！郑冬！"角斗场上充斥着一阵阵欢呼声，各种外星口音，各种如痴如狂的表情。角斗场上站着一名赤裸着上身的年轻人，一身健壮的肌肉，脸庞却很秀气。这场一人单挑五头外星猛兽的血战，又是以他的胜利而告终。

地球人有两支不同的军队，一支是负责正常防卫工作的联盟正规军，规模庞大、人数众多，由联盟政府直接指挥。另一支是负责保护科学家、监控高科技使用情况的特别卫队"科学审判庭"，听从于最高科学院的命令，人数不多，神秘，战斗力极强。

郑冬在外星人的欢呼声中走下场，到浴室洗去一身黄绿色的外星野兽的血污，换上黑色的科学审判庭制服，转眼间又变成了文质彬彬的学者型军官。他是审判庭的上尉军官，生物学博士，向来不苟言笑。

星舰联盟在每一个对外贸易节点都安插有科学审判庭的人，负责监控对外贸易，防止一些机密科技被走私到外星文明去。

一个女生走进来，对他说："刚才的战斗，听说很精彩呢！"她是郑冬的女友，秦薇月，历史学硕士。她不喜欢看打斗的场面，但是会为郑冬的战斗力感到骄傲。

郑冬笑了笑："偶尔下场锻炼身体，老祖宗的遗产不能丢的。"能让郑冬露出笑容的，也只有秦薇月。

地球人都是怪物。他们在不断追求高科技的同时，还保留了大量"老祖宗的遗产"，比如美食、健身，以及一些跟高科技时代格格不入的古老文化。

秦薇月说："行李收拾好了，咱们回去吧！希望能赶得上回去过重阳节呢！"今天是郑冬休假的第一天，他们早已说好，今年重阳节，郑冬要带她回老家见长辈。那是比父母的辈分还要高很多的家族长辈。

从太空驿站到联盟本土的超光速航班，每天都有很多趟。郑冬和秦薇月走进航天港，登上飞船。飞船升空后，从密集的太空军舰缝隙中间穿过，就像一尾小鱼穿行在庞大的鲸鱼群中。这是一支航天母舰战斗群，庞大的六航母编队像六颗长度超过一千公里的马蜂窝，飘浮在星空中。这六艘巨舰都是用地球故乡的神祇命名：CV586"塞建陀"、CV587"哪吒"、CV588"阿努比斯"、CV589"乌拉诺斯"……

当飞船近距离掠过这些巨型军舰，借助航天母舰的引力进行加速时，可以看到航天母舰表面密密麻麻如同陨石坑的舰载机发射井。郑冬的座位旁边，一名地球人对他做丝绸生意的外星朋友说："我们强大到没有人敢侵略，我们也不去侵略别人，这就叫和平。"

地球人很擅长做生意，他们把茶叶和丝绸卖到外星人的世界，炒作成流行商品，别的母星的环境跟地球差别极大，生产不了这类产品，于是源源不断的财富就这样流回星舰联盟。

这样的航天母舰战斗群一共有二十三支，镇守着二十三个广袤的星区，保护着被称为"太空丝绸之路"的星际商贸网络。

在六艘航天母舰周围，是大大小小的太空军舰。地球人很执拗，他们把军舰按照吨位和功能，划分为星海巡洋舰、星空驱逐舰、轨道护卫舰等诸多类别。他们喜欢翻阅史书给军舰分类和命名，好像不跟地球故乡扯上点儿关系，就不好意思自称地球人。

飞船把舰队远远地甩在身后，超光速飞行瞬间跨越上百光年。飞船的目的地是一片荒凉黑暗的星区，那里方圆十几光年都没有一颗能发光的恒星。只有一颗恒星级黑洞静静地蛰伏着，沉默且致命。那里荒凉得让人想起地球故乡的无人区，很少有外星人的飞船能活着穿越这一带。

星舰联盟偏爱这种贫瘠荒凉又危险的区域，几乎每次迁徙结束，都选择在这样的地方落脚。这是一种宣示态度的方式——你无法穿越空旷荒凉的空间侵略我，我也不稀罕你们那些富庶的星球。

在恒星级黑洞周围，有一道直径将近三光年的特殊能量场，呈球形包裹着地球人的世界。飞船穿越能量场之后，速度迅速降低到光速以下，很多外星人回头观望，只看见舷窗之外，是数不清的能量发生器。它们像分布在一个看不见的巨大球体上，散发出淡淡的异光，把星舰联盟绚烂的人造星海光芒拦截下来，转变成能量，重新利用；同时也隐藏起联盟的光芒，让外人无法知道地球人世界的存在。

乘客当中，有些外星人是第一次看见这么巨大的戴森球，难免震惊。

一个震慑星空的下马威，有时候是很有必要的。无数来往于星际空间的客运飞船，按照规定的航线汇聚成夜幕中的明亮天河。这道航线穿过镇守联盟本土的三个航母战斗群，外加两支鬼影般若隐若现的巡天战列舰战斗群。

巡天战列舰作为一种不能轻易出动的毁灭性力量，平时都待在联盟本部。它的主炮绰号"后羿弓"，可以发射人造黑洞，一发就能毁灭一颗恒星。

"快到家了。"每次看到巨大的"炎帝号"巡天战列舰，郑冬心里总是有种莫名的踏实感，这意味着家园的安全防线固若金汤。在这广袤得让人心生畏惧的宇宙中，没有什么比安全感更珍贵了。

"快到家了！"秦薇月趴在舷窗边，看着前方五百多艘星舰组成的人类家园。她对飞船之类的高科技不感兴趣，想到很快能回到家乡的蓝天下，看到绿草如茵的大地上那些安静的小镇，就兴奋不已。

五百多艘星舰，生活着五百多亿人口，目前正在以行星状态，围绕着恒星级黑洞公转，像一个超级大的太阳系。

飞船在一座太空驿站停泊，所有的外星人都必须前往"墨丘利"星舰，那是星舰联盟的外星人出入境管理局所在地。地球人却可以直接乘坐飞船，进入联盟的核心区。

星舰联盟已经几十年没挪过窝了，一直在这颗黑洞周围。最高科学院下属的能源开发部门操纵着狄拉克海的涟漪，从中抽取取之不竭的能量，把伴生的负能量扔进黑洞，让黑洞的质量慢慢减小。换句话说，就是把它当垃圾堆用。地球人不稀罕外星人富庶的星球，毕竟自己就拥有获得无限能源的科技。

星舰群越来越近在飞船上已经能看清它卫星轨道上被称为"人造太阳"的核聚变光源卫星了。在这停泊的几十年间，星舰从飞船形态转变为行星形态，矗立在南极的行星引擎被冻结成巍峨的冰山，地壳下的地下城被封存，大地万物复苏，野生动物尽情繁衍，依照地球时代的样式建造的地面城市一片繁华。

别人的星球，我们就算占领了，受制于行星轨道和恒星辐射条件，也很难改造成地球故乡的模样。不如从零开始，亲手建造属于自己的家园。

他们的目的地是"亚细亚"星舰，联盟最古老的星舰之一。飞船停泊在"亚细亚"星舰的高空轨道。在这里，无数的飞船组成了这艘星舰赤道面上的一道细细的光环。从太空停泊港到地面，由巨大的天地往返电梯相连接。这座穿透大气层的电梯有一个古老的绰号——"通天塔"。

"快到家了呢！"巨大的电梯像穿透大气层的摩天大楼里的旋转餐厅，秦薇月站在玻璃墙前，兴奋地看着蔚蓝色的大气层越来越近，弧形的大地慢慢变得平坦。

星舰联盟的人口分布并不平均，有些星舰地广人稀，有些则人口密集。"亚细亚"星舰拥有全联盟最大的高科技城市——新郢市，人口超过十亿。但是在这座城市之外，仍然分布着大量古朴幽静的小镇。

很多外星人都觉得地球人都是疯子，建造了能生存的环境还不够，还要让人造太阳在南北回归线之间来回移动，以一个地球年为周期，复刻地球故乡的春夏秋冬。所以，现在是星舰联盟的秋天，明天就是秋高气爽的重阳。

通天塔的末端是赤道交通站，远离大城市。它深入地下一公里多，拥有复杂的地下交通系统，但是其地面部分却只有一个很小的车站，车站外面就是树影摇曳的群山。

交通站在高超音速地铁网络的支持下，不管到哪里，都不超过两小时的车程。郑冬的目的地不是大城市，而是距离交通站只有十几公里的山间小城镇——郑溪镇。

世界上最远的交通距离，不是两艘星舰之间五十万公里以上的距离，毕竟乘坐超光速飞船瞬间就能到达；也不是同一艘星舰上两座大城市的距离，毕竟坐地铁最多也就两个小时。最远的反而是回乡下老家的距离。十几公里，地铁刚出站还来不及减速就嗖的一声过去了，为了区区一万人的小镇修建一个地铁站也不现实。尽管车站有租车服务，但是明天是重阳，郑冬回来得晚，车都租完了，现在只能靠两条腿走回老家。足足三个小时的山路。

"哇！真漂亮呢！这是什么花儿？那边还飞过了一只很漂亮的小鸟！"秦薇月对飞船、太空、高科技兴趣不大，却非常喜欢大自然。三个小时的山路，就在她一路小跑的玩耍中，走到了尽头。一座几千年前的光源站遗迹，已经完全倒塌，爬满植物，和群山融为一体，郑溪镇的白墙灰瓦出现在群山环绕中。这是很典型的"新复古文化"影响下的小镇。

新复古文化，是星舰联盟极具影响力的文化流派之一。很多人都听说过这样一句话：如果地球故乡还在，我们也许会在高科技朋克的道路上一路狂奔、一去不返。但是我们失去了故乡，所以才会怀着对故乡的思念，处处复刻着地球故乡的模样。

潺潺的溪流在郑溪镇中蜿蜒，几座青苔斑驳的石拱桥少说也有几百年历史。这里是星舰联盟郑家的起源地之一，古老的郑家祠堂坐落在古建筑的环绕中。小镇平时很清静，逢年过节，子孙们回来时，就会变得很热闹，人口能从平日里不足万人，瞬间暴涨到几十万人。

小镇狭窄的小巷，依山而建，曲折蜿蜒。迷宫般的古建筑，夹杂着一棵棵活了不知道多少年的参天大树，曲径通幽。秦薇月撒开脚丫子，在斑驳的青石板小路上狂奔。热闹的人群被她抛在身后，一个很安静的小院子出现在她面前。她翻墙跳进小院，发现这儿是郑家祠堂的后院。

不要打扰了祖先们的宁静。这条规矩，初来乍到的秦薇月并不懂，她在祠堂里，看见了密密麻麻的祖先灵位，数以万计。

"灵位真多啊！该不会联盟成立以来，五千多年的灵位都在这里吧？"她走在静谧的祠堂中，自言自语。傍晚，一线阳光透过天边的云彩，从窗棂间洒落在灵位上。

"为什么有些灵位是红色的？"秦薇月感到困惑，这样的特殊灵位有上千个之多。尤其是最靠近先祖牌位的那一片区域，清一色的朱红色灵位。

"那是牺牲在星舰建造中的郑家子孙。"一个声音从背后传来，吓了秦薇月一大跳。秦薇月转身，看见一个女生，黑色的衣服，黑色的长发，衬托得她的脸色非常白，静静地站在青石地板上。

女生跟秦薇月错肩而过，走到最尽头的牌位前，慢慢拭去那层薄薄的灰尘，说："联盟的强大并非毫无代价。你们今天早已习惯的一切，都是逝去的先人为之牺牲，却看不到的未来。"

灵位的摆放次序，是最传统的"左昭右穆"布局，但是女生擦拭的朱红色灵位，摆放在最中间的位置。这意味着，那是家族里最古老的祖先。秦薇月看到了灵位上的名字：郑修远。

"一个家族的始祖，应该挺厉害的吧？"秦薇月起了好奇心。

女生说："不，只是那个时代的普通人罢了。"提起郑修远时，女生嘴角扬起了浅浅的微笑。

出于对历史的热爱，秦薇月想听那些古老的故事。女生带她走到门外青石台阶上，慢慢坐下，看着天边群山之巅的火烧云，慢慢开口说："那是星舰联盟草创初期的时代。那时的我们，没有现在这样强大的舰队，也没有可以栖身的家园，没有你们现在所熟悉的一切，只有破旧的飞船簇拥着残破的太空城……"

一、前往天堂

联盟纪元一百二十五年，一颗不知名的年轻恒星。在远离恒星光芒的原行星盘附近，一支陈旧的飞船群，像尘埃盘中的小小杂斑，散落在太空中。

原行星盘是一种特殊的吸积盘，很多恒星在形成之初，都带有这样的原行星盘。在未来的漫长岁月中，原行星盘里的尘埃会互相吸附，形成越来越大的小行星，最后互相碰撞、黏合，形成真正的行星。

但是这片原行星盘的边缘，已经有两颗地球般大小的行星出现，那是人们建造中的两艘星舰，1 号舰"欧罗巴"、2 号舰"亚细亚"。这两颗同时开工建设的星舰，几乎耗尽了星舰联盟所有的力量。

在这两艘巨大的星舰周围，是数不清的飞船和太空城。联盟的飞船大多很破旧，但是只要还没报废，就凑合着用。飞船里的居民们挤在沙丁鱼罐头般的居住舱里，过着贫苦的日子。

至于太空城，那更是残破不堪，它的本体原本也是飞船，人们为了改善居住环境，在已经飞不动的报废飞船周围，焊接上一段段的居住舱。长达两千年的太空流浪，日复一日地维修飞船，养成了人们严谨的工匠精神，毕竟细节往往决定了一整艘飞船上人的生死存亡。哪怕是简陋的太空城，人们也很认真地进行了设计，严格施工。旧飞船向四周伸出长长的支撑辐条，支撑着比飞船大很多倍的环形生活舱，利用旋转的离心力模拟重力场。

旧飞船比太空城安全，毕竟太空城巨大的体积、脆弱的结构，更容易被流星撞击，发生严重的死伤事故；但是太空城的生活更舒适，在旧飞船上生活的人，大多渴望着能搬到太空城生活。

然而在太空城里生活的人，却渴望着能被星舰建造局选上，被派往星舰工作。

"星舰？只要被派到星舰上工作，就再也回不来了！派过去多少就死多少！那地方就是用人命堆出来的！""千山岭号"太空城，一名经营非法私酿酒的老板，在乌烟瘴气的地下酒馆中，对几名酒客说。

"瞧你这话！咱们太空城里哪天不死人？"一名酒客靠在废铁板焊成的吧台上，捏着手里用铝皮做成的酒杯，品尝着杯中用酒精勾兑成的酒。他面前贴着斑驳的宣传画：距离星舰建成还剩二百年！

宣传画是不能当真的东西，这宣传画七年前就贴在这里了。现如今同时建造的两艘星舰，1 号舰进度明显落后于计划，星球表面仍然是岩浆横流的世界；2 号舰的进度则较为理想，已经建设起美丽的生态圈，从太空城的舷窗远远望过去，恍若古书中记载的拥有青山绿水的地球故乡。

星舰周围围绕着很多太空城，相当多的太空城被建设成巨大的太空工厂。数不清的工程飞船在原行星盘中玩命地采集小行星，把它们作为原料送往太空工厂，那里正在建造巨型飞船引擎，以及各种相关材料，最后都会被运送到施工中的星舰上。

"一定要抽到2号舰！一定要抽到2号舰！"铁桌子旁的酒客不停地摇着杯子中的骰子，希望上天在待会儿的抽签中，给他一点运气。

"得了，两艘星舰同样危险。"酒保按住他的酒杯，怕叮当作响的骰子招来科学审判庭的人，"听说2号舰为了建造生态圈，用了很多危险的方法。'亚细亚'星舰生态圈建设的负责人，都恶名远扬了。"

"至少'亚细亚'星舰的水和空气管够。"酒客抬起头，咧开嘴笑了笑，他的眼睛里布满血丝，"那里有流淌着水的大河，还有你永远呼吸不完的空气。"说完，把便携式压缩氧气罐放在鼻孔下，深吸了几口。

太空城里的氧气很宝贵。一是氧气制造厂的产能有限，二是老旧的舱室总是做不到绝对密封，总有氧气泄漏到太空中，加上管道老化，一些舱段的氧气管已经不堪重负。太空城里透着机油味和铁锈味的空气中，氧气含量总是不足，让人感到窒息。人们不得不经常性依赖便携式压缩氧气罐的额外供氧。按人头定额分配的压缩氧气，在太空城里跟水和食物一样稀缺、珍贵。

喝完这一杯，就该上路了。吧台边的酒客掏出一片干面包结账。

星舰联盟并没有"钱"这种东西，最珍贵的物资是按人头定额分配的食物、水和氧气药片。人们经常把这种珍贵资源省下来，在地下黑市中充当钱来使用。

老板收起干面包片，继续为下一名客人勾兑劣酒。他知道自己做的是非法生意，水和酒精都是珍贵资源，科学审判庭无处不在的眼线监视着一切，避免珍贵的资源被浪费在不必要的地方。他不知道自己的生意还能做多久，也不知道会不会被丢进监狱。

星舰是我们的未来！严禁私自偷渡！浪费资源是犯罪行为……一道道油漆刷成的标语，胡乱地刷在太空城的金属墙壁上。

一块巨大的钛合金宣传板，焊在金属墙壁上，封堵了上个星期流星雨撞击太空城留下的破洞。宣传板上蚀刻着星舰的结构示意图：它的南极，矗立着巨大的行星引擎，全速开动时的等离子束刺穿大气层，在太空中留下长长的尾迹；巨大的地下核聚变—裂变联动反应堆，以大地深处滚烫的岩浆为燃料；厚厚的岩石地壳是它的飞船外壳；地壳深处的地下城，是它在极端环境时期的控制中心和居民生活区。

它可以被视为有史以来最大的飞船。但是最让人着迷的是，当它停泊在恒星附近时，行星引擎停机后，会像普通行星一样静静地漂泊在行星轨道上。它巨大的质量能吸引气体形成大气层，可以营造地球般的生态圈。

"千山岭号"太空城的工人招募中心永远都是人头攒动，招募中心上方的显示屏显示着各部门的工人缺口数：太空冶炼厂，工人缺口

26 名；太空城舱外维修部，工人缺口 337 名；行星引擎舱外焊接部，工人缺口 458 名；"欧罗巴"星舰，工人缺口 336 名；"亚细亚"星舰……一团灼热的光球在远方的"亚细亚"星舰南极迸裂，看来是星舰引擎测试又出事故了，"亚细亚"的工人缺口顿时从 221 名上升到 765 名。

排队的人群并没有因为这场事故而发生任何骚动，对这种事早已司空见惯。

"星舰啊，就算能死在上面，我觉得也值了。"一个排队的中年人看着舷窗外那半轮明月般的蔚蓝色"亚细亚"星舰，那儿寄托着大家全部的梦想和希望。当长长的队伍排到他时，他把申请书、离婚证和遗书摆放在面试官面前。面试官盖了个章，让他跨过身后的门，登上前往星舰的飞船。

"下一个。"在面试官说完这句话后，一个瘦弱的年轻人站在了他面前。

面试官看了他的申请表，抬起眼睛，用手指敲敲桌面上的公民身份查询系统："郑修远？二十八岁？已婚？小兄弟，伪造公民身份信息是违法行为，不是你在申请表上胡乱填几个数字就能糊弄过去的。"

桌面上的显示器出现了郑修远的真实信息：二十岁，未婚。

郑修远不抱希望地问："我不怕死，不能通融一下吗？"

面试官挥手叫来保安，郑修远大声喊："凭什么我就不能来面试？"

保安把郑修远丢到招聘处大门外的垃圾分类桶旁。垃圾箱很干净，所有的垃圾都被环卫工人仔细分类回收了，干净得可以把蟑螂饿死。

一个男人蹲在垃圾箱旁，他叫陆征麟，二十一岁，和郑修远在同一家孤儿院长大。陆征麟捡起郑修远的遗书，纸片上除了"遗书"两个字，剩下的是一片空白。他们这些孤儿没有亲人、没有工作，也没有财产，除了烂命一条，什么都没有，就连写封遗书也无从下笔。

陆征麟说："我说过，星舰建造局不会要你的。他们不收没有孩子的工人。"

郑修远蹲在街边，低着头说："我不明白，为什么非要结婚生子，才有资格去送死。"

陆征麟靠在街道旁边冰冷的太空城金属墙壁旁，说："为了咱们这流浪的地球人不亡族灭种。父辈一代一代地送死，给子辈换取活下来的机会。你想不留个种就去送死，除非你是最高科学院的顶尖学者，无可替代，永远不让你去冒险。"

话虽这样说，但是普通人哪能跟那些顶级学者相比？为了学者们的安全，星舰联盟的特殊卫队——科学审判庭会派出专人，寸步不离地保护他们。

太空城里响起流星雨警报：今年第 17 号特大流星雨即将袭击星舰联盟舰队群，请全体人员注意防灾救灾工作。这样的流星雨警报每年都有很多次，每次都会带来伤亡。但是人会慢慢适应环境，哪怕再危险的环境，哪怕经常发生太空层舱壁被流星雨砸穿的毁灭性灾难，经历得多了，也就麻木了。

郑修远在地上画圈圈诅咒星舰建造局："自己一个人，死了就死了。这什么破规定，还非要结个婚，拖累老婆孩子？"

陆征麟抬头看着街对面镶嵌在金属墙壁上的显示器，说："我也是这样觉得。咱们干脆弄艘飞船，自己到'亚细亚'星舰去。"

郑修远在犹豫，他不像陆征麟那样，敢于践踏禁令，尽管他很渴望能到星舰上工作。他知道那是一条不归路，由于星舰引力的存在，联盟的飞船降落容易，想再起飞返回太空却很难。

一队损管队员和几名护士在太空城的金属大街上快步前进，大概又是什么地方被太空漂浮物撞击，发生管线泄漏了。在他们经过的街角，血红的标语涂在灰色的金属墙壁上：偷渡到星舰是违法行为！极易丧命！

陆征麟小声说："我们需要一场足够大的流星雨，要大到能掩护我们偷渡。"流星雨警报闪烁的红灯，映在昏暗的舱段中，让陆征麟的脸看上去一阵红一阵黑。

这样的流星雨，是经常发生的。毕竟建造星舰需要非常多的资源。在这种由无数的小行星和矮行星组成的尘埃盘中，星际物质互相碰撞，星际尘埃朝着太空城扑面而来，往往会形成致命的大规模流星雨。有时候，一个星期之内，就能有五六场流星雨袭击。

"这场流星雨够大吗？"郑修远看着透明舱段外点缀在黑暗宇宙中的明亮星空，一些细小的陨石噼里啪啦地打在防护罩上，不远处的太空城支撑结构上镶嵌的复合装甲上面密布着历次流星雨袭击中留下的凹坑。

陆征麟说："希望它够大吧。咱们走！"刺耳的流星雨警报回荡在太空城里，他看到大量的飞船紧急离港，转移到太空城背对着流星雨的那一面。太空城的激光炮台射出一道道光束，交织在夜空中，拦截着流星雨中体积较大的小行星。

郑修远跟着陆征麟，换上偷来的损管人员制服，逆行在太空城的人群撤离队伍中。他们看见交通指挥员站在人群当中指挥交通，刺耳的警报声不停重复："3 号航天舱段破损严重，请无关人员立即撤离！"

"拿着，氧气面罩。"郑修远戴上陆征麟递过来的氧气面罩，遮住了脸。气密门旁的人脸识别装置在浓烟中冒着电火花，早已失去作用。他跟着陆征麟，从通气管爬进一间说不清用途的秘密房间，房间里一片狼藉，只剩下吃剩的面包和喝剩的冷凝水。显然这是偷渡客们的秘密据点，平时它们就龟缩在这里，等待着偷渡的机会。

今天显然就是很好的机会。陆征麟带着郑修远从另外一条秘密通风管爬出据点，通风管的尽头是飞船的廊桥，平时这里一定会有核实登船者身份的工作人员，但是现在大家都逃命去了，只有廊桥墙壁上冒着火焰的管线，让人望而生畏。

陆征麟对郑修远说："这是最后一次反悔的机会。2 号星舰'亚细亚'虽然是天堂般的世界，却有着科学院里有名的狠角色，杀人不眨眼的韩丹博士。"

太空城的航天舱段，由于人员的大量撤离而显得异常空旷。陆征麟身后是航天港墙壁上的壁画，画中描绘着星舰建成后，人们想象的自然环境，跟地球故乡一样，那是绿水青山般美丽动人的世界。这是为子孙后代准备的世界，郑修远这辈人，只怕活不到两百年之后，星舰真正建成的那天。

但是现在，壁画正被火苗舔舐出一片片焦黑的斑驳。郑修远说："走吧，星舰那头就算再危险，也没太空城危险。"

他们走过浓烟弥漫的廊桥，登上飞船。数不清的小行星朝着太空城扑来。

"小兄弟，怎么称呼？""我姓郑，郑修远。""我叫鲍勃！""山本！""我叫李！托马斯·李！""艾米丽。"……飞船里，几十名偷渡的年轻人热络地互相打招呼，完全无视航天塔台的呼叫声："11396号工程飞船！请立即关闭引擎！你们这是偷渡行为！"

砰砰几声巨响，陆征麟抄起铝合金椅子，砸烂飞船的广播系统，飞船这才安静下来了。

飞船把太空城抛在身后，太空城并不敢派出警用飞船进行拦截。毕竟流星雨密度极大，陆征麟不难想象，警署方面一定在为是否要派出警察，冒着生命危险拦截他们而争吵不休。

"只要进入星舰的引力范围，我们就安全了。"陆征麟说，"他们不敢擅闯星舰的引力场，绝大部分飞船没有足够的能量摆脱引力场重返太空。毕竟这是一个贫穷的时代。"

"所有前往星舰的飞船，都是单程票。"陆征麟的好友鲍勃说。

铺天盖地的流星雨在太空城外壳上砸出一个个陨石坑，一些来不及转移的飞船纷纷炸裂。这就是人类逃离地球故乡之后，两千多年太空流浪生活的常态：死神如影随形，谁都不知道自己明天还能不能活着。星舰支撑着人家对生存的渴望，那里至少有能够阻挡大部分陨石的大气层。

"大哥，咱们去'欧罗巴'还是'亚细亚'？"山本问陆征麟。

"欧罗巴"星舰的完成度不到50%，大地表面仍然岩浆横流，剧毒的原始大气随时威胁着人们的生命，但是负责"欧罗巴"星舰建设工作的卡尔教授是温和派，他会尽可能地救援任何一名偷渡到星舰的平民。

"亚细亚"星舰则相反，完成度高达80%，俨然已经是绿水青山的地球环境，但是负责"亚细亚"星舰建设工作的阿史那教授绰号"科学院之狼"，是个冷血的狼角色，任何妨碍星舰建设的东西都会被她无情地消灭掉，包括碍事的偷渡者们。

"去'亚细亚'。"陆征麟说，"'欧罗巴'星舰完成度太低。我们不是说好，只要能看一眼跟地球故乡一样的环境，就算是死也甘心吗？"

飞船在流星雨中拼命穿梭，规避陨石的高速机动让人在船舱里东倒西歪，根本站不稳脚。所有的人都觉得自己就像误闯进滚筒洗衣机的老鼠，在舱壁里磕得青一块紫一块。经过几十个小时的颠簸，在郑修远觉得自己再也坚持不下去了的时候，舷窗外终于出现了"亚细亚"星舰庞大的身躯。

漆黑的宇宙背景中，"亚细亚"星舰就像个沉默的黑暗星球，星舰建造局的太空工厂、工程飞船和星际物质围绕在它的赤道面，形成一道细细的光环。浓厚的云层在大地之上，远离恒星光芒的它显得那么黯淡。唯一的亮光来自它的南极，一道光柱穿破云层，然后很快消失，紧接着另一道光柱又出现，又消失。那是星舰的行星引擎正在测试，在未来的某天，这些巨大的引擎将推动着这种行星级巨舰，在太空中自在漫游。

"大哥，云层太厚，我们看不清陆地，找不到适合降落的地方！万一降落在大海中间就糟糕了！"飞船驾驶员山姆大声向陆征麟汇报。他只在模拟器上学习过不到半个月的飞船驾驶，这次偷渡算是把脑袋别在裤腰带上的行为。

陆征麟想了一下，说："去南极！行星引擎矗立的地方，多半是陆地！"

飞船全速前进，为了不被星舰建造局的飞船拦截，他们跟随着大量被星舰引力俘获的陨石一同飞行。"很好，准备进入大气层，现在就算是上帝也拦不住我们了！"山姆舔了舔嘴唇，既害怕又兴奋，冷汗从鬓角滑落。

一道激光擦过飞船，飞船身后一块直径七八米的陨石被炸成碎片！"怎么回事？"陆征麟抓住舱壁的固定把手，大声问山姆。

"该死！星舰有陨石拦截系统！那些激光炮会把我们当成陨石炸碎的！"山姆的声音充满恐惧。为了避免被拦截，这艘飞船的身份识别器已经被他们拆掉了，很容易被拦截系统误认为是陨石。

话音未落，一声巨响，飞船的3号发动机被激光炮打穿。飞船失控，呈螺旋状坠向"亚细亚"星舰的大海。

二、南极基地

这场流星雨，算是今年最大规模的流星雨之一了。

炽热的南极基地，尚未完全建成的陨石拦截系统第一次测试威力，效果不尽如人意，大量的陨石未经拦截，就狠狠地砸在大地上。

金属大地慢慢打开一道道直径超过五公里的裂口，如山般高耸的行星引擎慢慢沉入裂口中，裂口慢慢合拢，防止陨石砸毁行星引擎。地面光源站把一道道光锥投射到天顶的浓云中，形成明亮的人造白天。比白天更亮的，是数不清的反陨石激光炮在空中交织成的火网。

南极基地一片狼藉，地面建筑燃起大火，消防员忙着灭火，科学审判庭的战士们则在抢救建筑中的重要资料，逐间房间搜寻，确保没有任何一名科学家被困在室内。

"不是早就下令撤到地下城吗？怎么还有傻子留在地面？"明晃晃的光源矩阵下，阿史那雪快速穿过地下城的走廊，高跟鞋的声音敲打在每个人的心坎上。走廊横穿地下城的飞机跑道，"运50C"巨型运输机已经返航，两侧机翼被陨石打出不少破洞。

星舰联盟已经有两千多年没在大气层内飞行过了，这些根据从地球故乡带走的飞机图纸制造出的飞机在大气层里比飞船还好用。

审判庭第七师的普布雷乌斯少将回答说："阿史那督，我们也没办法。总有些科学家觉得工作比命还重要，要坚持到最后一刻。审判庭方面仍在努力搜救科学家……"

将军已经是六十多岁高龄，精神抖擞的板寸头尽是银发。他在几十年前还是普通士兵时，为了抢救科学家，在事故中失去了左眼、左手和左腿。后来通过手术，移植了机械手和机械腿，失明的左眼也换成了亮着红光的电子眼。

"不救！召回科学审判庭！谁的命不是命？凭什么要别人冒着生命危险去救他们？无视警告的人活该去死！"她脾气大，连普布雷乌斯将军都有几分怕她。

阿史那雪兼任审判庭第七师的师级督察官已经很多年，影响力比普布雷乌斯这个师长还大很多。审判庭的战士们常称呼她为"阿史那督"，学者们却偏向于尊称她为"老师"，工人们则称呼她为"教授"。她喜欢白色的衣服，不喜欢审判庭的黑色军装，但是为了表明跟审判庭战士们站在一起的立场，这些年她大多数时候都是一身黑军装，只是领口和袖口的军衔替换成了科学院的徽章。

有些命令是执行不得的。培养一个科学家并不容易，普布雷乌斯将军并不打算召回审判庭的战士们。

流星雨撞击地面，对这座深埋地下近千米的地下城影响并不大。地下城是星舰"飞船状态"的一部分，哪怕星舰表面的生态圈全毁，地下城也不受影响。普布雷乌斯跟着她，穿过一道道地下回廊。其中一道回廊的下方就是奔涌的地下岩浆暗河，暗河尽头是巨大的岩浆地下湖。

一名学者报告说："阿史那老师，一共六台行星引擎在流星雨中受损，我们正在全力抢修。"

行星引擎的直径为四点五公里，高为三公里，另有二十五公里深的结构埋于地下，汲取地幔中的岩浆作为燃料，通过聚变—裂变联动反应堆，把岩浆转变为能量。

阿史那雪说："无妨，我们还有六十五台引擎。"除此之外，还有一百二十八台引擎正在建设中。

在设计之初，人们原本想找一片坚实的大陆，安装这些行星引擎，但是这个想法很快被科学家们否决："你们不能把星球视为一颗刚性球体！"最终的方案是让行星引擎漂浮在岩浆层上，直接把巨大的推力传递到地幔，推动星舰前进。

"并不是只有坚硬的固体才能传递力量。你把一桶水放在体重秤上，再用手掌按水面上的木块。木块不需要碰到桶底，手掌对木块产生的压力，也会直接反映在体重秤的读数上。"当时，科学家们这样对政府的官员们解释说。

普布雷乌斯看着这些沉入地下的行星引擎，它们像一座座钢铁的地下山峦，数不清的工人像无数小蚂蚁攀附在高山上，正在抓紧时间检修引擎。阿史那教授的到来，让他们感到某种安全感。在他们眼中，她好像并不是一名普通的科学家，而是来自科学神殿的神。

"阿史那督，将军，我们收到一个坏消息。"一幅投影出现在他们面前，投影中的上校正用毛巾擦冷汗，"我们派往12号生物实验基地的救援队，因为飞机被陨石击落，全军覆没。"上校的右边袖子空荡荡的，他在上个月的救援任务中失去了左臂，定做的机械义肢因为这场流星雨，暂未到货。

她皱起眉头："不是让你们全部撤回来吗？你们这是去救援谁？"

上校说："是您的爱徒，韩丹博士。"上校身处危险的地表建筑中，身后的防弹玻璃墙已经被小块的陨石砸裂，不远处的钢铁海岸碧波汹涌，数不清的火流星划着长长的尾迹，坠入海洋。一些海洋巨兽，诸如蓝鲸、鲸鲨，被陨石砸死，翻着惨白的肚皮，浮在海面上。

钢铁海岸，是南极大陆和海洋的分界线，也是星舰的"巨舰地貌"和"海洋地貌"的交错处。分界线这头的陆地是巨舰般的金属外壳，分界线的那头是地球故乡般的广袤海洋。

教授的额头暴起青筋："救谁也别救她！不管谁死了，她都死不掉！"

"把所有的救援队都撤回来，现在做什么都只怕是迟了。"普布雷乌斯将军看着卫星地图，无奈地下达命令。从大气层外投放到1号大陆的探测器显示，占地五千多平方米的12号生物实验基地被坠落的小行星彻底夷为平地。尽管小行星在太空轨道中已经被激光炮炸成无数碎片，但是这些碎片仍然像炮弹雨般，覆盖了整个实验基地。

教授离开引擎室，随口对将军说："还好 12 号生物实验基地就韩丹一个人，不会有别的学者伤亡。"韩丹是个怪人，别的实验基地怎么也有数十到数百名学者一起工作，但是 12 号实验基地就她一个人。

"阮上校，我们回头再联系。"将军对上校说完，切断了通信。

地下城深处的通道很宽敞，可以让四辆大卡车并排通过。但是现在却被呼啸的装甲救护车挤了个水泄不通，很多伤员需要急着送往医院。

将军劝她说："阿史那督，您完全不管这事，只怕也不太好。毕竟韩丹博士负责的是星舰三大系统之一的生态圈建设工作，如果她出了意外……"

教授放停脚步，转身问将军："她哪天不出意外？"

"亚细亚"星舰的建设工作就没有哪天没出过意外。跟"欧罗巴"星舰的项目负责人，做事沉稳有度的卡尔教授不同，"亚细亚"星舰整个项目团队都充斥着大胆冒进的科学狂人。突飞猛进的项目进度背后是险象环生、状况百出的各种事故，就像一辆在蜿蜒山道上非法载客，还高速疾驰的十八轮大卡车，硬要把乘客们提前送到目的地。

但是这也是在很久以前，星舰建设工作定下来时，最高科学院的既定方向："欧罗巴"星舰是大家的命根子，关系到子孙们未来的生存，必须稳扎稳打，不能冒险；"亚细亚"星舰作为同时建设的 2 号舰，则可以大胆使用各种有风险的新技术，无论成败，都可以为将来的 3 号舰积累经验和教训。

将军看着她解开发髻，任由长发披散，走进了地下城的娱乐区，这意味着她今天又是按时打卡下班，根本没有半点儿紧张情绪。娱乐区里有舞厅、保龄球馆、足球场、茶馆，有巨大的室内游泳池、无限供应水和食物的餐馆，有曾经在地球时代存在过、在局促的太空城里却无法拥有的一切娱乐设施。

　　在最高科学院，不少科学泰斗都是依靠先进的医学技术，维持他们漫长的生命。为了避免他们的死亡造成难以挽回的科技损失，他们甚至接受了身体改造手术，获得近乎永生的寿命。只要不是死于事故，就能一直活下去。

　　没人知道阿史那督今年多少岁，人们只知道她永远都是十八九岁的外表，知道她喜欢唱歌和跳舞，喜欢嬉闹，疯玩起来时没大没小，严肃时就会冷若冰霜。就连已经六十多岁的普布雷乌斯将军也只知道当他还是小孩子的时候，就已经听过阿史那雪如雷贯耳的大名。

　　她真的不在乎韩丹的死活吗？将军跟在她身后，直到她走进游泳馆，进了女更衣室，才发觉自己不该这么失礼地跟着。他只好在附近找个茶馆，喝杯茶，算是休息。

　　地下城的娱乐区，刻意营造地球时代的氛围。它是一个很大的圆形地下空间，直径一公里多，拱形天花板最高点距离地面一百多米，漆成天蓝色，还绘上了白色的云朵，悬挂着很多塑料海鸥。天花板上的灯光把室内照得如同白天，游泳馆占据了整个娱乐区的五分之一，营造出了小小的海滩氛围。

　　将军在茶馆的落地窗后看着穿着泳装的教授出现在人造沙滩上，

心中感叹：真是个尤物。别人这么玩命建设星舰，想的是后代们的生存；她却特立独行，好像要把地球时代的纸醉金迷也一并带到这个世界。

"阮上校吗？"将军重新联系上校，手腕上的手环投影出上校的身影。

"将军，有什么命令？"上校那头为了抢救星舰生态环境的监测资料，忙得焦头烂额。

将军说："我担心12号生物实验基地。直说吧，我担心韩丹制造的那个怪物'莉莉丝'。我真的想不通，为什么上头会批准她制造这么危险的怪物。它从12号基地蔓延到整个世界，覆盖陆地和海洋的每一寸空间。如果只是为了加快星舰建设进度，冒险制造这样的怪物，我觉得风险是非常大的……"

人老了，总难免会变得唠叨，上校耐着性子听，直到确认将军唠叨完了之后，才开口问："如果韩丹博士意外身亡，莉莉丝的控制权限会落在谁手里？"

将军说："当然是落在阿史那督手里。话说星舰的生态圈最终权限本来就该在她手上，只是她这甩手掌柜性格，全权丢给了韩丹。现在看她这架势，也不像要出手收拾残局的样子。"

上校犹豫了好一阵子，才问："不如，我们派'他们'去12号生物实验基地，进行搜救工作？"

将军知道，上校说的"他们"是指偷渡者们。这是一个见不得光的群体，他们不愿耐心等待星舰建成，看到生态圈刚刚具备雏形，就不顾禁令，迫不及待地偷渡过来定居，其中不乏躲避法律追捕的罪犯。他们来到"亚细亚"星舰之后，才发现这里并不是想象中的天堂。他们为了生存，没少干偷窃、抢夺物资的事情，甚至杀人越货，给星舰建设添了不少麻烦。阿史那雪很反感这些人，反感到根本无视他们的死活。

将军没有回答，他不愿意下达让阿史那雪反感的命令。上校说："只要有合适的价码，他们什么事都会做，不管多危险。"

将军保持沉默。上校说："将军，我们不能什么事都不做。现在韩丹博士只怕已经遇难，如果莉莉丝失控，后果有多严重，您明白吗？我们必须弄清楚12号生物实验基地的破坏情况，不管使用什么手段！"

阿史那督做事，大事靠得住、小事不靠谱。这是将军在多年的共事中得出的经验。问题是不知道在她眼里，多大的事才能算"大事"？

将军仍然沉默，这代表一种态度：他默许了。

今天的事，算大事。她戴着墨镜、戴着耳机，品尝着身边的碳酸饮料，一副慵懒的样子。她知道自己无论多关心韩丹、多担心莉莉丝失控，都不能表现出紧张情绪。她知道只要她还能表现出轻松的样子，大家就能稳住阵脚，觉得眼前的困难还不算是难以克服的困局。她很喜欢当撒手掌柜，喜欢看手下的人慢慢成长、独当一面，而不是事事都让她操心。

更何况，她想甩开跟屁虫一样的普布雷乌斯将军。这个普布雷乌斯，当他还是个新兵蛋子时，就在她身边当警卫；现在头发都白了，也当上了将军，却还像以前那样亦步亦趋，不管大小事情，一律请示她。她不喜欢没主见的人，也知道将军不是没主见，是她在将军心里分量太重，让将军不敢独立作出判断。

墨镜里有视网膜投影仪，她看到的不是沙滩上休假的科研人员，而是南极基地的1号生物实验室里学者们忙碌的身影；耳机没有播放音乐，放的是学者们向她实时汇报的情况。

她看起来很闲，但并不代表她真的就闲着。她喜欢将昆虫大小的无人机释放到各个地方，它们就好像她的分身，能同时在好几个地方和不同的技术人员保持联系，同时处理好几项工作。

"教授，我们的生态圈的监控节点被摧毁大半，跟莉莉丝的联络也中断了！我们现在根本不清楚生态圈被破坏成什么样子！"一名学者向她汇报说。

教授说："去把那些怪物放出来。"

学者们倒吸一口凉气。有学者小心问她："是地下第十八层的岩浆牢笼里，那些人造怪物吗？"

她反问他们："不然还能有别的？"

地下城的第十八层，被人们称为"地狱"。没别的原因，凑巧这星舰薄薄的地壳有无数流淌着岩浆的地下裂缝，其中一道岩浆裂缝就从地下城的第十八层经过。

深深的电梯井架设在其中一座行星引擎的井壁中，就像巨大的井口下攀附着的一根细藤蔓，通往散布着红光的岩浆层。人在电梯中必须穿上厚厚的隔热服，背上氧气瓶，才能进入半淹在岩浆中的第十八层地下室。

嗡嗡作响的无人机随着学者的脚步，悬停在电梯中，电梯墙壁上的温度计从三十摄氏度慢慢上升到七百八十摄氏度，这已经是大地深处岩浆表层的温度。通过无人机的摄像头，阿史那教授看到了地下第十八层。这里蛰伏着不为外人所知的人造硅基生命体，是上一个阶段的星舰建设工作完成后，丢弃下来的怪物们。

"每次看到这些怪物，我都在想，韩丹博士脑子里装的到底是什么，竟然制造出这样的东西。"学者们走在耐高温的钨合金走廊里，脚下不足五米的地方，就是炽热的地下岩浆海洋。腰身粗的钨合金栅栏围成一个个巨大的牢笼，牢笼里是面目狰狞的耐高温人造硅基生命体。

"韩丹是个疯子，这还需要我提醒吗？除了她，谁会在岩浆海洋阶段就急着建造生态圈？"教授的声音透过无人机传出来。

一名学者佩服地说："但是不得不说，韩丹博士制造的耐高温硅基生命体，在星舰刚刚形成的岩浆海洋状态时，就有效地改造了环境。比如它们吞噬空气中的硫化物作为能源，把大量的二氧化碳转变成氧气，大幅削减温室气体，让星舰可以急速冷却，迅速形成地壳。您看卡尔教授的'欧罗巴'星舰，不敢大胆地采用这些特殊的方法，到现在还没形成稳定的地壳，更别提形成地球生态圈了。"

"而且有效地降低了伤亡。"另一名学者也替韩丹说话，"我们原本想建造上亿座悬浮在岩浆海洋上的生态改造工厂，耗资巨大，同时还需要数不清的工作人员在那里工作，充满致命的危险。但是在韩丹博士制造的高温生物体系中，人造怪物代替了人类改造环境，不管过程多危险，死的都是人造怪物。我们人类倒是可以大幅度降低伤亡。"

一阵恐怖的号叫声，好像来自地狱的怪物。几名学者被吓得脸色刷白，他们看见一些似人非人、似猴子又非猴子的赤红色怪物，全身粘满血红的岩浆，趴在钨合金栏杆边，大声吼叫。教授的声音带着笑意："怎么？被这些小恶魔吓到了？在以前那个时代，很多人类无法生存的高温环境中，普遍采用这种小东西作为劳动力呢！不少行星引擎深埋在岩浆下的地基，就是它们建造的。"

根据教授的指示，学者们继续往前走，沉重的呼吸声被深处的怪物号叫掩盖，岩石天顶被岩浆的火光映得通红。岩浆中的生物种类繁多，有类似真菌和植物的生物，像倒悬的大树，从岩石天顶倒着往岩浆中生长，一片片脉络清晰的叶片好像由黑曜石精心雕刻而成，贪婪地汲取着熔岩的火光。

学者们看见远处一个熔岩大厅里，几十头两三米高的犬怪像形态各异的雕像，一动不动，锋利的牙齿像尖刀般锐利。"那些怪物好像死了……老天，真不知道它活着的时候有多可怕。"

教授说："地狱犬嘛，没什么特别的。硅基食肉动物，以别的人造硅基动物为食，构筑起完整的熔岩生态圈。它只适应一千摄氏度左右的高温环境，七百多摄氏度的低温把它冻死了。"

一名年轻的研究员说："教……教授，这硅基生态圈，我不太懂。"

"不复杂。"教授说，"无非是把我们熟悉的碳基生命体当中的蛋白质、核酸等以碳为核心的有机物中的碳，替换为键能更高的硅罢了。千度高温可以让碳键断裂，碳基生物灰飞烟灭；但是对硅键来说却刚好可以维持生命活性。谁想具体了解的，来我这儿读个博士？"

另一名学者问："这些怪物，都是用地球神话中的怪物名字命名的吗？"他穿过一个满是蝙蝠石像的区域，每一尊石像都有两三米高。

阿史那教授的声音懒洋洋的："两百多年前，制造这些人造生物时，学者们给绝大部分的生物都起了一个又长又拗口的编号。后来有人嫌它们难记又难念，就拿神话怪物的名字给它们命名。当时没太多想法，看它长得像啥，就叫啥。"

钨合金走廊走到了尽头。这里没有腰身粗的钨合金栅栏了，只有一头巨大的炎龙，盘踞在岩浆中。它全身满是黑底红边的盾形鳞片，一双大翅膀翼展超过二十米，还有四根巨大的腿脚，光是刀锋般锐利的爪子就已经比人还高了，它闭着眼睛，鼻孔呼吸的热浪隔着隔热服，似乎都能把人烤焦。

教授说："这是巨龙法涅尔，韩丹制造的怪物当中，只有它是韩丹亲自起的名字。你们去唤醒它。"

"唤醒它？"学者们的声音都在发颤。

"对啊，朝着鼻尖一脚踹下去它就醒了。"教授倒是说得很轻巧，反正出了事，死的不是她。

法涅尔慢慢睁开眼睛，一双血红色的眼珠子足足有半人高，吓得学者们软瘫在钨合金走廊上。它的听力很好，早被不速之客们吵醒了。

"韩丹出事了，你去 12 号生物实验基地看看。"教授直接对法涅尔下令。

在南极基地，很多人都知道地下第十八层关押着大量的怪物，但是亲眼见过的人极少。当引擎区的工人们看见巨大的炎龙从岩浆井里飞出来时，吓得落荒而逃。

炎龙在行星引擎顶端盘旋着，试图撕开上方的南极基地的金属苍穹。科学审判庭的战士们睁大眼睛看着这巨大的怪物，却不敢开枪，只好立即向普布雷乌斯将军汇报。

"老天，是巨龙法涅尔！"将军大吃一惊，立即联系阿史那教授，"教授，是您把这怪物给放出来的？"

法涅尔和别的硅基生物不同，它的设计初衷就是要穿过炙热的岩浆层、飞上冰冷的天空，适应的温度范围为摄氏一千多度到零下一百多度。

"对啊！让它去搜救，总比让士兵们去送死强得多，不是吗？"教授的回答，让将军无言以对。

将军无奈下令："打开引擎防护罩，让法涅尔出去。"

防护层刚刚打开一道缝隙，法涅尔就迎着满天流星雨，冲上了乌云翻涌的夜空。

"真是怀念哪！看到法涅尔，就想起了韩丹的笑容。"阿史那教授的感叹，让将军不由得怀疑她的三观到底有多歪。

阿史那教授记得，两百多年前，那时的"亚细亚"星舰第一块地壳还没成型，那时的南极基地还漂浮在岩浆海洋中，那时混沌的天地间唯一的光明是厚重的乌云下岩浆海洋的灼热亮光。那也是巨龙法涅尔诞生的时代。

"它叫法涅尔。"那时，韩丹微笑着对她说。韩丹怀中的小怪物有着胖胖的小肚子，短短的鳄鱼尾巴，四条可爱的小短腿，扑腾着一双小巧的翅膀。

韩丹的童年并不快乐，阿史那教授很少看见韩丹像个孩子般露出笑容。

教授说："我们只是想制造一些能在极端环境下工作的生物，代替遥感机器人监控生态圈的变化，不是让你制造一条喷火怪龙。"

那时的原始星舰表面极其炎热，大量的水蒸气滞留大气层中，加上硫化物和二氧化碳，形成大气压力百倍于地球故乡的强酸性恶劣环境，投放在大气层中的遥感机器人根本承受不了这样的极端环境，纷纷损坏。

"我只是想挑战自己设计人造生物的能力。"韩丹明知道那些地球古代神话中虚构的动物是不存在的，但还是试图挑战一下，看看在现实中能不能设计出来。

"远古祖先们虚构神话时，根本没有足够的知识设计合理的生物结构，这条龙的胸骨太小，支撑不起扇动两片翅膀飞上天所需要的胸肌……"

"法涅尔，飞起来！"韩丹松手，法涅尔扑打着两片小小的翅膀，悬停在空中。法涅尔的肌肉力量，远远超出了正常生物的范围。

"它的肌肉不是由普通的肌细胞组成，对吧？"阿史那教授知道，普通的肌细胞不可能提供这么大的力量。

韩丹收起笑容："抛弃细胞结构，直接由肌蛋白组成。而且也不是由碳原子为中心的氨基酸组成的蛋白质，是以硅原子为中心……"

阿史那教授打断说："这是牵一发而动全身的事情！硅代替碳，会导致所有的键能全部改变，所有的基团的相互作用都要重新计算……"

"但是我做出来了，对吧？法涅尔。"韩丹把法涅尔抛向空中，法涅尔盘旋两圈，慢慢降落在她的肩膀上。

教授问："法涅尔为什么会喷火？"

"核动力系统需要散热。"韩丹说。

"你咋不让它喷核弹头呢？"她问。

当初小小的法涅尔，现在已经变成庞然大物，穿行在满是流星雨的天空中。它敏锐地避开每一块大陨石，无视打在身上的小陨石。南极的金属大地上，地面基地一片狼藉，各种地面实验设施间被砸毁，人们在冒死抢救数据和伤员。

法涅尔飞过南极、飞过海洋，朝着 1 号大陆的 12 号生物实验基地飞去。而阮上校的命令，却早就在法涅尔到来之前，已经下发到驻守 1 号大陆的审判庭各部队。

"法涅尔会吃人吗？"多年前，教授问过韩丹。

法涅尔是核动力生物，但是啥都吃，尽管不需要从食物中获得能量，但是身体新陈代谢所需的硅、碳、铁、硫、氮等元素，仍然需要从食物中获取。

"也许会。"韩丹说。

教授并不知道，上校瞒着她出动了部队。

三、潮声如雷

偷渡的飞船终于来到大家憧憬的天堂，才发现天堂只是地狱里的幻象。飞船坠落在大海上，随着海浪起伏。被流星雨破坏殆尽的光源站，再也无力支撑起这片海域的白天。流星雨慢慢小了，乌黑的云层仍然汹涌，豆大的雨点夹着冰雹，砸落在漆黑海洋上翻滚的惊涛骇浪中。

残破的飞船在海浪中解体，郑修远死死抓住残骸，在海浪中沉浮。冰雹和雨点冷冰冰的，但是海水不冷，电闪雷鸣带来的短暂光明，让他看见了远方海底火山喷吐的烟柱。黑暗中，他抓住一个人的手，努力把他拉上来，借着闪电的光芒，他看见这人是鲍勃，脸色惨白得不见一丝血色，背后插着一块锋利的飞船残骸，早已断了气。

还有别的活人吗？闪电消失，海天之间又是一片黑暗，郑修远听到海面上的呼救声。"救命！水里有吃人的怪物！"他分辨出那是山本的声音，一声撕心裂肺的惨叫之后，那声音就彻底消失了。闪电再次照亮夜空，滂沱大雨之下，郑修远看到了血染的海洋上，有很多三角形的鱼鳍在移动。

他不知道，这是鲨鱼，一个完整的海洋生态圈中，不可缺少的顶尖掠食者。

"为什么他们要制造这种吃人的怪物！最高科学院的人都是疯子！"陆征麟的怒吼是郑修远最后听到的声音。他看见陆征麟吃力地抓住飞船发动机舱，双脚悬空，那些鲨鱼张开满是利齿的血盆大口，试图把他咬着拖下水，却总是差一点点，没能够着他的脚。

飞船并不小，长达五十多米，像一座嶙峋的金属小山。郑修远抱着的是脱落的舱门，他们之间隔着不知道多少条的鲨鱼。小山慢慢倒塌，沉入海中，闪电消失，郑修远再也看不见陆征麟，只听到他的怒骂声很快变成惨叫，最后再也没了声音。他救不了陆征麟，只能孤独地随着洋流，越漂越远。

死亡，在太空城里是很常见的事，郑修远以为自己早已习惯了目睹朋友的死亡。他摸了摸脸上的水，手感温热，原本以为是雨水，却没想到是满脸的眼泪。

郑修远不知道漂了多久，身下漂浮的舱门不动了。他试着用疲惫的脖子撑起沉重的头，就在此时，他看见了海滨的乱石滩，第一次听到野兽的号叫，那种恐惧中带着悲怆的声音，让他心头发毛。他不知道，那是被密集的流星雨砸伤的猛兽，临死前发出的悲鸣。

流星雨停止了，郑修远看见了远方的火光。当他还是孩子时，"千山岭号"太空城的学校里，老师们就教过他这个道理。那时，学校里每周都会在大屏幕上播放星舰的建设进度，"亚细亚"星舰逐步建立的地球生态圈尤为吸引人。老师们说，如果你在野外迷路了，就朝有火光的地方走，有火的地方就有人。依靠火焰驱散野兽、在荒原中取暖，是蛮荒时代的老祖宗们就懂得做的事。

闪电张牙舞爪，划破滂沱大雨，雷鸣在头顶蔓延，郑修远对闪电充满恐惧。他对这种自然界的云层放电现象并不熟悉，只是根据在太空城中生活的经验，认为这是毁灭的前兆。在太空城里，如果舱段发生如此大规模的放电现象，就意味着电路已经遭受毁灭性的破坏，死神将会在很短的时间内降临。

郑修远朝着火光的方向，在滂沱大雨中没命地狂奔，他试图找到一个逃生舱，像在太空城遇险时那样逃离，直觉却告诉他，星舰上很可能没有这种东西。1号大陆上，只有海岸边如雷的惊涛，以及大地上数不清的被流星雨击中的动物尸体。

火光越来越近，四处都是烧焦的树木，这是郑修远从未见过的景象。他以前只在"千山岭号"太空城小小的空中花园里见过几棵病恹恹的小树。森林在祖辈们梦想中的天堂里是不可缺少的，但是现在他看到的，却是毁灭后的天堂。

森林里的大火在冰雹暴雨之下挣扎。一些燃烧的树木被大雨浇灭，又被火焰的热气炙干，焦黑的树干中又重新冒出火苗。一辆科学审判庭的装甲车出现在烧焦的森林中央，黑色的装甲被红色的余烬映得红彤彤的。

郑修远想起了科学审判庭的恐怖，那是一个用屠刀来确保科技项目顺利进行的部门。挥之不去的梦魇，是他们颁布的禁令：偷窃配额物资，判处五年以上苦役；干扰科研进度，判处十年以上苦役；擅自偷渡到星舰，判处终生苦役；反对星舰建设，判处五百年以上强制冰冻休眠……如有反抗，格杀勿论！

但是，现在没有别的办法，饥饿和远方野兽号叫带来的恐惧，让他小心翼翼地接近装甲车。火光越来越近，他看到装甲车已经被陨石砸毁了，几名身穿审判庭黑色制服的战士已经断气，一名少尉军官身上的通信器仍在发出审判庭各分队的对话声："詹姆士中尉，你们那边情况如何？""梁中尉，我这边有六个偷渡者村庄愿意参加搜救！""还行，五箱猎枪子弹的价码，说服了两个偷渡者村庄。""等等，你们带队去？如果审判庭出现伤亡，阿史那督会很不高兴！""我们必须亲自带队！这是保护科学家的职责所在！"……

郑修远在装甲车残骸中找到一支先进的电磁突击步枪、几盒子弹，还有一些干粮和饮用水。他知道一个人在陌生的蛮荒世界中是没办法活下来的，茫然四顾后，不知道去哪里寻找会收留他的人。他啃了一口干粮，感觉有种说不出来的美味，并不是太空城里常吃的人工合成的糖类和氨基酸混合物，他不知道这是用大地上的农场里生产的小麦和肉类做成的面饼。他注意到少尉遗体旁的通信器上，显示着电子地图，地图上的红点标注了地点名称：12 号生物实验基地。

去碰碰运气吧，说不定在那里执行搜索任务的偷渡者们愿意收留他。万一遇上审判庭，大不了被判处终生苦役，也总比死在这里，被野兽吃掉好。郑修远把少尉的通信器揣在腰间，朝着地图上标注的红点出发。

山路崎岖难行。"亚细亚"星舰上的山并没有像地球故乡那样经历了几十亿年的风化而被削缓。这里的山，大多是尖锐的孤峰、陡峭的绝壁，以及绵延不绝的险峻山脉。从宏观视角来看，这些崇山峻岭都是星舰形成后，地壳急速冷却时，在大地上形成的褶皱和断层。

红点位于一座环形山的中心。当郑修远艰难地爬上山巅时，发现环形山只剩下一半，另外半边消失的，是破碎的海岸线。很显然，星舰形成之初被一颗巨大的陨石撞击形成了这座环形山，但是后来又遭遇了另一颗陨石的撞击，环形山被削掉了一半，在 1 号大陆边缘形成深深的海底凹坑。

这种陨石撞击，在星舰建设早期非常频繁，毕竟这地球般大小的星舰，就是由恒星周围的原行星盘中的无数小行星和陨石堆积而成。如今星舰已经成型，照理来说，星舰南极的巨型行星引擎应该启动，把星舰缓缓推离原行星盘，阻止它被星际物质撞击而毁灭。

环形山周围有好几座巨大的光源站，但是已经被流星雨摧毁了。郑修远看见有审判庭的人与工程师一起架起临时光源，在黑暗中紧张地抢修光源站，而环形山中间出现更多的火把光点，显然是被动员起来的偷渡者们正在搜救科学家。

郑修远小心翼翼地绕过抢修光源站的科学审判庭士兵，他不知道士兵们已经发现他了，却以为他是被动员来搜救的偷渡者，并没有多加理会。他翻过环形山，朝着偷渡者们走去，低着头，不敢看带队搜救的审判庭军官。审判庭和偷渡者联手搜救科学家，这在郑修远的认知中是非常匪夷所思的事情。

"韩丹博士长什么样？"有偷渡者村庄的猎人问身边的审判庭少尉。从他们的熟悉程度来看，只怕不是第一次联合行动了。

少尉说："她长什么样不重要，你们只要看见是人，不管死活，想办法弄出来就对了。"

海浪拍打着陡峭的海岸，潮声如同上古巨兽的怒吼，让人心惊胆战。审判庭战士们头盔上的照明灯打出的光柱，伴着偷渡者村庄的猎人们手中摇曳的火把，把整个基地废墟照得忽明忽暗。人们搜索的身影，在残垣断壁上变成扭动的黑影，显得特别瘆人。战士们手中的生命探测器测不到废墟中人类生命的迹象，猎人们合力抬起折断的大树和碎裂的混凝土块，试图找到博士的遗体。

"这里很泥泞，也很热，像煮热的泥浆。"有老猎人抱怨说。

郑修远低头，吓得心脏差点儿从喉咙里蹦出来。地面上黏糊的东西哪里是什么泥浆？那分明是血！大地在流血！

只要是被照明灯和火把照亮的地面，都在流血！紫蓝色的血，不是郑修远熟悉的任何一种生物的血。一些血液在低凹处汇聚成血潭，一些岩石裂缝和泥土中仍在不断渗出鲜血，有几个陨石坑里甚至有鲜血高高地喷涌出来。

一名老猎人说："莉莉丝受伤了，如果韩丹博士出了意外，莉莉丝只怕会……"

郑修远问："莉莉丝是什么？"

"科学院的事，你不该问的就别问！"有士兵大声喝令郑修远。

郑修远摸摸鼻子，跟着老猎人清理碎石瓦砾，假装自己跟老猎人是同一个村的人。

一束亮光照在郑修远脸上，让他睁不开眼睛，一支枪顶在他的额头。审判庭的中尉警惕地问："小兄弟，面生得很哪，你是哪个村的？怎么背着我们审判庭的枪？"

猎人们背的枪是仿地球时代的雷明顿猎枪，以普布雷乌斯将军为首的审判庭高层们动了同情心，网开一面，根据祖先从地球故乡夹带出来的枪械图纸，给偷渡者们制造了一批用来自保的、做工简陋、威力小的猎枪；审判庭的配枪是先进的电磁突击步枪，威力可以自由调节，最大威力状态下，甚至能打穿坦克的前装甲。审判庭非常忌讳自己的枪支流失到民间。

郑修远举起手，紧张到连话都说不利索了："我……我捡来的！在一辆被陨石砸毁的装甲车里！"

老猎人将郑修远拉到自己身边，把他的枪摘下来，交还给少尉，赔着笑说："这小兄弟是我们村的人，新来的，不懂规矩，请您别见怪。"

另外几个村的猎人们心情复杂地看了老猎人一眼，惋惜自己没能及时留意到这里多了一个新来的陌生人。在这艰难求生的世界，任何新来的偷渡者都会受到欢迎，毕竟多一个人，就意味着多一份劳动力、多一个可以抵御野兽的帮手。

"小伙子，叫什么名字？"老猎人小声在郑修远耳边问。

"我姓郑，郑修远。"他小声自我介绍说，不敢让审判庭的人听到。

老猎人说："我姓沈，大家都叫我老沈。"

天空突然刮起狂风，跟平时往一个方向刮的风不同，这次似乎是从天上直接吹来，大地之上顿时狂风大作，飞沙走石。"怎么回事？"有猎人大声问。

"我们发现了韩丹博士！"士兵的声音从不远处的瓦砾中传来，声音被大风撕碎，听得并不是太清楚。人群骚动了，有人看见了天上慢慢下降的巨大黑影，感到害怕；也有人觉得现在不管发生什么事，抢在黑影降临之前把博士救出来，才是最重要的。

风越来越大，一栋破损的大型建筑物里，士兵和猎人们合力抬起沉重的建筑物碎块。碎块下，露出被鲜血浸透的学者制服的半片衣角，韩丹博士死了，她身下是坚硬的金属地板，身上压着一个从二楼破损的楼板上砸下来的巨型蛹状培养器，半透明的膜壁上爬满了类似血管的组织，里面暴露出一头已经死去的动物克隆体轮廓，体型非常巨大。

"这是什么怪物？"有猎人大声惊呼。

士兵说："是大象！博士一直在克隆地球动物，努力重建地球时代的生物圈。"

郑修远倒吸一口凉气，这栋建筑物里的墙壁上爬满了类似藤蔓，又像血管的组织，天花板上垂落着一个个大小不一的蛹状生物培养器，在一些培养器上还能看见类似脉搏的跳动。

"怪物！怪物从天上飞下来了！"天花板的破洞处出现了一双灯笼大小的血红色眼珠，一头巨人的怪物收起翅膀，从破洞窥探室内的情况，它锋利的爪子比人的身体还大。

猎人们惊慌失措，朝着怪物开枪射击。怪物被激怒了，巨大的爪子如同撕纸一般撕碎了建筑物，前爪一扫，大群猎人被它甩到空中、撞到墙壁，死伤惨重！

"快住手！不许开枪！是巨龙法涅尔！"士兵们大声劝阻猎人，却劝不住暴怒的法涅尔。

数日之后，南极基地。

韩丹的死讯已经确定，普布雷乌斯将军站在一片狼藉的南极基地的地面，抬头看着巨大的行星引擎从地下升上地面。

星舰地表的平均温度是三十二摄氏度，引擎林立的南极基地更为炎热，成百上千座光源站撑起了南极的人造白天。听说等到数百年后，星舰第三期工程完工时，所有的光源站都会退出历史舞台，由卫星轨道上被称为"人造太阳"的光源卫星提供照明，它还会营造出昼夜交替和季节变换等地球景象。到那时，这金属的星舰南极将会被厚厚的冰层所覆盖，形成跟地球故乡相同的极地风光。

"法涅尔回来了！"地面的工人们大声叫着，有些工人还朝它挥手。很多工人把这些承担过早期星舰建造工作的人造怪物，视为值得敬重的前辈。

比法涅尔回来得还早的，是审判庭方面的汇报。将军知道，1号大陆的审判庭里出现几名士兵伤亡的情况，虽然跟过去最艰难的时期相比，伤亡不值一提，但是，这是瞒着阿史那督私下派出的部队。将军不知道她会不会因此动怒。

将军昏花的老眼，似乎看到了韩丹熟悉的身影。在过去的日子里，韩丹经常骑在法涅尔的脖子上，穿梭于南极基地和 12 号生物实验基地之间。韩丹每次回来，都会微笑着走向大家，给围上来的生物学者们解答一些工作上遇到的问题。

但是今天，回来的只有孤独的法涅尔。

法涅尔降落在南极的金属大地上，巨大的翅膀掀起狂风。几名生物学者跑了过去，在它的巨爪上采集莉莉丝的黏液样本。将军知道，该面对的事情总是要面对的，他走进升降梯，左腿的机械义肢发出有节奏的咔咔声。他倚靠在冰冷的金属箱壁上叹气，电梯不断下降，墙壁上的读数从海拔二十米慢慢下降到负五百多米后慢慢停住。地下城到了。

地下城里还是跟平时一样热闹，走廊里的显示器显示着林林总总的读数，包括地下城的气温、气压、氧气浓度等，这些关系到居民生存的读数跟太空城里随处可见的监测屏上的类似。但是，有几项数据是太空城里没有的，比如地震风险预警。

今天的地震风险预警是"6.5 级地震风险极高"，但是人们仍然忙碌着手边的事。毕竟地震在这里是常事，不到 9.0 级以上，没人会放下手上的工作。

但是阿史那督常说，人最重要的是按时作息，紧急加班不能成为"亚细亚"星舰建设的常态，劳累过度容易导致工作出错，发生意外害死自己那是小事，顺带着害死别人，或是耽误了星舰建设，可是要出大事的。所以这个时间点，阿史那督应该在休息室里。

将军穿过好几个地下大厅，来到一扇大门前，门上挂着字迹娟秀的金属牌："阿史那老师的地下植物园"。门无声无息地打开，出现在他眼前的是直径将近一公里的宽敞空间，由地下溶洞改造而成，无数巨大的柱子支撑着天花板，天花板上满满地镶嵌着模拟阳光的大灯，明亮的灯光下是郁郁葱葱的植物。将军看见一群小孩子，围在阿史那雪身边，听她讲述地球时代的生物特征。

将军记得，在以前的星舰建设工作中，由于环境过于恶劣，来到这个世界的工人再也没有活着返回太空城的机会，所有的工人都是先结婚生娃，留了后代、写了遗书，才到星舰上来。但是随着环境慢慢好转，一些老规矩正在慢慢松动，有些家庭里夫妻都是工人，把孩子留在太空城，结伴到星舰上工作之后，又怀了身孕，星舰联盟却没有能力把出生在星舰上的婴儿送回太空城，只能在南极基地的地下城里建造学校，让孩子在星舰上接受教育，由在这里工作的科学家们兼任老师，轮流授课。

向来杀伐果断的阿史那督，竟然很喜欢小孩子，这倒让大家很意外。

教授看见将军走过来了，问："有什么事吗？莫非是想报告1号大陆的审判庭伤亡情况？"她把教育孩子的工作交给下一名休息的学者，带着将军，返回办公室处理公务。

"您，已经知道了？"将军心底忐忑不安。

教授指着自己的耳朵说："我休息的时候，并不意味着我两耳不闻窗外事。"她耳道里有一个小巧的通信器，随时向她汇报各种最新情况。

"教授，这是我们从法涅尔爪子上取样，得到的 12 号生物实验基地的莉莉丝样本。"一名学者已经等在办公室门边了，手里捧着银色的金属容器，神色凝重。

"辛苦了。"教授接过容器，打开门，走了进去。将军也一并走进去。

"还有别的事要汇报吗？"教授关上门，坐在沙发上，问将军。她办公桌上堆了不少需要处理的文件。

将军忐忑不安地站着，他知道，阿史那督会毫不犹豫地撸掉任何一个擅自出动部队的上校，但是撸不掉和她同级别的第七师的少将师长，他必须为阮上校擅自出兵的事背上责任，毕竟这是他默许的行动。他开口说："1 号大陆的审判庭战士们出现了不必要的伤亡，这是因为我……"

"这事，我不想过问。"教授说，"我的职责只是监督审判庭第七师，至于擅自出兵的事情怎样处罚，是你的事。"

"但是韩丹博士很重要！"将军仍在争辩。他知道，同样是建设生态圈，"欧罗巴"星舰那头有数以百万计的生物学家，穿着厚重的隔热防护服，冒着生命危险，在岩浆横流的焦黑色陆地上没日没夜地工作，进展却不容乐观；但是"亚细亚"星舰这边，一个韩丹就承担了大部分的生态圈建设工作，配备的生物学家只有区区十几万，大部分都留在安全区域观测数据，而阿史那教授也乐得清闲地当了好多年的甩手掌柜。如果韩丹真的死了，大家只怕得像"欧罗巴"星舰那样，派更多的生物学家冒险进入危险区域工作，承受着更大的伤亡。

教授说:"我只想告诉你,很多人的生命都只有一次,但是莉莉丝,可以给予这世上的任何死去的生命体,第二次生命。"她慢慢打开容器的金属外壳,脸上露出让将军脊背发凉的微笑。

金属外壳下,是一个很厚的玻璃容器,容器里是紫红色的菌丝,爬满玻璃内壁。菌丝在容器里纵横交错,如同蜘蛛网,在丝网的节点中鼓起肉瘤般的团块,团块上杂乱无章地长出了生物器官——一个团块,长出了植物的根须和叶子;一个团块,长出了鱼鳍;一个团块,长出了昆虫的复眼;还有一个团块,长出的似乎是人类的食指。

莉莉丝失控了,开始杂乱无章地克隆各种生物,但是将军发觉,阿史那督并没有要出手控制事态的意思。她找了个自己觉得舒适的姿势,双手一摊,说:"生态系统会自己找到平衡。反正不管怎么失控,总比当年一片毫无生机的岩浆海洋……"地下城突然剧烈摇晃,办公室的天花板塌了下来!地震了!

建造中的星舰由于地壳板块的冷却收缩,很容易发生强震。地震预测很难做到精确。监测数据显示,今天最多只会发生 6.5 级左右的地震,对坚固的地下城来说,几乎可以无视这样的轻微地震。但是当地震发生时,人们愕然发现,这竟然是 9.2 级的强震。

救灾工作迅速展开。将军恢复意识时,只听到上头有很嘈杂的声音:"快!快搬开这些东西!教授被压在下面!"但是将军并没有感觉到骨头被压碎的疼痛。

一声水泥撞击地面的沉重响声后,他身上的压力骤减,教授的声音传来:"我没事,你们赶紧把普布雷乌斯送去急救室。"由于地震而断电的办公室废墟里，将军看见了救援队员帽子上的灯光，看见教授趴在他身上，用身体替他挡了一百多公斤重的水泥板。

"阿史那教授！您的手臂受伤了！"有救援人员大声说。

钢筋穿透了她的手臂，渗出灰色的、像是矿物油般黏稠的血液。她把钢筋从伤口拔出来，扔在地上，连带着扯出了手臂内部的电路和芯片，破碎的人造皮肤下，金属传动结构已经被严重损坏。她说："少废话，去救人。我说没事就是没事！"

在这里工作的人，不管是工作人员还是学者，能有几个身上没点残疾？阿史那教授决定去换一根新的义肢。

南极基地，地面。生物学者们给法涅尔锋利的鳞片上蜡，打磨它巨大的爪子。他们知道，法涅尔很享受这样的照顾。

法涅尔躺在金属大地上，在地震的轰鸣声中打鼾，区区9.2级地震，和它经历过的星舰早期岩浆海洋狂暴的赤浪翻腾相比，根本不算个事情。

突然间，法涅尔睁开血红的眼珠，抬起脖子，直盯着北方的天空。

"法涅尔！你看到了什么？法涅尔！快给我回来！"在工作人员的惊呼声中，法涅尔拍打着巨大的翅膀，腾空而起，飞向遥远的北方。

四、海滨渔村

这是大海。浩瀚的海水，比郑修远前半生中见过的所有的液态水加起来，还要多无数倍。大浪打在岸边，腾起十几米高的浪花，拍碎了悬崖边的岩石。

地震引发了海啸，但是 1 号大陆的海岸线并不像地球故乡的沙滩那样距离海平面很近。至少欢迎郑修远加入的这座小渔村，离海面还有五十米的距离，五十米的垂直距离。

海浪在悬崖下咆哮，渔村在悬崖上瑟瑟发抖。村庄里不太牢固的茅草树皮房对一切 5.0 级以上的地震都一视同仁，反正都会被震塌，茅草屋顶也压不死人，再大的地震，只要不是刚巧不走运被木头房梁砸到，人基本上也就死不了。

只是这突如其来的地震，打断了欢迎郑修远加入村庄的简陋欢迎仪式，还带走了几名村民的生命。其中一名遇难者是出生在星舰上的孩子，十二三岁的年纪，被倒塌的房梁压死，父母哭得死去活来。如果加上前些几天搜寻韩丹博士的下落时牺牲的人，这座名叫海崖村的小村庄，总共失去了九条人命。

葬礼也很简单。在太空城里，所有死去的人都会被送到分解室，分解成碳、氮、氢、氧、磷等人类赖以生存的、在太空中又不易获取的元素，为活着的人提供生存所需。但是，海崖村没有太空城里的分解室，也许整个"亚细亚"星舰都不会有这种东西。村民们在村外挖了几个深坑，厚厚的温润泥土是郑修远以前没见过的。他以前只在图书馆的电子书籍中，见过照片上地球故乡的沃土。

年迈的村长在一卷陈旧的兽皮纸上记录了遇难者的姓名，他觉得人的一生，哪怕再渺小，也要留下点记录，不能尘归尘土归土之后，再无痕迹。

"停！再挖下去，就是莉莉丝的血脉了。"村长喊停。大家不再继续挖，草草安葬了逝者，盖上泥土，算是葬礼结束。

"为什么刚刚形成一百多年的陆地，就已经有这么厚的腐殖土？"郑修远问猎人老沈。

"这哪里是腐殖土啊？"老沈说，"这是被莉莉丝的菌丝腐蚀成泥土的岩石。如果真要按照自然界的风化速度让它慢慢变成泥土，大概要等几亿年吧？"

郑修远问："莉莉丝到底是什么？"

"是魔鬼，韩丹博士制造的魔鬼。"老沈说，"但是这个世界不能缺了这魔鬼。"

科学审判庭的人来了，他们的身影远远地出现在崎岖的山路上，守护村庄的年轻猎人们打开防御野兽袭击的村寨大门，让他们进来。他们并没有乘坐郑修远先前见过的装甲车，而是骑着一种叫"马"的动物，听说这是人类发明汽车之前，最常用的代步工具。为首的军官是个独眼龙，在他瞎掉的左眼上有一道狰狞的伤疤。

"先进的不一定就是最合适的。"老沈看出了郑修远的疑虑，"他们没有太多的燃油，别看骑马巡逻很落后，但是遍地都是可以喂马的草，总比给装甲车找燃油简单得多，而且不依赖公路。"

村长亲自迎接审判庭的战士。军官让士兵从马匹上搬下一箱子弹："这是说好的报酬，两千发猎枪子弹。虽然博士没成功救回来，但是报酬还是要给的。"

郑修远缩着脖子，躲在老沈身后，似乎怕被审判庭的人认出来。但是他心中一想，又觉得好笑，这村里谁不是非法的偷渡者呢？军官扫视了一眼这座简陋的小村，家家户户屋檐下都挂着风干的野兽肉和说不清楚品种但是显然能吃的野果。

军官问："上次给你们的玉米种子，发芽了吗？"

村长说："种下去了，但是没人懂种田，大部分都烂在地里了，发芽的很少。"

军官点头："反正我们也不懂耕种，古代祖先们种田的技术已经失传了。老是打猎和采集野果也不是办法，上头对你们破坏生态圈很不高兴，我们每个村都给些种子，谁种成功了，就互相学习着种田。"

士兵们给了村长一小袋新的种子，军官又说："给我们一个星期的水和食物，这是报酬。"军官拿出一小袋猎枪子弹，粗略估计有四五十枚。在"亚细亚"星舰的偷渡者村落中，猎枪子弹可以像地球时代的钱一样用来买东西。

"各位长官，你们准备一个星期的食物，是准备去哪儿？"村长知道，审判庭的人一般不会携带超过三天的干粮，除非他们准备执行特殊任务。

军官说："不关你们什么事。"

村长使了个眼色，村民们立即取来村里最好的烟熏火腿送给士兵们。军官看了一眼火腿，叹了口气，才说："我们在追法涅尔，已经追踪三天了，没人知道它为什么突然擅自行动，这可不是什么好兆头。"

作为海崖村的村长，花点小礼物贿赂审判庭士兵，打探情报，确保消息灵通，是他的分内工作。村长目送审判庭的人离开，这种偷渡者和审判庭和谐相处的气氛，让郑修远觉得很不适应。直到审判庭的人消失在视野中，村长才对猎人们说："法涅尔是韩丹的孩子，现在只怕是满世界找妈妈。如果你们打猎时遇上它，尽量躲远点儿，那东西终究是猛兽，谁知道它会做出什么事来。"

生活仍然是要继续的，村长给每个猎人分发了子弹，成年男人纷纷散去，分头打猎。女人带着孩子到村庄外围相对安全的灌木林里采集野果，照顾病恹恹的玉米田。老沈拍拍郑修远的肩膀："走吧，我教你打猎。"

猎枪子弹是很宝贵的，郑修远这样的新手猎人只配用简陋的弓箭。

他跟着老沈，走在崎岖的山路上。他又提起了刚才见到的那名军官："那军官，脸上的疤看着真瘆人。"

老沈问他："你在太空城里，很少看到残疾人吧？"

郑修远点头。太空城里面对的危险，往往是恒星风暴、舱段故障等致命的威胁。人们在太空遇上这类危险时，往往是瞬间丧命，就算是一些小伤口，也很容易迅速恶化到足以致命的程度，遇难者多，能抢救回来、留下残疾的活人少。

老沈说："他那是保护学者留下的伤。这世界跟太空城不太一样，人受伤之后多半不会迅速丧命，一些比较重的伤，难免留下残疾。"

狩猎是很讲究的事，每走一段路，老沈就蹲在地上，查看野生动物留下的粪便。他决定往废弃的 12 号基地走走，那边有非常茂密的森林和繁多的野生动物。

他们走了一会儿，郑修远忍不住又问："你们也都是从太空城过来的？"

老沈反问他："不从太空城过来，还能是石头里蹦出来的？"

郑修远又问："像我这样偷渡过来的很多吗？"

老沈说："活着到达这里的并不多。人力是非常稀缺的，如果你遇上偷渡者，就带到咱们村来，各个村抢人抢得很凶。"

郑修远又问："你们跟审判庭的关系一直这么和睦？"

老沈说："和睦？放屁！他们不过当我们是不请自来的试验品，测试生态圈是否达到了适合人类生存的标准。"

郑修远又问："我们这不是活得好好的吗？"

老沈说："哼！想达到人和自然的平衡不容易，你不知道以前这里饿死病死多少人！眼下这局面，说不定什么时候就被野兽灭村了！"说话时，他警惕地看着四周的丛林，确认周围没有大型食肉动物潜伏。

郑修远又问："您见过韩丹博士吗？"

老沈说："没见过。听说那是个深居简出的怪人，就连科学审判庭的人，也未必见过她。"

郑修远又问："怎么怪法？"

老沈说："她是才华横溢的魔王，不近人情。她能拯救整个世界，但是会顺带着弄死你。所以我们不管多讨厌她，都不得不想办法救她。"

郑修远又问："她不是死了吗？我亲眼看见她被培养罐压扁了，扁得跟被二向箔攻击似的。"

老沈说："科学院的黑科技，咱们普通人哪里知道？听说他们连死人都能弄活过来，如果他们想这样做的话。"

说话时，他们已经走过了 12 号基地的警戒区，那块"科研重地，极度危险，闲人免进"的警告牌，早已被野生动物扯到地上，被踩得一塌糊涂。老沈蹲在地上，仔细辨别着牌子上的脚印是危险的食肉动物还是适合狩猎的食草动物留下的。

郑修远又问："你说，莉莉丝到底是什么怪物？为什么韩丹博士要制造这样的怪物？"

老沈不耐烦地说："话痨不适合当猎人！一个合格的猎人，应该学会闭嘴！不要让说话的声音惊动野兽！再不闭嘴，你明天就留在村里，跟女人孩子一起采集野果！"

郑修远耸耸肩，不敢再做声。他并不是话痨，只是害怕森林里寂静中带着野兽窸窣声的环境，想用交谈来稍微驱散一下恐惧感。

12 号基地周围浓密的森林，让郑修远感到害怕。上次过来时是晚上，看不见森林里的东西，倒也罢了；现在附近的光源站已经修复，在人造白天之下，他看见一棵棵的参天大树遮天蔽日，粗大的树枝下，结着一个个直径一两米的蛹，像果实般垂挂着。蛹身上有脉搏在跳动，里面依稀可以看见发育中的动物——鹿、獐子、野兔，甚至还有狼，以及别的连老沈都说不出名字的动物。

老沈小声提醒他："别靠近那些东西，它有自动防御能力，会把人卷进去吞噬掉的！"

哪怕韩丹不在了，基地里的建筑物毁了，莉莉丝仍然在自动建设生态圈。郑修远似乎有点儿明白村民们对莉莉丝的畏惧了：莉莉丝是让野生动物重现人间的源头，人们害怕它，但是又离不开它。

几只獐子在树林间啃食落在地上的野果。子弹是很珍贵的，老沈从背上取下简陋的木头短弓，仔细瞄准獐子，嗖的一声，树枝削成的箭矢脱弦而出，獐子应声倒地。

郑修远猛然听到森林深处似乎有猛兽活动的声音，他看见一头熊慢慢出现在老沈前面，那头熊有锋利的爪子和牙齿，毛皮是非常奇特的黑白两色。老沈忙着处理獐子，似乎没留意到面前的猛兽。

郑修远拉紧弓箭，瞄准这头奇怪的熊，大声喊："老沈！快逃！"同时，他的手指一松，箭矢朝着猛兽，离弦射出！

老沈抬头，看见猛兽，正要说些什么，却听到噗的一声，箭矢正中老沈!

郑修远背着老沈没命地跑。他觉得自己非常幸运，那头奇怪的熊并没有追赶他们，只是坐在地上优哉游哉地啃竹子。

老沈身上插着好几支郑修远射出的箭，一路上都在龇牙咧嘴地咒骂："臭小子！什么猛兽？那是熊猫！幸好你没射中它！要是它被你激怒，我们都要被它扇成肉饼！"

回到海崖村已经是三个小时之后的事情了，村里的医生给老沈简单处理了伤口，幸好郑修远这蹩脚的新手猎人力气不大，箭矢射得不深，全都是皮外伤。村里的猎人们纷纷指责郑修远这猪队友专射自己人，越骂越难听，老沈忍不住了，大吼："都给我闭嘴！你们哪个不是从蹩脚的新手猎人起步？谁没做过坑队友的事？"

老沈喜欢护着年轻人，这是大家都知道的事。简陋的茅草房终于安静下来。郑修远蜷缩在屋角，不敢做声，他知道大家都讨厌他。毕竟海崖村里食物不多，没人会给一个光吃饭却不懂打猎的年轻人好脸色看。

我真的只能跟老人和女人一起，去采集野果吗？郑修远走出茅草房，看着不远处的海边，看着那些趁着海水退潮，捡拾被海浪冲到岸边的飞船残骸的老人。

遇难的偷渡者飞船是不少的，偶尔会有残骸被冲到海边，这些来自天上的物资是村里最宝贵的资源。有时候，除了偷渡者飞船，县至还能发现坠毁的工程飞船，以及遇难的工人遗体。

我自己一个人打猎吧，就算实力不济，被野兽吃了，死的也只是我一个人，不拖累别人。郑修远打定了主意，稍微整理了弓箭，一个人独自出发了。至于怎样打猎，他只能努力回忆老沈打猎时的办法，心中并没有多少自信。

离开村庄，莽莽群山绵延到天边。郑修远怕迷路，于是顺着海岸线走，试图找到一些容易狩猎的小动物。韩丹重建地球生物圈时，似乎也对地球生态不是太了解，毕竟祖先们留下的资料残缺不全。各种动植物被一股脑儿地克隆出来，不管是信息时代仍然繁衍在草原上的麋鹿，还是冰河时代末期就已经灭绝的剑齿虎，韩丹把它们统统做出来扔到大自然，任由它们互相厮杀。优胜劣汰，当所有生物达到动态平衡时，就算是稳定的生态圈了。

乱石嶙峋的海滩，一阵阵的海浪扑打着岩石。"亚细亚"星舰和"欧罗巴"星舰互为对方的月亮，重现着地球故乡的潮汐。

郑修远走了很远，一道被地震撕裂的大峡谷横贯在他眼前，从看不到尽头的远方延伸到海边。滚烫的岩浆从峡谷底端喷出，顺着裂缝慢慢流向大海，把海水烧到沸腾，水面上漂浮着不少被烧死的鱼。

这东西，能吃吧？郑修远饿得很，从箭壶里拔出一根箭，戳了戳他人生见到的第一尾肚皮朝上的鲨鱼，那白森森的牙齿极为吓人。他抽出小刀，用力切了一块鲨鱼肉，塞进嘴里，只觉得肉质坚硬难嚼，味道难闻，但是饥饿之下，也只能硬着头皮咽下去。

远方的海平面上，郑修远看见大块的碎片随着海浪漂向岸边，其中还夹杂着遇难工人的遗体，因为他们穿着星舰建设局的制服。

很多村庄都欢迎新来的人，不管是偷渡者还是合法的工人。听说如果能救回活着的工人，审判庭会给予不菲的奖励。郑修远突然发现巨大的阴影伴随着大风笼罩了他，他抬头，顿时觉得毛骨悚然：法涅尔巨大的身躯，正在他头顶上的天空徘徊！

郑修远踩过仍透着热浪的凝固岩浆，顺着海岸线夺路而逃！他永远忘不了在12号基地，法涅尔发疯地攻击人群时，那死伤惨重的场面！

涨潮了，海浪扑打在陡峭的海岸边，浪头一个比一个大，一些巨浪扑打在高高的光源站上，浪花滔天，让大海上方浓云密布的天空变得阴晴不定。

远处海面上有一艘破旧的飞船，外壳有星舰建设局的徽章，破损的外壳下，裸露出环形的桁架，像死去巨鲸的肋骨。郑修远想跑到飞船边，钻进飞船里，以躲避天上的巨龙法涅尔。

一个巨浪打碎了郑修远脚下的岩石，他坠入海中，顿时被海浪吞没。

当郑修远睁开眼睛时，发现自己躺在飞船舱室内。飞船已经断成两截，瘫在海岸边，大量的液态水从空中洒下，在飞船的裂口处流进舱内，积聚成小水潭，又顺着另一道缝隙流到舱外。

郑修远吃力地爬起来，发现身上早已换上了干燥的工人工作服。舱室里有一个打开的铁柜子，里面还存放着很多套没开过封的工作服。

这，就是古书中记载过的"下雨"吧？郑修远走到裂缝边，看着半米多宽的裂缝外，液态水从乌黑的云层中飘飘洒洒地落在天地间。这是他人生中，第一次看到真正的雨。在过去的两千多年太空流浪中，已经有两百多代人没见过下雨了。

郑修远看到飞船断裂形成的半开放空间里，一根光缆被切断，从天花板垂下来，用作绳子，上面挂着一顶拆掉内衬的安全帽。帽子下方是燃烧的柴火堆，帽子里煮着冒着气泡的植物茎叶。飞船的断口正对着乱石海滩，一个穿着并不合身的工人制服的女生正在雨中掩埋遇难工人的遗体。

"是你救了我？"郑修远问她。

女生转身，看了他一眼，又回头继续掩埋死者，说："本来以为你死了，墓穴都替你挖好了，没想到还有气，就试着抢救了一下。没想到还真能活过来。"

女生的相貌很普通，是普通到混进人堆里就很难再找出来的那种。雨水把她额前的头发打成一缕一缕的。跟很多来自太空城的人一样，她对死亡很麻木，毕竟大家都见惯了致命的灾难。

郑修远知道高空落物会砸死人的，他小心翼翼地把脚伸到雨水下，确定这些从高空落下的雨滴不会把人砸伤之后，才敢慢慢探出身子，走到女生身边帮忙掩埋死者。他问女生："你也是第一次淋雨吧？"

女生说："就算以前没淋过雨，也该看过古书中祖先们对下雨天的描述吧？这点雨，死不了人。"

他们埋葬了最后一具遗体，回到破损的飞船里。女生把头盔里煮的植物分给他一半："吃完这些，我们就离开这里，找一个会收留我们的村庄。这里不安全，雨停后，野兽会循着气味过来刨食遇难者尸体。"

郑修远问："那我们为什么还费事把死者掩埋起来？"

女生说："入土为安，算是一种仪式吧。听说地球时代的祖先们都这么做。"

并不多的食物，很快就吃完了，他们趁着雨还没停，前往海崖村。郑修远记得老沈说过，人力对任何一个村庄都很宝贵，发现幸存者，就一定要带到村里去。临走前，郑修远又看了一眼海边的坟茔，他知道，这野兽遍地的世界，入土也难安。

雨中的世界，一边是大海，一边是森林，他们顺着乱石海滩往回走，不知走了多久，海崖村模糊的轮廓慢慢出现在雨雾朦胧的山坡上。雨天路面湿滑，女生在崎岖的山路上滑了一跤，幸好郑修远及时扶住她。这是他第一次牵女生的手，只希望海崖村能再远一点儿，她的手能再多牵一会儿。

"对……对了，你叫什么名字？"郑修远涨红着脸，他现在才想起来，忘了问女生的名字。

"我姓宋，宋云颖。"女生说。

一支审判庭队伍骑着马，从狭窄到仅容三人并肩行走的山路岔口匆匆而过，马蹄踏起一阵水花，他们并没有过多留意身穿工人制服的郑修远和宋云颖。这身衣服并不足以让审判庭觉得奇怪，毕竟工人们拿自己不要的旧制服，向附近村民换取肉食改善生活的事情时有发生。

宋云颖躲在郑修远身后，避开审判庭博士兵的目光。郑修远记得自己第一次在海崖村遇上他们时，也是这样躲在老沈身后避开他们的目光。

"大家快跟上！法涅尔那怪物飞行速度很快！别跟丢了！"一名审判庭少尉队长大声喊。

法涅尔仍然在天空徘徊，它并不是在追赶郑修远，只是它寻找韩丹的飞行方向，刚好和郑修远逃跑的方向相同。

跟踪法涅尔是件苦差事，它在天上飞，毫无规律地来回飞行，寻找韩丹的下落，审判庭却需要在地面跋山涉水地去追踪。它轻松飞越几个山头，审判庭的人就不得不翻山越岭，绕很远的路，爬过陡峭的悬崖和深不见底的峡谷，一路上苦不堪言。

"我是第五分队的张少尉，6号峡谷挡住了我们的去路。峡谷从大陆深处一直蔓延到海中，我们绕不过去！"带队的军官在大峡谷边勒停马匹，对通信器说。

上级很快回复："明白。第九分队的法拉第少尉会在峡谷的另一面继续追踪，你们就地扎营休息。允许猎杀野生动物作为食物。"

这是前几天地震撕裂大地后形成的新峡谷。少尉冒险走到大峡谷边缘，人在这里就像蚂蚁般渺小，断裂的河道在峡谷边缘形成飞流直下的大瀑布，发出震耳欲聋的声响。河水在峡谷底部赤红的岩浆上沸腾，浓厚的水蒸气腾空而起。崖壁中间的岩层断面上，很多直径七八米粗的血红色巨藤被大裂谷扯断，耷拉在那里，没有任何一根巨藤能够横跨这巨大的峡谷。

少尉倒吸一口凉气，拿起通信器汇报说："我是张少尉，大地深处的莉莉丝被地震形成的大峡谷撕裂成两半。目测已经被完全切断联系。我不知道这意味着什么后果，但是肯定不是好兆头。"

北方群山绵延的天边，法涅尔在空中一圈又一圈地盘旋。在以前，这意味着韩丹博士就在下方；但是在博士死后的现在，这种盘旋意味着什么？

通信器里传来战友的声音："这里是第九分队，这里发生了不可思议的事情，我们发现了疑似韩丹博士的……"

"快跑！千万别回头！"一个女声从通信器里传出来，张少尉低头看了一眼通信器上显示的声音所属频道，竟然是来自审判庭第七师位于南极基地的师部。师部绕过团、营、连等指挥层级，直接对执行任务的小分队下令，这是非常罕见的事情。

连级指挥部呼叫法拉第少尉，但是通信器里已经听不到这个小分队的声音了，只怕是凶多吉少。

另一个声音从通信器里传来："这里是第十七分队，我是马米科尼扬少尉。我们在海边找到了坠毁的 33576 号飞船，但是已经没有活人了。沙滩上有不少空的墓穴，也许是野兽把遗体拖出来……啊！"

几声惨叫过后，通信器里又是死一样沉寂，无论连级指挥部怎样呼叫，第十七分队都没有任何回应。

南极基地，会议室。普布雷乌斯将军把卫星遥感图片放在教授面前。工作在微波波段的遥感技术可以穿透"亚细亚"星舰浓厚的云层，拍摄到大地的画面。

教授把卫星照片浏览了一遍，他看见了断成两截、瘫痪在海边的飞船，看见了海滨的坟茔，看见了死去的工人从墓穴中爬出来，看见了死去的韩丹博士站在海滩边。

韩丹博士，不是早就遇难了吗？将军想起了教授说过的话：莉莉丝，可以给予这世上任何死去的生命体，第二次生命。

将军问："莉莉丝到底是什么怪物？"

教授说："它就是怪物，人造怪物，类似真菌、蠕虫和植物的混合体，无法归类为你们熟悉的任何一种生物。它会自动检测周围生物的生命特征，一旦遇上新鲜的尸体，就会设法获取尸体残存的活细胞，把死去的动植物重新克隆个活体出来。"

将军问："这就是给予死去的生命体第二次生命？"

教授点头："莉莉丝的存在，让'亚细亚'星舰的生态圈坚不可摧。不管是超大规模的流星雨撞击、灾难性的森林大火，还是星舰引擎启动时引发的大气层紊乱，不管生态圈被摧残成什么样子，它都能迅速复活死去的动植物，重建生态平衡。"

一名高级军官心头不安："如果这种能力，被作用在人身上……"

"对的，这就是问题所在。"教授说，"如果是一棵树、一只猫、一头鹿，克隆出来也就克隆了，不会出什么乱子。"

照片上，复活的死者似乎像丧尸般摇摇晃晃地从泥土里爬出。教授说："这种半吊子的克隆人，脑子里空无一物，只知道凭动物的本能生存。"

将军皱起眉头，灰蓝色的右眼和左眼眶的红色电子义眼一起眯了起来："我记得韩丹博士还活着的时候，莉莉丝从来不会复活死去的人类。尽管我知道它会克隆野生动物。"

教授说："莉莉丝会克隆韩丹。"

这话一出，整个会议室一阵哗然。教授解释说："在韩丹设计莉莉丝之初，她就意识到这怪物一旦失控，就会把整个世界置于危险之中。所以她想了个办法，把莉莉丝纳入自己的绝对掌控之中。如果莉莉丝检测不到韩丹的存在，就会自己克隆一个，再把自己置于韩丹的控制之下。"

这匪夷所思的做法，的确像韩丹这个科学狂人的作风。"这样做没问题吗？"将军问教授。

"这不是出问题了吗？"教授说，"这方案有两个漏洞：第一个漏洞是莉莉丝的生命力极强，地震撕裂大地时，莉莉丝被撕裂成两半，于是它会自己独立发育成两个完整的莉莉丝，并各自克隆一个韩丹；第二个漏洞是韩丹没考虑过自己会疯了，居然解开莉莉丝的权限，开始复活死去的人。"

将军问："我们现在该怎么办？"

"杀了所有发疯的韩丹。"教授的命令很明确。

一名上校拍案而起："我们的职责是保护学者！不是杀害学者！"

教授说："那好，你们全部撤回，谁都不许冒险行动，避免不必要的牺牲。我亲自对付她！"

"教授！不要意气用事！"普布雷乌斯将军急了。

教授说:"作为审判庭的督察官,我只是提出建议。至于是否执行,那是你们的事。"说完就起身离开会议室,根本不多做停留。

将军目送教授离开,教授这杀伐果断的性格,在学者当中并不多见。

地下城的住房条件很紧张,以教授这样的身份,也只能分配到一间两人合住的小套间,普通学者和工人们只能睡大通铺。但是这样的条件已经比太空城里好很多了。

教授的小套间是和韩丹博士合住,但是韩丹已经很长时间没回来过了。教授打开简陋的铁皮衣橱,里面挂着她常穿的衣服:几件审判庭的黑色制服、几件白色的学者工作服、几条裙子,还有两套仿地球时代的休闲服。女人对衣服只会嫌少,不会嫌多。衣橱角落里放着一柄钛合金陌刀,仿地球古代大唐帝国兵器的制式。衣柜门背后贴着几百年前的流放者兄弟会首领,早已作古的韩烈将军的照片。照片上的将军留着半寸长的短发,白发根根竖起,宛若雄狮。

教授看着韩烈的照片,怔怔地看了半晌。韩丹出意外了,如果让小烈你来面对,你会怎么做?

警报声响彻整个地下城。广播中说,一颗直径超过十公里的小行星正朝着"亚细亚"星舰飞来,尽管联盟军的军舰已经把它炸成碎片,但是数以亿吨计算的碎屑仍然会对星舰造成毁灭性的灾难。

教授的耳机里传来星舰动力系统负责人伊万诺夫博士的声音:"阿史那教授,我们决定冒险启动实验中的星舰引擎,规避超大规模的流星雨。"

这种灾难在星舰建造过程中屡见不鲜，毕竟星舰的本体就是原行星盘中无数星骸和陨石堆积成的人造星球。每次应急避险时都会对地壳造成压力，诱发强烈地震和大规模的火山喷发，对生态圈和其他系统造成严重破坏。

"同意。"教授的回答言简意赅。

这世上，很多重大的决策都是两害相权取其轻的结果。这种紧急机动不管带来多严重的破坏，总比整艘星舰被小行星撞击而被彻底毁灭要好得多。

教授换上休闲服，解开发髻，任由长发披散，看着镜子中自己碧绿的双瞳，她稍作打扮，然后拿起衣橱角落的陌刀。她身高一米七二，陌刀长度两米一五，这是审判庭不给她配枪，她气不过，用制造行星引擎的边角废料打造的武器。

"凭什么不给我配发枪支？"

"教授，我们的职责是保护您，不想看见您拿着枪身先士卒地冲在最前面。"

教授走在地下城宽敞的街道里，走向地下机库。科学审判庭的战士们行色匆匆，正在核实已经进入地下城的工人和学者名单。巨大的地下机库里，停放着数量庞大的运输机和军用侦察机。在没有战争的今天，这些地球时代的战争机器，是现在唯一能穿越复杂气候条件，抵达 1 号大陆的工具。

"教授！阿史那教授！您这是要去哪儿？"几名工作人员看见教授登上运输机，赶紧阻拦。

教授阴沉着脸说："让开！这是命令！"

工作人员只好放行，毕竟阿史那教授不是一般的学者，她还是审判庭第七师的督察官。她的命令，在地下城里有最高的执行权限。

教授坐在驾驶室里，亲自驾驶飞机。升降机把运输机送上地下跑道，跑道尽头的金属大门慢慢打开，露出灰白色的南极金属大地。

听说地球时代的狼，在得不到同伴支援的时候，会毫不犹豫地进行独狼行动。阿史那教授的绰号，就叫"科学院之狼"。

五、生存之殇

"所有人员，立即撤离！这是阿史那督的命令！"

1号大陆，科学审判庭的战士们穿梭在各个地面实验室，确认所有的人员都已经撤离。没有人质疑为什么下达这个命令的是督察官阿史那教授，而不是师长普布雷乌斯将军。在他们看来，阿史那督的地位凌驾于将军之上，由她下达命令并没有什么问题。

在地球故乡，由于板块运动的缘故，两片大陆之间通常有一连串的群岛相连，比如亚洲大陆和北美大陆之间的阿留申群岛，或是亚洲大陆和大洋洲大陆之间的马来群岛。

"亚细亚"星舰的状况也与之类似，它的2号大陆向南方延伸出一个巨大的半岛，跨过赤道，在星舰的南半球洒落着一连串相互之间挨得很近的小岛，连着1号大陆向北伸出的犄角。1号大陆的面积并不大，比地球故乡的大洋洲大陆还要小一半，如果不是仗着形成的时间早，论面积，只怕早已被人类忘记。

1号大陆唯一的军事基地位于最南端的半岛上，拥有全大陆唯一的大型机场。当最后一批工人登上撤往南极基地的飞机之后，审判庭第七师第三团的战士们决定留下来："总要有人留下来管理这座基地。"

军事基地尚未完工，窄小的地下庇护所只能容纳七百人，还有七百多名战士只能居住在简陋的地面营房中。"那数以万计的偷渡者们怎么办？"有士兵问军官。

团长看着海面慢慢形成的特大台风，大声说："反正没办法容纳我们所有的人，我不能贪生怕死！你们谁愿意留在地面营地，干脆跟我一起，给他们报个信儿！让他们撤到庇护所！能救多少算多少！"

幸好跟团长平级的团级督察官，那个喋喋不休的书呆子教授已经被塞上飞机送往南极基地避险了，否则他一定会用滔滔不绝的长篇大论阐述基地里的科研设施的重要性，并且反对把偷渡者带入基地，避免他们在无知之下破坏设施。

士兵们在大风中列队完毕，正准备分头通知散布在1号大陆的各偷渡者村落，一架运输机在狂风中穿破云层，摇摇晃晃地试图降落，惊呆了战士们。

没有塔台引导员、没有地勤，甚至没有航标信号，整个基地都已经停止正常工作了，在这种情况下，飞机冲破低矮的云层，冒着危险的侧风，试图盲降，这无异于自杀！飞机在大风中失控了，它重重地摔在地上，起落架应声折断，机腹撞击地面，发出恐怖的响声，一路火花四射，在跑道上留下两三百米长的擦痕。

飞机起火了，士兵们冲上去试图灭火，应急梯突然打开，军官愕然看见阿史那雪背着长长的陌刀，正不紧不慢地走下来。当她的高跟鞋踏到地面时，大火从机腹蔓延到整个机身，顺着泄漏的航空燃油，把跑道烧成一片火海。天空下起瓢泼大雨，火焰在雨中摇曳着，迅速变得昏暗的天色下，只有熊熊火光照着每个人的脸。

"你们这是准备去哪儿呢？"阿史那雪温柔的声音中带着寒锋般的冷意，让团长脊背发凉。当他还是小孩子时，就听说过这位"科学院之狼"的狠辣。

团长如实汇报。她站在大雨中，静静地听完，才说："非法偷渡到星舰上，是什么罪名，你们还记得不？我们没能力把他们遣返到太空城、送进监狱，所以把这世界当成监狱，把他们当成不请自来的生存环境测试志愿者，让他们自生自灭。如果他们能活下来，就意味着生态圈已经慢慢变得适合人类生存；如果死光了，就算是为人类的未来捐躯。你们要做的是观察他们的死法，而不是随意出手干扰这试验。"

团长低着头，任由雨水冲刷着脸，过了小半响，才抬起头，直视着她的眼睛，说："对不起，我做不到！大家都是地球人，为什么我们要见死不救？"

两人四目相对，她叹了口气，选择让步："随你们吧，注意安全。"说完，她朝着北方，向着风雨大作的群山走去。

团长大声说："阿史那督！您这是去哪里？外面很危险！"

阿史那雪说："审判庭越来越不听我的话了，这不像我带出来的精锐部队。我心里不爽，随便走走散散心，谁都不许跟着。这是命令。"散心是假，她想一个人对付自己最得意的门生，韩丹。

团长无言以对。在审判庭的正常指挥体系之中，原本应该是由军事长官下发命令，科学家督察官以学术角度监督命令是否科学。但是阿史那雪往往绕过同级的军事长官普布雷乌斯将军，下达具体命令，这让下属们很难办。

副团长问团长："上校，我们不拦着阿史那督吗？"

团长叹气说："这是个无敌的魔王，幸好是站在我们这边的魔王，就算天塌下来也伤不到她。别多说了，咱们去通知各偷渡者村庄避难吧。"

团长没有阻拦阿史那雪，远在南极基地的普布雷乌斯将军也没下令阻拦。军方高层都知道她的暴脾气，能劝说她放弃行动的那个人，很多年前就已经作古了。

启动行星引擎是非常烦琐的工作，特别是目前引擎的测试还没有完成，严重依赖着各种临时性的设备维持运转，可靠性非常低，启动起来也需要长达好几天的时间。

但是在第三团的战士们看来，几天时间如同白驹过隙。战马在滂沱大雨中踏起无数水花，战士们被颠簸到全身骨头都好像要散架了。他们通知了一座又一座的村庄，告知他们超大规模的流星雨即将来袭，告知他们行星引擎即将启动，毁灭性的灾难即将降临。

"我们该逃到哪里？"每到一处，愤怒的村民们都发出了同样的疑问。

"不知道！我们自己也无路可逃！"审判庭的军官们大声咆哮着，不得不用枪托砸开围堵的村民们，突破包围，去通知下一座村庄。

距离基地较近的村庄还能撤到基地里避难，距离远的只能自求多福。

一天过去了，又一天过去了，他们分头通知了上百座村庄，但是仍然有数以千计的更为遥远的村庄没有接到通知。第三团仍在马不停蹄地努力通知尽可能多的村庄，让他们知道即将到来的灾难。

"我是一六二小队的田中上士，我们发现一座以前从没存在过的村庄！"军官们的通信器里传来汇报，这是司空见惯的事情。总有新的偷渡者来到星舰上，建立新的村庄，一直生活到饥荒、野兽和疾病把他们统统带走。

"通知他们设法避难！"排长通过无线电，在数十公里之外下令。排长自己也带着士兵，去通知另外一座村庄。

上士一行五六人，战马穿过雨雾，来到这座用新鲜原木搭建房屋的村庄前，他们的瞳孔骤然收缩："田中上士呼叫指挥部！这些村民都是失事飞船上的工人！我亲眼见过他们的坟墓！我不知道他们为什么还活着！不，博士！我们遇到了韩丹博士！"

"你们快跑！把坐标给我！"阿史那雪的声音从通信器里传来。

"沙沙沙……"通信器里上士的声音消失了。各分队都沉默了，上士只怕凶多吉少。

"死亡本来就是常事。我们，继续前进吧。"有人说了一句，于是大家继续赶路。

死亡本来就是常事。无论是时刻面临着恒星风暴和太空尘埃致命威胁的太空城，还是此刻狂风暴雨的悬崖陡路，人在其中，死亡都是常事。

"我们即将到达海崖村，我是中士陈洛。"各小队的军官们都习惯在到达目标地点之前，向别的小队通报自己的目的地。如果在路上发生意外全军覆没，至少有人知道自己长眠在哪里。

海崖村位于陡峭的高山上，距离基地很远。当分队出现在仅容一匹马勉强通过的崖壁小道时，地震发生了。落石从高山上滚下，海啸带来的洪水席卷了悬崖下的山涧，惊涛拍打陡峭的山石，分队坠崖，消失在滚滚洪流中……

海崖村不知道审判庭的人试图通知他们灾难即将到来，他们也不需要任何人的通知了。大地在颤抖，暴风把村庄的茅草屋顶一层层地掀起，大雨灌进屋内，整个海崖村都找不到哪怕一间干燥的房子，也找不到一片完好的屋顶。

但是至少茅草房在地震中倒塌时，压不死人。地震让人站不稳脚，村民们蜷缩在颤抖的地面上，裹着兽皮抵挡雨水，试图让怀里残留一片还算干燥的区域，用来保护自己心里最珍贵的东西：年轻的母亲把自己幼小的孩子护在怀里，猎人们裹着子弹，尽量让这些关系到村庄生存的弹药不被打湿，未婚的女孩保护着从审判庭里讨来的抗生素，这是挽救病人最重要的药物。

郑修远冒着狂风暴雨，站在没过脚背的泥水中，带着很多年轻人在倒塌的粮仓中抢救粮食。他身上没有任何一处是干燥的。粮仓被雨水冲垮了，洪水卷着晒干的野果和腊肉冲下山谷。很多村民看着黄浊的洪水奔流直下，失声痛哭，洪水带走了大家生存的希望。

　　我们该去哪儿避难？我们能去哪儿避难？宋云颖怔怔地站在滂沱大雨中，脚底下传来的震动慢慢变小了。破坏力极强的地震，通常不会持续很长时间。

　　"全都不要乱跑！统统撤到高处躲避洪水！老人孩子先走！是福不是祸，是祸躲不过！"老沈的声音穿透大雨，身影如山矗立。稀疏的流星穿破云层，在暴雨的天空上划出明亮的轨迹，这只是特大流星雨来临的前奏。

　　不管你跑还是不跑，被陨石砸死的概率都是一样的。但是你慌张逃窜，跌进山谷丧命的概率就会更大。

　　老村长带队往高处走，他走在最前面，拄着木棍，试图让自己尽可能站直，步履缓慢。他必须走得很慢，走得很稳，让大家慢慢跟着走，防止大家因为惊慌失措地逃跑，失足掉进山涧被洪水冲走。

　　"大海！大海里出现了一个金属大岛！"山冈高处，有年轻人大声叫喊。郑修远看见翻腾的海面上，一个巨大的金属物从海中升起。

　　"是星舰的侧向引擎。"宋云颖走了过来，"星舰南纬三十五度以南，很多这种备用引擎在星舰需要转弯或者增加推力时，会冲破地面和海洋，从其底部伸出来。每次动用它，都是天摇地晃，好像世界末日。"

　　郑修远问："你怎么知道的？"

老村长看了一眼郑修远身上的工作服，说："你这衣服是捡来的，真正的星舰建设局工人都知道侧向引擎。我们这些在星舰上生活了半辈子的人，也见过它启动过好几次。"

引擎慢慢升高，变得和海面垂直，但是它并没有停下，而是调整角度，慢慢指向北方的天空。宋云颖说："当年设计它时，曾经想把它放在赤道，获得最大的推力。但是赤道要建设天地往返电梯，占用了空间，所以只能把它挪到南半球的地下和海下。"

"大家跪下！"老村长突然大声怒吼，白须白发在暴雨中参着！

"跪下？"郑修远不解。

老沈带头跪下，说："这样可以尽量降低身体重心，避免在接下来的强震中跌倒受伤。"

村民们纷纷匍匐在地，对着海面上巨大的侧向引擎。

方圆百里所有的光源站同时关机，天地间除了流星雨的亮光，只剩海浪咆哮中的无边黑暗。引擎启动，明亮的光束刺破苍穹，冲天的巨浪从海面升起，天空中好像有一万个炸雷同时炸响，气浪掀起海岸边的大树，石头在狂风中乱滚。

郑修远抬头，看见浓厚的云层被炸开，看见了满天星斗，看见了夜幕上红黑交杂的"欧罗巴"星舰，看见了回不去的家，"千山岭号"太空城。

"跪下！低下头！"老沈的怒吼声被狂风撕扯变形！郑修远低下头，紧接着又是一阵炸雷夹着狂风，一棵断树擦着他的头皮飞过，把他惊出一身冷汗。

天空中，亮起无数光柱，每一根光柱都指向相同的方向。大地在颤抖着崩裂，郑修远感觉到身体下坠的失重，整个世界都好像被塞进一座迅速下降的巨大电梯中。这种感觉和飞船迅速转弯规避危险时的失重感类似，他知道星舰一定在全力拐弯，规避超级流星雨的正面撞击。

天空下起滚烫的铁屑雨，这是由行星引擎的重核聚变炉的高速运转引发的——它把岩浆中的氢元素聚变成氦，把氦元素聚变成铍，把铍元素聚变成氧……放出比氢弹爆炸还要巨大的能量，直到聚变成无法再释放能量的铁元素。这时聚变炉中的铁元素是携带极大能量的高温等离子状态，从引擎中喷出，形成灼热的光柱，可以推动星舰转向。其中一些铁元素被星舰引力吸引，回落大气层中，形成危险的铁雨，尽管被空气阻力摩擦减速，被气流带走温度，打在身上还是很疼。

科学家们许诺的无工质先进引擎，到现在仍然无法突破关键技术，星舰上用的还是传统的工质引擎，原理和地球时代的火箭相似，只是燃料不再是氢和氧。

行星引擎导致的射流效应，不可避免地把大气层中的大量空气抛到太空。如果它长时间运行，大气层将会彻底消失，所有的人都会窒息死亡；如果它运行时间过短，星舰无法规避超级流星雨，结局也是舰毁人亡。在这两者之间走钢丝般战战兢兢的平衡，才是人类的一线生机。铁雨在空气中弥漫的气味，像极了鲜血的腥臭。

地震结束了，隐约可以看见天空的亮光。郑修远抬头，发现那是数百道体积超过摩天大楼的大流星划在天幕上的轨迹。它闯进大气层，带着巨大的动能，挣脱星舰的引力，又冲出大气层扬长而去。

"快趴下！"老沈的警告声再次传来，郑修远赶紧趴下，最大的小行星碎片来了！郑修远看见它闯入大气层，斜斜地擦向大海，形成的气压撕开海洋，在大海上刨出一道凹槽，几乎令崎岖的海床暴露在空气中！远方的侧向引擎被它撞得粉碎，它裂成几块大碎片，势不可当地飞向远方的海平面，最后消失不见了。然后，过了半分钟，最大的爆炸声才伴随着核爆般的气浪，卷着海水冲来，像要吞噬整个天地。

星舰算是躲过了这场灭顶之灾。但是侧向引擎毁了，海面上熊熊燃烧的大火照亮了整个夜空。郑修远通过爆炸光芒和爆炸声之间的时间差，粗略地估算出侧向引擎跟大家之间的距离在十五公里以上。这么遥远的距离，引擎看起来仍然有小山那么大，那它的真实尺寸到底有多大？郑修远不敢想象。

雨停了，侧向引擎掀起的气流吹飞了天上的乌云，大量的水蒸气被吹飞到太空中，夜空中难得地露出了繁星。没有乌云的笼罩，夜晚的气温难免下降，大家的身体湿漉漉的，都在瑟瑟发抖。老村长仍然颤抖地跪在地上，郑修远还是不明白他为什么要带领大家跪下，而不是趴下。直到老沈扶起他时，才听清楚他的喃喃自语，那是虔诚的祷告："求科学家们保佑我们能平安度过这一关……愿伟大的科学无所不能……"

宋云颖说："科学家不是神明，你这样拜是没有用的。"

家园毁了，那就重建吧。

不管对星舰建设局而言，还是对村民来说，事情都是一样的。流星雨摧毁了大片的光源站，让大半个世界陷入一团漆黑之中，村民们在重建海崖村时，经常看见飞机飞过时发出闪烁光点，运送着修复光源站所需的零件。

重建工作必须在一个月之内完成，否则大地上的花草树木得不到阳光，会慢慢枯死，让生态圈彻底毁灭。

村庄的重建也不容易，男人们不得不放下狩猎工作，用简陋的工具砍伐木材，重建倒塌的房舍。因为储备的粮食早已被洪水冲走，主要的粮食供应只能依赖老人、孩子和女人在附近山林里采集野果、搜集可以吃的东西。很多村民因为前些日子的狂风暴雨和现在的饥寒交迫而病倒，劳动力和药物都变得非常稀缺，灭村的阴霾笼罩在每个人的心头。

"食物会有的。等到海啸退潮，你们去山涧找找，应该有很多淹死的动物尸体堆积在那里。趁它们还没腐烂，带回来，用火烤熟，储备起来。"病榻上的老沈，不忘交代那些没经历过这种大灾难的年轻猎人，让大家设法渡过难关。

老沈的病情很重，除了淋雨和寒冷，他身上那几处在上次打猎时被郑修远误伤留下的伤口，现在已经感染化脓，让他发起高烧。村里的临时医生给他用了最后一支抗生素，他的高烧仍然不退。如果找不到医治的办法，只怕老沈的病情会继续恶化，甚至危及生命。

海啸刚退，赤地千里，放眼望去，海水带到岸上的厚厚的淤泥似乎覆盖了世间万物，只露出无数折断的大树，以及藏在泥潭水洼中的动物尸体。郑修远自告奋勇，走在年轻猎人队伍的最前面。

郑修远看到前面有一头淹死的鹿，这是大家急需的食物。他跑过去，却噗的一声陷入泥潭！他挣扎着想爬出来，却力不从心，泥潭好像有无限的吸力，要把他吸入致命的大地深处。

"抓住我的手！"宋云颖的声音从背后传来，拉住郑修远，在猎人们的帮助下，吃力地把他拖上岸。

"女人就该留在村子附近采集野果，跟着我们玩命算怎么回事？"郑修远并没有领宋云颖的情，他怕娇小瘦弱的她送命在这危险的狩猎中。

但是别的猎人并没有吭声。很多成年男人都病倒了，同行的人当中，还有几名身强力壮的劳动妇女，跟过来帮忙搜集猎物。

"那是什么？"有猎人在河滩边发现了被泥浆半掩着的审判庭战士们的遗体。他们是前些天，在海崖村附近坠崖的审判庭小队。

宋云颖折断一根树枝，小心翼翼地探着前方泥潭的深浅，带着猎人走过去，检查战士们的尸身，喃喃自语："希望他们带着药物吧，我们真的很缺救命的药。"

这时，天空中飞来庞大的怪物，它扇动着翅膀，在空中盘旋。有猎人拉弓射箭，箭矢飞到一半，就无力地掉头，坠下地面。那是巨龙法涅尔，这些天，它一直在弓箭和猎枪射不到的高空中徘徊，寻找它的主人韩丹，不管你是否害怕它，总之它就一直盘旋在这片天空上。

人在面对始终存在的却又无力消除的恐惧感时，都会慢慢变得麻木并学着接受，就像面对生老病死般，心中既充满恐惧，又不得不习惯它的存在。所以射了几箭，发觉够不着它之后，就没人再射击了。

"法涅尔在头顶，科学审判庭一定会追着它，来到海崖村的。"宋云颖抬头看着巨龙，喃喃说。

珍贵的药物在审判庭战士遗体旁的医疗包里找到了。堆积在河湾淤泥中的野生动物遗体，数量多得根本吃不完，也算是大灾之后难得的馈赠了。大家带着猎物，返回海崖村，眼尖的郑修远突然看见山谷里出现了一个陌生的女人。

好漂亮的女人！男人们的目光，都落在她的相貌和身材上。

这女人很危险。女人们的目光，却落在她手持的两米陌刀和肩膀扛着的野猪上。

宋云颖害怕地躲在郑修远身后。

这女人什么来头？大家的心头都有疑问，但是谁都不会轻易问出口。她身上穿的是普通的衣服，既不是科学院的制服，也不是星舰建设局的工作服，更不是审判庭的黑军装，意味着她很可能是偷渡者。一百公斤左右的大野猪，她扛在肩上毫不费力，说明她很可能是力量远超普通人的强化人。

强化人有两种，一是审判庭当中的强化人士兵，二是用力量更强大的机械义肢代替失去的肢体的因伤致残的工人。但是不管她是哪种，都很可能是偷渡者，甚至是犯过事、有案子在身的逃犯。

偷渡者村庄从来不问新来者的来历，他们只会敞开双臂欢迎。这里谁没犯过罪呢？就算偷渡之前没有，偷渡本身也是重罪。不管过去是好人还是坏人，到了这里，都是只能抱团求生存的人。

"小……小雪姐姐？"宋云颖看着那柄又长又窄的陌刀，声音有点颤抖。

"你们认识？"郑修远感到意外。

阿史那督下手特狠，她知道审判庭下不了手消灭韩丹，所以亲自出手。但是她的脾气，管杀不管埋，所过之处，从坟墓里爬出来的活尸们纷纷身首异处。至于善后的工作，她通通丢给了审判庭。

"把遗体通通烧掉！不要让莉莉丝再打扰遇难工人们的长眠了！"军官大声下令，士兵们好不容易才把湿漉漉的木柴点着火，把遗体火化，火焰在漆黑的夜色中摇曳着赤红的火舌，舔舐着遇难者们。

遗体不光有遇难的工人，也有遇难的偷渡者。莉莉丝不管三七二十一，把遇到的死者统统复活了。

"这是韩丹博士的遗体！我们这一路收尸，这已经是发现的第五个韩丹博士克隆体了！"有士兵大声说。

"烧掉！一定要烧成灰！"军官大声下令！

一只手突然从死人堆下伸出来，抓住军官的脚踝！军官举枪就要射击，一个声音大声叫喊："别开枪！我不是复活的死人！我是活人！从'千山岭号'太空城偷渡过来的！"

士兵们把这人拖出来。这人全身颤抖，像惊弓之鸟，说话前言不搭后语，喋喋不休地说着自己是怎么偷渡过来的，三句话中就夹着一句忏悔认罪的话，生怕审判庭的人把他拉去枪毙了。

军官阴沉着脸说："看起来真是混进活死人村落里，混口饭吃的活人。那些复活的行尸走肉，口齿没这么伶俐。"

那人跪在地上大声说："我认罪！留我一条命！让我做什么都行！"这时的他，不管以前有多大的胆子违反禁令来偷渡，现在却只是个被星舰上恶劣的生存环境吓破胆的孬种。

军官问："你的名字？"

"我姓陆！陆征麟！"那人大声说。

六、故友重逢

一个优秀的猎人的到来，有时候会扭转整个村庄的命运。

"你的名字？"老村长手捧盛着野果酒的粗陶瓷碗向她敬酒，问她的名字。

她说："朋友们都叫我小雪。"但她没说的是，审判庭的战士们叫她阿史那督、科学院的学者们大多称呼她老师、星舰建设局的工人们则尊称她教授。

村长说："好！干了这碗酒，你就是咱们自己人了！"

一个优秀的猎人，拿起猎枪能打猎，放下猎枪能救死扶伤。毕竟猎人在荒山野岭受了伤、生了病，只能自己给自己治疗。

尽管避开了超级流星雨，海啸的洪水也退去了，但是行星引擎阵全速运行带来的后遗症仍然存在。大地被撕裂得更为严重，一道道新的峡谷横贯大地，一座座新的火山喷吐着浓烟和岩浆。河流在峡谷边缘形成飞流的瀑布，峡谷底端却是蒸汽腾腾的岩浆。

阿史那雪带着村民在深山中找到了能治病的树："这种树叫柳树，树皮含有一种叫作水杨酸的物质，是天然的杀菌消炎药，能治老沈和各位猎人们的病。"

猎人们拿出砍刀，在小雪的指导下剥取树皮，小雪对宋云颖说："别人也就罢了，老祖宗的知识你别丢。没有先进药物的生产能力时，草药就是救命的东西。古人遍尝百草，用不知多少人的生命换来的经验总结，你不学，上对不起祖辈，下对不起后人。"

山沟里传来野兽的号叫声。尽管洪水淹死了不少动物，但是并不是所有的野兽都是食腐动物，有些猛兽非新鲜的猎物不吃。当几头巨型巨鬣狗出现在大家面前时，猎人们的脸色都变了："快跑啊！"

猎人们没命地逃跑，不少人吓得瘫在地上，四肢并用，只恨爹妈给他少生了几条腿。郑修远挡在宋云颖面前，大声说："你快跑！这里我顶着！"尽管他的双腿也在发抖。

"一群软脚虾。"小雪鄙夷地哼了一声，拿起陌刀，慢慢取下刀鞘。她的陌刀太长，刀鞘采用的是很特殊的鞘脊开缝，防止刀身过长抽不出刀刃。

一头巨鬣狗扑了上来！两米多长的身躯被她用两米多长的陌刀从血盆大口插进去，扎了个窟窿，双手再往上一提，刀刃破体而出！

郑修远害怕地闭上眼睛，他只听到刀刃切碎骨头的声音，夹杂着野兽的惨叫，直到再也没有了声音。

"好啦！完事了。某个疯狂科学家总是爱制造怪物，也不管有多危险，也不管是哪个时期的生物。只要手上有基因数据，就统统克隆出来，真是个不顾别人死活的疯子。"小雪的吐槽完全不留情面。

郑修远睁开眼睛，猛兽全被砍死了，小雪在猛兽的毛皮上擦拭着陌刀的血迹。站着的人只剩下三个：小雪、宋云颖和郑修远自己。其他人要么吓得瘫在地上，要么早跑了。

小雪说："把猎物带回去吧。"她跟郑修远擦肩而过时，在他耳边轻声说："胆量还行嘛！那么多男人，就你一个没吓瘫。"

药品和粮食的问题，算是暂时解决了。重建中的村庄，难得地举行了篝火宴会，庆祝小雪为大家带来的生机。十几头嗜血成性的巨型巨鬣狗，现在早已变成被架在篝火上炙烤的食物，供村民们大快朵颐。

年轻猎人们围着火堆跳起了舞，男生们殷勤地邀请女生共舞。郑修远想邀请宋云颖共舞，但是心里又清楚，自己只是个忝陪末座的蹩脚猎人，至今连一头猎物都没猎获过，反而误伤过别的猎人。

没本事养活心爱的女生，就没资格邀请女生共舞，郑修远一直是这样认为的。于是他只能静静地看着篝火对面，坐在小雪身边的宋云颖，就那样怔怔地看着。

小雪削了一根竹子，用小刀挖几个孔，放在唇边一吹，悠扬的曲声就从细细的竹子中流淌出来。那宛转的乐音如同山间的涓涓细流，似乎从云遮雾绕的远古传出，流向千万年后未知的未来。

老村长忍不住问："这是什么乐器？"他隐约记得，当他还年轻时，曾经在很偶然的机会里，在地球祖先们留下的视频记录中听过这种乐声。

"是竹笛。"宋云颖替小雪回答说。

郑修远留意到，没有人邀请小雪跳舞。她美得不似凡品，让所有的男生都自愧形秽；她强大的战斗力，也让所有的年轻猎人都退避三舍。

"巨鬣狗的肉不好吃，太粗糙。我去弄点好吃的。"小雪挑剔的饮食本能，在经常粮食短缺的海崖村是难以想象的。她拿起陌刀就往村外走，很显然是想打几只自己喜欢吃的野味。

黑夜中的山路很难走，一边是高山峭壁，另一边是万丈深渊，一不小心就会摔得粉身碎骨。大地上，数不清的光源站正在紧张地进行维修，在它们被修复之前，人造白天是不可能降临的。

实际上，小雪并不挑食。她在宴会半途离开，是因为听到了内置在耳道里的微型通信器中来自指挥部的汇报："三三一分队奔赴绿水村之后，就彻底失联了！根据遥感卫星的扫描，那里很可能有一个韩丹！指挥部呼叫附近的分队，前往绿水村查看情况！一定要小心！"

"一一七分队接受命令！""二九五分队接受命令！""八八一分队接受命令！"绿水村周围的小分队，纷纷自告奋勇地前往一探究竟。

"阿史那雪收到。"小雪的回答，让通信器那头传来一阵倒吸凉气的声音。他们可不敢命令自己的顶头上司，但是上司要亲自去查看情况，他们又哪敢阻拦？

指挥部那边的声音有点惊慌："噢！不！现在我把卫星扫描到的，

所有出现韩丹克隆体的坐标，全都发给你们！一定要小心！"一百多个光点，出现在小雪眼前的电子地图上。

一些士兵和军官在任务中留下残疾，特别是失去眼睛之后，会植入更方便的电子眼，各种数据和地图可以直接传送到电子眼，在自己眼前投影出电子地图和各种标注。这么好用的科技，小雪自然不会放过。

指挥部的情绪很紧张："阿史那督！离您最近的韩丹位于……"

"别管那个韩丹，这是我的命令。"小雪背着陌刀，慢慢把海崖村抛在身后的黑夜之中。

今晚的天气特别冷，十七八摄氏度的样子，星舰建设以来第一次下降到这样的温度，而且温度还在慢慢降低。小雪抬头看着遥远的星空，心想：一定是因为厚厚的云层被行星引擎吹散了，才加剧了星舰表面的散热。天空中，法涅尔朦胧的身影正朝南飞，那儿正是韩丹的特征信号最密集的方向。

"我们，去打猎吧。"宴会曲终人散之后，有猎人提起了这件最平常的工作。打猎是村庄维持生存的根本，它不光关系着食物的获取，还包含了探险这重要的活动。猎人们一旦发现遇难的审判庭战士，或者坠毁的飞船，往往会第一时间通知村里，大家总是倾村而出，把药物和工具等有用的东西瓜分一空。而这些捡来的物资，在紧要关头，甚至可以决定一座村庄的生死。

猎人们三三两两地起身，背上猎枪和弓箭。郑修远也想跟去，却听到猎人们说："别跟这家伙组队，他只会从背后射自己人。"转眼间，村里的年轻男人纷纷离开，只剩下郑修远拿着弓箭，愣愣地站在篝火前。

村子外围有很多乌鸦，这些狡猾的鸟类专门等着啄食人类吃剩的食物。村庄里没有猛禽一类的天敌，算是这些黑色的飞禽最理想的避风港。

"我们一起打猎吧。"宋云颖对郑修远说。

郑修远看了她一眼，说："女人就该留在村里照顾孩子、采集野果。打猎这么危险的事，怎么能让女人去做？"

宋云颖拿过他手中的弓箭，搭弓射箭，嗖的一声，把一百多米外两只在空中争抢巨鬣狗内脏的大乌鸦射下，一箭双"鸦"。她又把弓箭还给郑修远。

"你知道自己水平很差吗？"宋云颖的眼神似乎在对他发问。郑修远低下头，他知道自己必须低头。村庄没有多余的粮食养闲人，作为一个成年男人，如果不懂打猎，那就是不受欢迎的废人，迟早会被扫地出门。

"我们一起打猎吧。"接连的打击后，残存的自尊心并没有使郑修远被动地接受宋云颖的邀请，而是改为主动出击。

村民们踩出来的小路在海崖村山脚下的溪流边消失，这意味着村庄的安全范围到此为止。从这里开始，不管往哪个方向走，都是野兽横行的荒野。尤其是在海啸退后的荒野上，无处不在的淤泥覆盖在东倒西歪的巨树上，风中传来淹死的野兽开始腐烂的气味，更添恐怖的气息。

郑修远说:"听说,只要找到莉莉丝裸露在地面的关键节点,就能狩猎到数不清的猎物。"半吊子的新手猎人总是对流传在老猎人之间那些无尽狩猎点的传说念念不忘。

宋云颖说:"如果你想去那种地方狩猎,我倒是知道它在哪儿。那里除了数不清的猎物,还有堆积成山的猎人尸骨。"

郑修远摸摸鼻子,心底打起了退堂鼓。但是他既不敢说要去,也不敢在宋云颖面前说不去,只好换个话题:"你听说过韩丹吗?"

"听说过。"在天空那轮宛若明月般散发着温和光芒的"千山岭号"太空城的照耀下,宋云颖背着猎枪,一边在淤泥和草丛之间,努力地辨认着野兽走过的痕迹,一边回答道。

郑修远问:"你说,这韩丹是个怎样的人?"他试图用交谈缓解打猎的紧张情绪的老毛病又犯了,变得跟个话痨似的。

宋云颖说:"一个为了达成目标,不管大家死活的魔鬼。"她走在前面带路,郑修远紧紧跟在后头。

郑修远心里有点怕:"你说我们,会不会遇上韩丹?"

宋云颖沉默了片刻,说:"大概……会吧?"

夜空中,大大小小的太空城像一轮又一轮的明月。轮辐状的太空城里交织的灯光,像地球故乡月圆之夜时的月光。但是郑修远知道,太空城在这场流星雨中,一定也损失惨重,那皎洁的光芒,应该是数不清的工人们在太空城外架设了临时光源,在紧急维修太空城,只是不知道"千山岭号"太空城又死伤多少人。

宋云颖犹豫着要往哪个方向走。往北不过十几公里的山坳里,就有莉莉丝的节点，那里的山谷里长满了无数孕育着各种动物的蛹，但是危险，毕竟在那些破蛹而出的动物中，除了温和的食草动物，也有很多凶猛的食肉动物。而往南走，那是小雪姐姐离开的方向，是法涅尔飞行的方向，也是绿水村的方向。

宋云颖对郑修远说："我们去找你说的，有打不完的猎物的地方吧！"

"好……好的。"郑修远的回答中带着胆怯的颤音。他是真的害怕。

据说，每一个拥有无限猎物的狩猎地点，都曾经是一座鸡犬相闻的村庄，曾经有很多偷渡者村民幸福地生活在那里。他们四处狩猎动物，制作毛皮衣服、晾晒腊肉，过着丰衣足食的日子。直到某一天，莉莉丝成千上万的骨矛从地下刺出，瞬间把整个村庄扎成刺猬，大地渗出高腐蚀性的细胞溶解酶，溶化掉了村庄里的一切生物。

黑夜中寻找猎物的漫漫长路上，郑修远牵着宋云颖的手，假装自己在保护她。一座小山，由莉莉丝虬结的瘤状物和蔓延的菌藤扭曲合并成的小山，出现在朦胧夜色下的地平线上，点点火光，映出菌山脚下早已被藤蔓和大树根须吞噬的废屋轮廓。火光点缀的古怪菌山周围，似乎有人活动的迹象。

"杀了他们！统统杀掉！全都烧成灰！特别是那个韩丹！"审判庭军官的声音，伴随着士兵们背负着的火焰喷射器发出的烈焰喷射声，在夜风中传出很远。

周围荒野传来野兽的号叫声，似乎是某种大型食肉动物。野兽怕火，郑修远怕科学审判庭。郑修远不愿靠近审判庭的士兵们，但是对猛兽的恐惧压倒了对审判庭的恐惧，他牵起宋云颖的手，朝着火光的方向狂奔。

复活的死者和活人有什么不同？无神的眼睛、蹒跚的脚步，说明克隆出来的只是一副没有思想的空壳子。莉莉丝的克隆能力用在动物身上并不会出什么问题，但是用在人类身上，只能添乱。士兵们的火焰喷射器吞噬了这些从坟墓里爬出来的人。当郑修远跑到燃着大火的菌山面前时，士兵们警惕地用火焰喷射器指着他。

"我是活人！"郑修远紧张地大喊，士兵们放下了喷射器。他们知道，坟墓里爬出来的克隆人，并没有学会"说话"这项复杂的技能。

"你们烧死了韩丹？"宋云颖害怕地往后退了几步，缩在郑修远身后。

在这遍地死人的地方，能见到活人，总是让人有亲近感。军官叹气："审判庭的职责是保护科学家。如果真让我们和她打照面，我只怕下不了手。好在我们赶到时，阿史那督已经解决韩丹博士了。她还真敢下手，要知道韩丹博士可是她的学生啊！都砍碎了，根本看不出活着的时候长什么模样，真惨……"

传说中的阿史那督来过？郑修远警惕地看了一眼四周，发现宋云颖是眼下唯一在场的女生。想必阿史那督在科学审判庭赶到时就已经离开了。

绿水村已经不存在了，它被莉莉丝吞噬、被海啸冲刷过，早已没了活人，现在又被审判庭烧毁。但是燃烧的菌山旁边残留的村舍，燃着大火的废墟，以及废墟边蜿蜒的大河，证明这里就是曾经的绿水村。

"喂，我是缪塞尔少尉。"军官接到了上级的呼叫，"什么？阿史那督往下一个地点出发了？她一个人对付两个韩丹？好！我这就带队赶过去！"

对于阿史那督的独狼行为，审判庭的战士们深感无奈，毕竟这是"亚细亚"星舰上级别最高的长官。除了高踞在"三色堇号"科研飞船上的六位审判庭最高层大督察官，谁都奈何不了她。

"你们，完成这座村庄的火焰烧洗工作之后，就到事前指定的地点集合，领取今天的报酬！审判庭的弟兄们，跟我出发！"军官下令带队离开，郑修远这才注意到，现场除了审判庭的人，还有不少被雇用来干活的偷渡者平民。

郑修远吃惊地发现，和他一起逃离"千山岭号"太空城的好友——陆征麟，竟然也在这些被雇用的平民中。陆征麟也吃惊地看到了郑修远。

他竟然还活着？这是他们心底共同的惊愕。

"你们还活着？"除了陆征麟，郑修远还看见了山本、鲍勃等，好几个当时一起偷了飞船潜逃到"亚细亚"星舰的朋友。

陆征麟说："当时我们落在海里，被那些吃人的大鱼撕咬，那个痛啊，把胳膊和腿被活生生地撕下来的那种痛。"摇曳的火焰旁，他撸起袖子，向郑修远展示身上那些触目惊心的伤疤。

宋云颖小声对郑修远说："大概是鲨鱼。这附近的海域有很多鲨鱼。"

陆征麟的声音略带悲伤："我当时一定是失血过多，昏死过去了。

醒来时，发现自己躺在海滩边，就剩我和山本等四五个幸存者。别的人，大概都死了吧。我觉得我们几个能活下来，简直就是奇迹。没想到你也活着。"

郑修远向陆征麟伸出手："我知道一座愿意收留我们的小村庄，如果你不介意的话，可以加入我们……"

陆征麟甩开郑修远的手："我为什么要加入别人的村庄？不管我们去哪个村庄，都要受村里那些喋喋不休的老家伙们的限制！我要带着兄弟们自己建立一座村庄！打最多的猎物！吃香的喝辣的！自己想干啥就干啥！"

看来，陆征麟已经带着弟兄们接触过好几座村庄了。郑修远知道村庄里的那些规矩。每次狩猎，老村长和村里的老猎人总要喋喋不休地说着那些烦琐的规矩：要网开一面，不能赶尽杀绝，不能猎杀怀孕和带着幼崽的动物，猎物够充饥就行，不要过度狩猎……

宋云颖正要劝阻陆征麟的肆意妄为，却突然好像感受到了什么，脸色骤变："有危险，快……"她那声"快跑"只是本能地想警告大家，但是只说了个"快"字，就说不下去了，锋利的骨矛突然从地下蹿出，来不及躲避的人顿时被从下到上刺穿好几个窟窿！

警告，有用吗？莉莉丝的攻击是无法防御的。这些突然刺出地面的骨矛，本来是莉莉丝用于消灭动作敏捷的掠食动物的武器。现在用来对付远不如野兽敏捷的人类，更是一刺一个准！

莉莉丝会自动监控生态平衡，当生态圈里食草动物太多，过度啃食植物时，它会制造更多的食肉动物以捕食食草动物；如果食肉动物太多，把食草动物猎杀到灭亡边缘时，莉莉丝只能通过现在这种手段削减食肉动物。

毕竟，星舰上的生态环境非常脆弱，不像地球故乡的生态圈那样能自己达到平衡。而人类，不巧正是自然界中没有天敌的顶级掠食者，拥有最强的破坏环境的能力。绿水村就是这样被灭村的。

陆征麟有些猝不及防，身上添了几个血洞，他像受伤的野兽般号叫："这都是什么疯子设计的环境啊！大家制造星舰，不是为了建造更适合人类生存的世界吗！这样胡乱杀人算怎么回事！"

"你们来早了一百年。"宋云颖说，"星舰还没完成，所以世界非常危险。等到星舰完工之后，生态圈会调整到最佳状态，那时才是大家梦想中的天堂。"

眼前这死伤惨重的一幕，她不觉得害怕？郑修远心中虽有疑惑，却只是一闪而过：太空城里，谁没见过比这还惨烈的场面？大家或多或少都已经麻木了。

为什么骨矛没有袭击我和宋云颖？这个问题，在郑修远心头投下了阴影。但是这种阴影并不强烈，远不如好友即将在自己面前死去的悲伤感强烈。

陆征麟试图折断身上的骨矛，锋利的骨矛却割伤了他的手，痛得他直打哆嗦："我们……我们哪里能活到一百年后啊？只不过是想在死前，过一过像地球故乡的祖先们那样的大碗喝酒、大块吃肉的幸福生活……诂说，谁不想啊？"

郑修远摇头说："我只是想到这里当工人，可惜星舰建设局不收我。”

陆征麟的脸很苍白，连燃烧的火焰都映不红的那种濒死的苍白。他带血的手紧紧握住郑修远的手："我不知道韩丹这种疯子为什么要制造莉莉丝……我只知道，她这种疯子不死，就会有更多的人遇害……"

郑修远心底害怕："你要我杀了韩丹，替你报仇？"他不敢打碎陆征麟最后的心愿，但是他知道，这种事是做不到的。

陆征麟慢慢低下头，他死了，死于失血过多。郑修远想安葬他，但是莉莉丝坚硬的骨矛在他身体里怎么折也折不断，只好找来干燥的柴火，堆在陆征麟身边，准备火化。但是当他拿起火把的时候，又改变主意了："我听说，韩丹博士能让死者复活。"

宋云颖小声说："最好别这样做。"

郑修远低着头："他和我是同一个孤儿院里长大的好兄弟。虽然没有血缘关系，但也算是在这'亚细亚'星舰上，我唯一的亲人了。"

宋云颖心肠软，既然郑修远坚持这样做，她也不会再反对。郑修远问："你知道在哪里能找到韩丹吗？"他的声音，沙哑中压抑着哭腔。

宋云颖说："莉莉丝会自己克隆韩丹。只要找到一片被地震撕裂的大地，比如峡谷、盆地或者台地，被撕裂的莉莉丝检测不到韩丹的存在，就会自己克隆一个。我们只要找到这样的地形，就能找到韩丹。"

"我们快点出发吧！"郑修远担心时间拖得太久，会有野兽把陆征麟的遗体吃了。宋云颖虽然并不情愿，但是仍然带着郑修远，去寻找这种有韩丹出没的地形。

也许他们都没留意到，陆征麟的手指刚刚轻轻动了动，然后是手腕，然后莉莉丝的骨矛缩回了地面。陆征麟的伤口在慢慢痊愈。

就连陆征麟自己都不知道，飞船坠毁在大海上时，他早已死于鲨鱼的袭击。鲨鱼不太爱吃人，但是好奇的天性会让它试着咬一口尝尝味道，发现不好吃后，就会一下子吐掉，然后下一条鲨鱼又过来尝尝。无数条鲨鱼尝过之后，那人自然是活不成了。

但是莉莉丝遇上海滩上刚刚断气的陆征麟时，他的大脑仍然完好，飞速增殖的细胞修复了他的致命伤。他跟那些死去好几天才复活的人不同，他拥有完整的记忆，所以就以为自己是幸运地活了下来。

这次，他躺在地上，昏迷不醒，莉莉丝的菌丝已经修复了他大部分的伤口。当他醒来时，又会以为自己是幸运地跟死神擦肩而过。

郑修远并不知道这些事情，他急着寻找韩丹，想设法求韩丹给陆征麟第二次生命。宋云颖知道附近有一块盆地，前些日子的大地震造成板块断裂，下沉形成了这座盆地。大地板块在下沉时，又断裂成几大片，把莉莉丝撕碎成三四块，每一块都克隆了一个新的韩丹。

当几个韩丹相遇时，会发生什么事？郑修远从未想过这个问题，他只看见天空上方，法涅尔正张开巨大的翅膀，俯冲直下，似乎在跟什么东西搏斗。

郑修远距离盆地二十多公里，他看见审判庭的部队在山谷中朝着盆地进发，马蹄声嗒嗒，似乎每一下都踩在他的心房上。那边必然有事情发生。

当几个韩丹互相遇上的时候，她们会互相厮杀。郑修远听到士兵们的声音顺着夜风传来："快！快点儿！阿史那督已经赶到地点了！"

郑修远心头发毛，他不知道该加快脚步，去看看传说中的阿史那督到底是什么模样，还是该放慢脚步，避开这传闻中的煞星。

郑修远的两条腿自然赶不上骑着马的审判庭。当他距离盆地还有三公里时，远方腾起的烈焰惊呆了他。看样子，阿史那督又除掉了好几个韩丹。郑修远的眼泪慢慢溢出眼眶，他为了救好友，什么龙潭虎穴都愿意去闯；但是现在，哪怕敢闯，也没得给他闯了。

而这时，阿史那雪已经离开了盆地，只剩审判庭的战士们在放火烧毁韩丹的遗体。

"我们，去另外一个地方，寻找别的韩丹吧，希望她能复活死者的传闻是真的。"郑修远抱着渺茫的希望说。

陆征麟是被天上垂直吹下的冷风弄醒的，他睁开眼睛时，只看见巨龙法涅尔的身躯慢慢降落在自己面前，一个女人站在它头上，目光锐利如刀。

女人盯着陆征麟："少见哪！一个拥有完整意识的活死人，跟那些行尸走肉不太一样。"

陆征麟直打哆嗦，被法涅尔狰狞的模样吓坏了。他伸手去摸枪，颤声问："你是什么人？"

"我？"女人慢慢坐在法涅尔巨大的头颅上，"我是审判庭第七师督察官，阿史那雪，朋友们都叫我小雪。"

传说中，审判庭第七师那个杀人不眨眼的阿史那督！陆征麟只觉得一股寒意在背脊上乱窜。小雪说："我刚刚想到一个问题，我这样一个人，跑来跑去消灭韩丹，辛苦不说，还怎么都消灭不完这些不断克隆出来的韩丹。不如找一些人跟我合作……"

"想要我替你卖命？有什么好处？"陆征麟壮着胆子讨价还价，想争取点儿好处。

"好处？哈哈！"小雪笑了，"没有好处！不过是你不杀她，她就杀你罢了。杀死了又复活，复活了又杀死，求生不得求死不能，不把你们弄疯不算完。跟我合作，我让审判庭给你们提供武器弹药；不跟我合作，那你就自求多福吧。"

陆征麟问："为什么不让审判庭做这事？"

小雪又笑了，脸上带着冰冷的嘲讽："审判庭是我的人，牺牲一个都心疼。有你们这种不请自来的炮灰可用，凭什么让我的人去冒险？"

阿史那督把话说得这么直白，像把刀子般插在陆征麟的胸口。他想起两次濒死的痛苦，陆征麟只觉得这一切像一场无比真实的噩梦。不除掉韩丹，只怕这种噩梦还会永远循环下去。他思考了一下，说："成交！我会替你杀了所有的韩丹！"不管能不能做到，他先答应了再说。

小雪说："不，别全杀了，留一个。"

七、一山二虎

当天空再次出现曙光时，海崖村的村民们发出了兴奋的呼声。朝着天上的星舰建设局运输机不停地抛着帽子和毛巾，向他们表示感谢——感谢他们修复了附近的几座光源站，让人造白天得以重现，阻止了生态圈的崩溃，让大家可以活下去。

运输机没有做出任何回应。在他们看来，这些偷渡者完全是个麻烦。他们建设星舰，是为了百年之后的子孙们的生存，而不是为了让这些横插一杠，给大家的工作添乱的偷渡者们活得更舒服。

运输机在天空飞行，俯瞰着大地上的村庄。一些有经验的飞行员甚至能判断出哪些村庄将来会被莉莉丝毁灭，哪些村庄可以幸存。

"吉姆，你说是吧？莉莉丝就是个用神经节思考问题的低等生物，它不会管破坏生态圈的是天灾还是人祸，只会自动除掉妨碍生态平衡的东西，才不管会死多少人。"

"老张，我觉得这也没错。那些王八羔子们，什么警告都听不进去，非要偷渡到星舰上给咱们的工作扯后腿，就该让他们付出代价！"

运输机队的飞行员们通过无线电交谈，一些飞行员在驾驶舱边摆放着老婆和孩子的照片。照片上的太空城，是他们再也回不去的家。

"嘿！法涅尔！你找到韩丹博士了吗？"有飞行员晃动机翼，向盘旋在天空的法涅尔打招呼。1号大陆上的偷渡者世界里发生了什么事，这些飞行员是不太清楚的，也并不关心。

飞行员看到了一群人，他们衣衫褴褛，背着审判庭汰换下来的电磁突击步枪，在荒原上跋涉。他们肆意打猎，从一个地方转移到另一个地方，所过之处不管什么动物，都变成了他们充饥的食物。这让飞行员们看着都觉得心痛。

"真该死，我们居然还要给他们投放弹药补给。"一名飞行员咒骂着，按下投放补给的按钮，几朵白色的伞花飘飘荡荡地坠向大地。

另一名飞行员说："别抱怨了，这是阿史那督的命令。咱们赶紧在行星引擎再次启动之前，飞回南极基地，别让空中加油机等太久。"

有飞行员惊呼："老天！你们看大海尽头那堵风暴墙！该不会是引擎提前启动了吧？"他们知道，一旦引擎启动，对大气层造成的干扰，会形成剧烈的空气对流，大气层顶端的冷空气会被带到地面，形成从平流层垂直延伸到大海表面的冰风暴，那横亘天地的巨墙，会缓缓推进，用狂风暴雨和冰雹袭击天地间的一切物体。

一名老飞行员大声说："没事儿！咱们的飞机够结实！地球时代的军用运输机图纸，加上咱们联盟的航天科技！风暴墙算什么？"

1号基地非常依赖空投,小到科学审判庭的弹药补给,大到星舰建设局建造需要的跨大陆真空磁悬浮地下铁的盾构机零件,几乎什么都需要从南极基地空投。空中加油机在南方的天际线尽头一圈又一圈地盘旋。从1号大陆到南极基地,运输机队要进行两次空中加油才能抵达目的地。

伞花落在大地上,补给箱里装满了子弹,落在陆征麟的临时营地里。自从那天接受了阿史那雪的命令,他就拉了一群志同道合的亡命之徒,四处寻找韩丹克隆体,并消灭她们。

水和空气是永远都不缺的,陆征麟抬头,看着慢慢变亮的天空中,逐渐隐去的"千山岭号"太空城,觉得物资奇缺的太空城生活终于离他远去了。营地里,战友们砍伐了不少树木作为燃料,烤着各种野味,这些以前无缘得尝的食物,比太空城里任何一种黏糊恶心的人造食物都要美味。

"这才是人过的生活啊!"陆征麟眯着眼睛,满意地嗅着篝火上滴脂的烤熊腿,他的身上都是几个小时之前搏斗中留下的伤口。他身旁的突击步枪枪托上划了十五道刻痕,这是他亲手打死了十五个韩丹的记号。

韩丹远比他当初预计的要难对付得多,那娇滴滴的丫头走快几步路都会摔倒,本身并没有多大的威胁;但是盘踞在她身边的各种人造怪物、随时可能从地下蹿出的骨矛,才是真正难以对付的东西。好在阿史那督许诺过,给予他们不死的生命,不然他们早被那些怪物弄死八百遍了。

一个兄弟从补给箱中翻出几瓶不怕摔的塑料瓶封装的烈酒。他在战斗中失去了一条手臂，只能用牙齿咬开瓶盖，顿时酒香四溢。他咧开崩了牙齿的嘴笑了："真够奢侈，咱们在太空城里能弄到一杯用酒精兑成的劣酒就不错了，这里竟然有整箱的好酒！"

这支队伍中将近一半的人有亲人朋友被韩丹制造的野生动物所杀，对韩丹恨之入骨；另一半的成员是只要能大块吃肉、大碗喝酒，就算掉脑袋都不怕的亡命之徒。

陆征麟一把抢过他的酒："手臂长出来之前别喝酒，我们不急着对付下一个韩丹。"莉莉丝不光给了他们多次生命，还把他们变成了外表是人类的怪物，不论受了多重的伤，都能短时间内复原。

大汉舔舔嘴唇，羡慕地看着那些痛快喝酒的朋友们，他们真的不急着对付下一个韩丹。这世界已经一个多月没发生强震了，前些日子因为强震撕裂的大地，顺带着被撕裂的莉莉丝，现在正慢慢复原，菌丝开始互相延伸和缠绕，重新愈合。而这意味着重新合为一体的莉莉丝中将有多个韩丹共存。

然而一个莉莉丝容不下两个韩丹。一个彪形大汉问："你说，韩丹不都是同一个人的克隆体吗？为什么会互相厮杀到只剩一个活的？"

另一个人白了他一眼："哪天你一觉醒来，发现有另一个你站在你面前，要抢你的身份、地位，霸占你的一切，你能不跟他玩命厮杀？"

"这倒也是哈！"彪形大汉摸摸自己不太灵光的脑袋，憨憨地笑着说。

韩丹之间的内战，动用的都是各自麾下的克隆猛兽，各种面目狰狞、奇形怪状的怪物倾巢而出，互相厮杀到日月无光、血流成河，非要置对方于死地不可。陆征麟手下这支小小的佣兵团并没有阿史那督那样魔王般的战斗力，自然是不敢夹在中间当炮灰。他们的习惯做法是等到韩丹们厮杀出胜负，只剩一个重伤未死的韩丹，再杀进去补刀。

彪形大汉坐在篝火旁，抓起一条野牛腿啃了几口，擦了擦满嘴的油，说："话说那个韩丹，我前几天跟海崖村打交道时，曾经见过一个跟她非常像的女人。当时差点儿没把我给吓尿……"

"韩丹长相这么普通，长得跟她像的女人多的是！喝酒喝酒！"陆征麟给他递过半瓶烈酒，阻止他继续说下去。

大地似乎在颤抖，野兽好像受到了惊吓，在山间乱跑。地震了！陆征麟的佣兵团岿然不动，仍然在荒原中围着篝火喝酒吃肉，跟周围的山坡和大树都保持着数十米的安全距离。这份淡定，是经历惯了大地震，以及无数次跟韩丹麾下的怪物们血里厮杀锻炼出来的。

"看样子，是星舰引擎又启动了。"彪形大汉看着远方，喃喃自语。

陆征麟说："我们去一趟海崖村吧，挑些最好的猎物去。今天是村长儿子结婚的日子。"他们这种居无定所的佣兵，虽说不愁吃喝，但是也离不开村庄，总要拿多余的猎物换取些他们想要的麻布衣服、日常用具和蔬菜粮食。这几个月来，科学审判庭对海崖村另眼看待，在1号大陆的各村庄中，海崖村可说是炙手可热。

半明半暗的天空中，云层不像平时那样厚得密不透风——有云层反射地面光源站光芒的地方，是白天；云层缝隙间裸露的星空，是数不清的飞船和太空城点缀的原行星盘长河。

8.2级的地震，对早已习惯了地震的人来说，并不是无法接受的大灾难。海崖村的村民们事前已经紧急扒掉了房屋的茅草屋顶，防止坍塌下来压伤人。房子简陋有简陋的好，几根木头柱子之间是用兽皮和泥土糊成的墙壁，倒塌了也不会造成多大伤害。一群还没到上学年龄的小孩子，在大地的颤抖中，嘻嘻哈哈地跳来跳去，找大人讨要野果吃。

海崖村外围的山谷被开垦了大片新农田，种植了可以食用的蕨类植物，在湿润温暖的环境下，它们生长得极为茂盛。至于审判庭送来的玉米和小麦种子，因为不适合山谷的气候环境，早被宋云颖扔掉了。

村庄的人口比以前增加了两三倍，除了新来的偷渡者，还有别的一些被莉莉丝摧毁的村庄逃过来的幸存者。他们一把鼻涕一把泪地哭诉当时的遭遇："千万不要收留来历不明的女人！隔壁家那个谁带了个女人回来，大家都以为是偷渡飞船里幸存的人，哪想到一夜之间突然变脸，竟然是韩丹！她召唤莉莉丝，放出无数怪物！咱们村一瞬间就……"

幸存者们泣不成声，纷纷诉说自己怎样在漫山遍野的猛兽和地上不断涌出的骨矛之间侥幸逃生的，但是仍有人好奇地问："这么说，你们见过韩丹了？"

"见过她的人……哪还有命在？我也就远远地见过一个背影，幸好跑得快……韩丹是不会让见过她的脸的人活下来的……"有幸存者恐惧地蹲在地上，抱着头全身发抖，好像韩丹就在附近一般。

"行了！别说了！这别人结婚的大好日子，说这些干啥？"海崖村猎人首领老沈喝令他们停止讨论韩丹。

生存和繁衍，是动物的本能，也是人类最重要的事情之一，哪怕是地震也无法阻止婚礼的照常进行，人类总会习惯灾难。人们采来野花，做成花球，悬挂在村庄仅剩的木板墙上，花球在地震中不停摇晃，远处山体崩塌的声音掩盖不住村民们热情的欢呼声，坍塌的山体裸露出岩石内部赤红的热光，岩浆在石缝中流淌，像大山在流血——星舰地壳形成得太急，岩石又是热量的不良导体，在很多高山内部的岩石尚未完全冷却之时，外部就已经迫不及待地建设起了生态圈。

村长乐呵呵的，在一个发黄的本子上认真地写下新人的名字。这个本子是上一任村长留给他的，上面写满了海崖村里谁过世了，谁和谁结了婚、谁又生了娃。上一任的村长病逝前曾经对他说，人来这世上走一遭不容易，总要留下点记录，不能尘归尘、土归土之后就好像从来没来过这个世界。将来星舰完成，重建了地球时代的一切之后，一定要把这本子送到民政部门，重新录入居民档案系统，证明在海崖村生老病死的好几代人曾经存在过。

"陆征麟佣兵团来了！"当陆征麟一行扛着猎物来到村庄大门前时，很多人欢呼起来，人群让开一条道路，尊敬中带着几分畏惧。

尊敬，来自于他们敢硬拼莉莉丝的野兽军团，甚至敢把韩丹打死，为无数死难的村民们出一口恶气。

畏惧，来自他们可以无视猛兽的尖牙利齿，可以无限次地自我修复，甚至被杀死之后还能复活的特殊能力。他们跟复活的死人一样让普通人感到害怕，跟活死人唯一不同的是，他们有自己的意识。

陆征麟感觉到身旁有敌视的目光，他知道那是科学审判庭的目光。肆意狩猎破坏自然环境、杀害学者这两条罪状，要不是阿史那雪特许他这样做，他早就被审判庭列为头号追杀对象了。

"幸会！我是审判庭少尉焦恩。"

"幸会，陆征麟。"

两人皮笑肉不笑地寒暄握手，手掌暗地里用力，试图捏碎对方的手，直到两人都额冒青筋、憋红了脸，都没分出胜负。

"嘿！焦恩，又过来采购食物吗？很高兴看到你跟陆征麟关系这么好！婚宴快开始了，吃过饭再走吧。"本村头号蹩脚猎人，从来没成功猎杀过哪怕一头猎物的郑修远走过来，让两人借机松手，不再较劲。

焦恩说："采购了食物就马上走，我们忙着清点被……呃，'那个人'毁灭的村庄数量，不能耽搁太多时间。"他很忌讳提韩丹的名字。

这几个月，海崖村得到了科学审判庭很高的评价，毕竟他们减少了狩猎活动，转为进行商贸和农耕，对生态圈的破坏骤然减轻，审判庭并不介意把它作为先进样板，在各村庄之间推广。

陆征麟突然问郑修远："我问你个问题，你有没有见过韩丹？"

"当然没见过。"郑修远说，"虽然两个月前，你们在绿水村被袭击时，我说不管怎样，也要找到韩丹，好把你复活。但是最后也没找到她。但是听说，后来是韩丹刚巧路过，把你们复活了？现在回想起来，当时是真不要命，如果我真的见到韩丹，估计早被她杀了。"

陆征麟似有所指地说："嗯，是啊，在咱们偷渡者当中，见过韩丹还能活下来的人不多。"

"只能说你运气好，命不该绝！"郑修远用力打了一拳陆征麟的胸膛，笑了。

说完，郑修远就跑到村外农田去了，宋云颖正在那里教村民们种植各种能吃的植物。

"你脸上有泥，我给你擦擦。"郑修远调皮地把宋云颖清秀脸上的一小点儿污泥抹成了一大片。

"干净了吗？"宋云颖颇有些急切地问郑修远。

郑修远憋着笑说："干净了。"但是旁边一起种田的老人和女人们没憋住笑，让宋云颖发现了不对劲，伸手一摸，发现脸颊上全是泥。

"看我打死你！"宋云颖在后面追，郑修远在前面跑，一追一跑，跑过田垄、跑过小道，一路跑进婚礼现场的人群中。

"羡慕吗？单身狗。他们交往两个多月了，感情很好。"焦恩少尉嘲笑陆征麟说。

陆征麟说："是祸是福谁知道？"

婚礼刚好到抛花球的环节，主持人大声说："虽然我不知道为什么要这样做，但是听说这是地球时代的传统，据说谁能抢到花球，谁就会有一段美满的爱情！现在，请新娘背对嘉宾，三、二、一，抛花球！"

女生们争抢花球，把刚好钻进人群中追赶郑修远的宋云颖挤在中间。花球落在宋云颖怀里，让她不知所措，呆若木鸡。

真的会有美满的爱情出现在自己面前吗？宋云颖看见郑修远站在她面前。他只是发觉她没追上来，就转身走了回去，两人四目相对，却一时之间不知道该说点什么。只有不知趣的主持人一个劲儿想让他们谈谈对爱情的期待，这让他们在大庭广众之下都怯场地羞红了脸。

宋云颖四处张望，试图寻找小雪姐姐替她解围，没想到这个时候，平日里最爱凑热闹的小雪姐姐竟然不在现场。

"海崖村附近的审判庭小队听令！给我到305号大地裂缝！阻击韩丹！我一个人对付不了五个韩丹！不小心放跑了一个！我正在赶过去，但是怕来不及！"焦恩少尉耳朵里的通信器突然传来阿史那雪的呼叫声。

地震频发，1号大陆上留下无数的高山和裂缝，305号裂缝跟海崖村只隔了两座山。少尉悄悄把通信器放在嘴边，不敢惊动欢庆的人群，小声说："阿史那督！按照规定，我们不能出手对付科学家！"他觉得很意外，阿史那雪很少在乎偷渡者村庄的死活。

小雪破口大骂："少给我放屁！科研成果的重要性你不知道？海崖村刚琢磨出失传两千多年的传统农耕技术，要是被灭村，技术失传了，谁负责？你不愿做，就让陆征麟来做！"

为什么阿史那督那么器重陆征麟的佣兵团？少尉似乎有点明白了，对陆征麟说："喂，阿史那督让你们去305号大地裂缝，阻击韩丹。我在这里保护村民，她克隆的野兽我可以对付，但是我不能出手对付她。"

陆征麟转头看了少尉一眼，说："你们审判庭留在这里，两个韩丹一旦碰面，你知道会发生什么事吧？"

"明白。"少尉默默攥紧拳头。

陆征麟带着兄弟们，抄家伙出发了。山谷那头，有野兽的吼叫声，兀鹰在山顶上盘旋，这是韩丹的野兽军团。305号大地裂缝，陆征麟并不陌生，每次北方村庄的行商们要到海崖村，总是被这大裂缝困扰，不得不绕很远的路，但是这些日子，被裂缝撕裂成两半的莉莉丝已经长出不少水桶粗细的菌蔓，它们像吊桥一样跨过裂缝，建立连接。

韩丹非常擅长制造生物。祖先们逃离地球携带的地球生物DNA库也就罢了，她把DNA原样提取出来，制造出的生物自然是八九不离十；在人类逃离地球之前就已经灭绝的生物也好，科学家们也能根据遗留的照片等资料，用跟它相近的物种推算出它的基因组并克隆出来；生物进化是渐变的过程，一些古生物的基因会因为某些原因沉睡在生物体内，偶尔被激活时就产生了所谓的"返古现象"，韩丹的疯劲儿就体现在这里，她有时候会刻意制造超级返古生物，所以当巨大的雷克萨斯暴龙出现在山谷时，整个海崖村都陷入了恐慌：韩丹的怪兽军团出现了！

"赶紧离开海崖村！不要停留！"科学审判庭积极疏散平民，指挥人家尽可能有序逃离，避免发生群死群伤的踩踏事故。

枪声在山谷响起，恐龙倒地，但是更多的恐龙纷至沓来，其中更是有大量行动非常敏捷的驰龙，还有推土机般的三角龙。陆征麟带领着弟兄们，用电磁突击步枪疯狂地开火，恐龙中间夹杂着更加危险的哺乳类杀戮机器剑齿虎、巨鬣狗，甚至还有新生代的猛虎！

宋云颖站在一片狼藉的村庄里，和郑修远一起，扶起逃难中跌倒的老人，却听到少尉大声喊："你快跑！不要管别人！村民我会……"一道血箭，从少尉身上迸出，一只像极了蝙蝠的大型动物从天而降，把他啄出很深的伤口！这是一只翼龙！郑修远用手中的猎刀全力剁下翼龙的脑袋，翼龙坠在地上，挣扎几下，就不再动弹了。但是，更多的怪物正从北方蜂拥而来！

那是真正的怪物！郑修远看见了猛虎般的动物，身上却披着岩石般的外骨骼，猎人们的子弹打在它身上，只能溅出几朵火星；翼展巨大的老鹰，每一片羽毛都泛着硫化铁的乌光，俯冲掠过，刀片般锋利的羽毛划得陆征麟的佣兵团鲜血长流。

陆征麟以前都是静待韩丹们互相厮杀，等到韩丹之间决出生死胜负，才率领兄弟们杀进去，从中渔利。

"老天！是巨龙法涅尔……"陆征麟抬头，看见法涅尔在怪物最多的地方盘旋。他听阿史那雪提起过，法涅尔一直在寻找韩丹。如果这世上的韩丹多于一个，法涅尔将会选择效命于最强的那个韩丹。

"兄弟们！我们不怕死！跟我向前冲！"陆征麟大声下令，但是应者寥寥，他的战友们大多已经阵亡。陆征麟不曾后退半步，支撑着他的并不是勇气，而是坚信自己死后仍能复活。

怪物们爬上了村庄前的山路，蜂拥而上，宋云颖呆呆地看着眼前漫山遍野的怪物，想起了小时候和小雪姐姐的对话。

"我可以制造一些从来不曾存在过的生物吗？"

"没人说不可以啊！地球时代有一种叫作'金鱼'的生物，是自然界原本不存在的，但是人们想要一种漂亮的观赏鱼，于是培养了它……等等，你怀里那本《地球古代神话怪物图鉴》是几个意思？"

"小丫头！你快跑！"海崖村的猎人首领老拦住一头长了三个脑袋、体型比牛还大的狗，大声对她说。

"我不跑！你们快跑！这些怪物是冲着我来的！"宋云颖说着，朝着怪物最多的方向跑去，试图跟逃跑的村民们拉开尽可能远的距离。怪物看见她和村民拉开了距离，立即掉转头，不再袭击村民，朝着宋云颖潮水般涌去。

郑修远追着宋云颖，捡起阵亡的陆征麟佣兵团战士留下的电磁突击步枪，朝怪物开火。宋云颖急切地说："你再不走，会死在这里！"

法涅尔俯冲下来。郑修远用力扣住扳机，子弹朝着法涅尔飞去，枪管都打红了，法涅尔的鳞片在子弹下破碎，岩浆般的血液从伤口喷出，在地上凝结成岩石般的乌黑硬块，散发出灼人的热气。

宋云颖捂住嘴，眼泪扑簌簌地直落，好像法涅尔身上的伤，让她非常心痛。

"法涅尔！"一个沉闷的声音从大地深处传来，听得出声音中那心疼的声音。骨矛从地上蹿出，宋云颖飞身扑倒郑修远，两人滚在一旁，一枚骨矛蹿出的地方，正是刚才郑修远站的位置。郑修远才知道自己刚刚跟死神擦肩而过。

"快给我住手！"宋云颖的声音带着哭腔。骨矛仍然在地上不停蹿出，一些来不及躲避的村民被它刺伤，发出惨叫。但是骨矛的速度慢了很多，好像被什么东西在地下拖拽着，不再快如闪电，更像无力地颤抖着从地里钻出来。

与此同时，猛兽也失去了威力，畏惧地退缩。它们似乎变得害怕宋云颖。但是大地的颤抖变得更剧烈了！泥土像海浪般翻涌，村庄在颤抖中坍塌，一道道披挂着黑色硅晶外壳的巨蛇般的生物，钻出地面！它是如此巨大，大山被它钻出直径超过十米的隧道，山上的草木扎根在它的身上，像它的毛发。村里的猎人和审判庭战士们朝它开火，它翻滚挣扎着，砸碎了山上不少巨石，各种怪物从它的伤口中钻出，又向人群袭来！

"她来了！我压制不住！你们快跑！"宋云颖大声说。但是郑修远没跑，他仍然站在她身前，替她拦下怪物的袭击，身上和手臂上被一头巨型螳螂划出好几道深深的口子。

一声枪响，巨型螳螂的脑袋被轰碎了，然后第二枪，身子也碎了。老沈带着村里的猎人，去而复返，又加入了战斗。老沈说："我不管你是谁！你教过大家种田，就是咱们的恩人！我们不能丢下恩人不管！"

几个体型庞大的怪物从碎裂的岩石中钻出来，像岩石组成的巨人，岩石缝隙中有赤红的岩浆火光。一个女人坐在其中一个岩石巨人的肩膀上，那冷峻的眼神俯瞰着村民，像看着一群渺小的蝼蚁。

"大家小心！那是韩丹！"陆征麟被几头怪物逼到生死边缘时，仍然不忘提醒人家。

"我压制不住她的脑电波攻击，大家再不跑就来不及了！"宋云颖痛苦地缩在郑修远身后，周围的人都觉得大脑开始混沌，身体像被电流通过般发麻，想握紧武器都有点困难。

一柄陌刀如箭般穿云而来，刺穿韩丹的身体！小雪赶回来了！从来没有人能挡住阿史那雪的雷霆一击，就连韩丹也不能。

韩丹从十几米高的岩石巨人肩膀上跌落，断了气。郑修远的脸色骤然变了：韩丹的相貌，和宋云颖一模一样！

野兽群停止了攻击，失去韩丹的指挥，宋云颖终于可以全面压制这些猛兽。但是村庄废墟里，气氛已经凝固，只有伤者的哀号回荡在萧萧风中。

"你到底是什么人？"村民们心头都盘踞着同样的疑问。

"她就是韩丹。"陆征麟一身的伤，抱着死去的战友，在心里回答。

"跟我回南极基地吗？"小雪踏着被野兽的鲜血染红的山路走上来，问她。

宋云颖摇头，她舍不得这座小村庄。但是，她也不可能再留下来了。她向村民们鞠躬，满脸泪水，哽咽着说："谢谢这些天大家对我的照顾，我感到很快乐！"

村长、猎人首领老沈，还有村里的男男女女，互相搀扶着站在她面前。

没人想赶她走。在海崖村，宋云颖教过小孩子读书，缓解了大家来到这个世界之后，下一代无法接受教育的焦虑；宋云颖教过大人们种田，让大家得到了稳定的食物来源。

但是，也没人敢挽留。他们知道，只要宋云颖还留在这里，这样的事，就必然还会再发生。

"法涅尔！"宋云颖对着天空大喊，巨龙法涅尔慢慢降落在村庄的废墟中。宋云颖伸出手，轻轻抚摸着法涅尔粗糙的鳞片。法涅尔低下头，让她爬上粗大的脖子。

法涅尔扇动翅膀，慢慢升空。老沈提醒郑修远说："小兄弟，你快追！"

郑修远如梦初醒，不顾身上的伤，冲上去抓法涅尔的鳞片，手指被锋利的鳞片割出鲜血，但是他死活不放手，努力往它身上爬。

"我要去哪里？"宋云颖茫然四顾，苍茫的大地一望无际。

法涅尔在海崖村上空盘旋，一圈又一圈，呼呼的风声擦着郑修远的耳膜，令他疼痛难忍。郑修远大声说："我不管你去哪里！咱们一起走！"

宋云颖抓住郑修远的手，把他拉上法涅尔宽大的脊背。高空的风很大、气温很低，两人紧紧拥抱在一起。

阿史那雪抬头看着法涅尔慢慢北去，眼神里带着几分羡慕。

"小陆，留下来吗？"猎人首领老沈问陆征麟。这在以前也是不可想象的，以前大家对这种拥有不死生命的人，多少都有点排斥。

"我不想待在离科学审判庭的疯狗太近的地方。"陆征麟仍然充满傲气，带着佣兵团的弟兄，跟审判庭少尉擦肩而过，离开了海崖村。

我们要去哪儿？法涅尔在高空徘徊，一圈又一圈，寻找合适的安身之所。回南极基地？那地方没有莉莉丝的覆盖，不利于操纵莉莉丝保持生态圈的稳定；去下一座愿意收留他们的村庄？不，那更不行，那样会把下一个韩丹吸引过去，给别人带来毁灭性的厄运。

宋云颖选择了一座高山，那山由五座围起来的山峰组成，高耸入云，山顶上是白皑皑的积雪。它的半山腰，五座山峰围成一片小小的山谷。山的四面都是地震撕裂大地形成的绝壁，下切极深，猿猴难攀。冰山融水形成潺潺的溪流，流过山谷，在山谷尽头的绝壁上形成奔流而下的瀑布，好像白练飞挂。

他们在山谷中结庐而居，花了七天时间，搭建起一栋简陋的石木小屋。推开小屋的门就是小小的院落，位于山谷边缘。站在这里，远远地就能看见1号大陆的边缘，还有位于海滨悬崖上的海崖村。

郑修远打猎种田，宋云颖养些鸡鸭，男耕女织的生活，辛苦中透着快乐，恍如世外桃源。只有在天气半明半暗、云层稀疏的日子里，抬头看见浓云缝隙间的星空，看着星海中轮辐状的太空城，以及穿梭在其中的飞船时，他们才会蓦然想起这儿并不是地球故乡的世外桃源，而是名为"亚细亚"的行星级巨舰上的大地。

一个难得的万里无云的日子，由于没有云层反射地面光源站的光芒，天空变得如黑水晶一般。满天星光中，"千山岭号"太空城像地球故乡的月亮般照耀着大地，在它后面还有十几座更加遥远的太空城，像十几颗更小的月亮。在这大大小小的月亮后面，是体积跟地球故乡一样大，被火山的尘埃云半掩着岩浆海洋的"欧罗巴"星舰，它像一轮黑中透红的月亮，沉默地悬挂在远方。

听说地球故乡只有一轮月亮。听说"欧罗巴"星舰那边没有莉莉丝，建设过程举步维艰。

这样的夜晚，可以看着星星，在篝火前烤着野味，聊聊各自的过去，再适合不过。

郑修远提起了自己的过去。他的过去跟大部分普通人一样乏善可陈：他在"千山岭号"太空城出生，在懂事之前，父母就到了"亚细亚"星舰，担任建造行星引擎的工人，在事故中双双遇难，留下他在孤儿院中长大。他想和父母一样到"亚细亚"星舰工作，却不想和父母一样留下个孩子在孤儿院中，经历他童年受过的孤独，想着孑然一身，就算死了也不拖累任何人，却被星舰建设局拒收。最后他只能通过偷渡的方法，来到这个世界，想着既然都到了这里，星舰建设局也没办法把他遣返回去，就试图碰碰运气，看看能不能当个和父母一样的工人。

"你不知道，在这里当工人，是很容易送命的吗？"宋云颖问他。

郑修远在一堆篝火前细心地炙烤着打来的野兔，说："这世道就这样了，在哪里都容易送命，'千山岭号'太空城也好，别的太空城也罢，都是很危险的地方。没有任何一个地方是安全的乐土。我为什么不能让自己死在更有价值的地方？再说了，这里的工人可以享受无限的水和空气的供应，还有远高于太空城的食物配额……"

"错了，这里没有食物配额限制。"宋云颖撕了一条烤兔腿，慢慢塞进嘴里咀嚼，"我给了南极基地粮食筹集队合法的狩猎权，食物多得根本吃不完。"

郑修远的童年故事很快说完了，夜空下只剩篝火的哔剥声，他用小刀把兽肉切成片，喂给她吃。他不敢问宋云颖的过去，他知道那必然涉及韩丹的秘密。或许，那还是普通人不能过问的，最高科学院的机密。

宋云颖说："把刀给我。"

郑修远以为她要切兽肉，倒转刀柄把小刀递给她。她接过刀，转手就在自己手臂上划了一刀，痛得皱起眉头，却咬紧牙关，一声都不吭。

"你这是干什么？"郑修远吓得马上夺过刀，大声问她。

她忍着痛，挤出浅浅的微笑："我怕哪天，你认不出谁是我，所以先预留个记号。"

郑修远赶紧替她包扎伤口，不敢责备她。他想起了在海崖村时遇到的韩丹，光看外貌，没有人能把宋云颖和韩丹区分开来。

"我也说说我的过去吧。"宋云颖依靠着郑修远的肩膀，紧紧裹着兽皮衣，看着远方的星星。那些闪烁的星星，很难分辨究竟是距离较远的飞船，还是真正的恒星。

宋云颖似乎回忆起了很久以前的事情："我的童年，那大概是三百年前的事情了吧？那时的我，有个绰号叫'灾星'……"

八、昔日灾星

三百多年前，流放者兄弟会时代。

"独木溪号"太空城，一个七岁的小女孩走上法庭，低着头，不敢直视周围大人们的目光。

"死刑！""那是二十五万条人命啊！""死刑！"人群中，有不少人情绪激动，大声高喊。

法官倍感压力，眼前这个小丫头，是"紫雪松号"太空城毁灭的元凶。

"紫雪松号"太空城是一座典型的环形太空城，生活着七十多万居民。和兄弟会的大多数太空城一样，历经了漫长的太空流浪，陈旧不堪，太空城外壳上的防陨石装甲板早已被撞得坑坑洼洼。太空城内部采取模块化设计，每一个生活舱模块都生活着数百到数千人不等。一旦发生致命的陨石撞击，或是其他毁灭性事故，兄弟会通常会抛弃发生事故的舱段，保住整个太空城。

七岁的宋云颖听着律师们的交锋，一个字都没听进去，眼前浮现的只是那场毁灭性灾难。

"快跑！陨石撞穿了舱段！"大人们的叫喊声、孩子们的哭闹声，在"紫雪松号"太空城的822号舱段中此起彼伏。熊熊烈焰，吞噬着生活舱内宝贵的氧气，很多人因为窒息而倒下，数不清的人，挤在窄小的气密门前，试图逃离地狱。

生活舱模块之间靠气密门连接，一个气密舱有三十多个气密门，每个都只能容纳五人并肩通过。不是设计师不愿意把气密门做得更大，只是由于技术水平限制，更大的气密门意味着更难紧急关闭。紧急关头如果舍不得壮士断腕，就意味着更大的灾难将会发生。

红光在舱段内闪烁，气密门在慢慢关闭，很多人拼死阻挡，却抵不过机械的力量，被活活夹死。毫无感情的电子合成音在舱段内回响："822号舱段即将抛离，请迅速离开气密门……"

大火蔓延到舱室内的照明系统，应急灯极不稳定地闪烁，气密门旁破损的舱壁上老化的电线在噼里啪啦地闪着电火花。

一声巨响，电线腾出火焰，宋云颖把一根铁棍插进舱壁的破损处，刺穿电路板，卡死机械结构最薄弱的地方。关闭的气密门轰然打开，刺耳的警报声顿时响起："气密门无法关闭！请工程师紧急维修！气密门无法关闭！请工程师紧急维修！"

"妈妈！快跑！"宋云颖拉起妈妈的手，随着熙攘的人群，挤过气密门逃到了尚未起火的 821 号舱段。人潮汹涌，太空城里好像世界末日般，所有的人都在往航天舱段逃跑，试图钻进逃生飞船。

"气密门无法关闭，舱段抛离失败，请工程师紧急维修！气密门无法关闭……"一声巨响在太空城内回荡，所有的照明系统全部熄灭，只剩应急灯闪着刺目的红光。

宋云颖是听话的好孩子。平日里，她很听妈妈的话，每天放学就直接回家，从来不会到别的舱段玩耍，最多也就只是在舱段尽头，静静地观察气密门一开、一闭，看着大人们进进出出，等着妈妈下班回家。所以宋云颖从来不知道，原来太空城这么大，竟然生活着数以万计的人口。她以为自己平时生活里接触的亲朋好友，就是这世上的全部重要的人。她更不知道，自己的逃生行为，断了多少人逃生的路。

第一场大爆炸的冲击波传来，822 号舱段被整个炸飞，821 号舱段很多人爬上了逃难飞船，却被爆炸的碎片击中，船毁人亡。宋云颖拉着妈妈的手，在噩梦般的应急灯红光中，灵敏地穿行在被爆炸掀翻的金属地板和天花板之间，电线在她们身边冒着火化，氧气管道让舱段的燃烧更加剧烈。火焰和浓烟在她们身后穷追不舍，前面的气密门也在慢慢关闭。

七岁的宋云颖，好像不知道什么叫害怕。数不清的人被关闭的闸门拦住，无法逃生，绝望地拍打着被火焰逐渐烧热的气密门。她冷静地掀开被爆炸震开的金属壁，在密密麻麻的线路中找到两根看起来没有任何特殊之处的电线，对接。气密门再次打开，人群蜂拥逃进 820 号舱段。与此同时，822 号舱段的第二场大爆炸传来，隔着透明的太空城防护罩，人们看见了熟悉的家变成碎片，在太空中飞散。爆炸的威力破坏了太空城的支撑结构，大块的金属结构慢慢扭曲，散发出炙热的红光。

"821 号舱段抛离失败！""823 号舱段抛离失败！""21 号支撑辐条失火！"……

当宋云颖和妈妈，以及 822 号舱段的几百名生还者挤进逃生飞船，逃离"紫雪松号"太空城时，她看见了巨大的太空城在爆炸中解体，数不清的飞船从太空城里飞出。但是不少没能挤进飞船的人，只能在碎裂起火、四散纷飞的太空城中，绝望地拍打着舱段舷窗，直至大火把他们吞噬。

"紫雪松号"太空城的七十五万名居民，有二十五万人遇难。

法庭上，控辩双方律师的交锋极为激烈。

"'紫雪松号'太空城年久失修，电路老化！保护回路大部分失效，导致宋云颖的暴力破解引发连锁反应，98% 的舱门无法关闭、受损舱段无法抛离，才导致这场大灾难。你不能把所有的过错推到一个七岁的小女孩头上！太空城维护方应该负主要责任！"

"我们还剩下的这几座太空城哪座不是年久失修？你说这场大灾难该由上天负责？"

"她只是想带妈妈和同一个舱段的街坊邻居逃离危险，并不知道自己的行为会造成多严重的后果！"

"你认为，为了能让 822 号舱段中这几百人逃生，整个太空城的二十五万人就活该去死？"

"按照常理而言，七岁的小女孩根本不具备掌握气密门和抛离装置工作原理的能力。那些复杂的结构，就连未经训练的成年人，也无法弄清楚它的运行方式！"

"我们做过智商测试，宋云颖的智商远超普通人！在测试中，她能解开大部分常见的太空城安全防护门！"

对方辩护律师不由得转身看了一眼陪审席上的女人，她很漂亮，一双青绿色的眸子，身上的黑色审判庭制服英姿飒爽，臂章显示她的级别很高，师级督察官。高智商有时候是一张护身符，最高科学院一直在搜寻高智商的孩子，带入科学院培养成才。

"死刑！""死刑！"法庭外的人群高喊口号，法警们组成人墙，防止他们冲击法庭。

"休庭。"法官没有当庭作出判决。七岁的孩子，照理而言，免负刑事责任。但是二十五万条死去的生命，法院外头汹涌的怒火，又怎么挡得住？

人群冲破法警的阻挠，冲进法院："杀了她！""杀了这小魔鬼！"场面顿时乱作一团，不少人在拥挤和践踏中负伤，法官和辩护律师以及数十名平民在混乱中被踩踏致死。混乱的场面持续了整个下午，等到警方清场，宋云颖已经被科学审判庭带走。

一艘名为"渺云千仞雪号"的飞船从"独木溪号"太空城的航天港飞离，前往远方的"三色堇号"飞船，"三色堇号"慢慢伸出机械臂和封闭式栈桥，与"渺云千仞雪号"对接。

"三色堇号"飞船非常古老，它建造于两千多年前的地球联邦火星重工厂。在流放者兄弟会带领逃离地球的难民们离开太阳系后，成立了最高科学院，这艘飞船就一直是科学院总部所在地。它在漫长的两千多年里，进行过无数次的大规模改装，加挂了无数的舱段，从最初不足两百米的中型飞船，变成直径超过二十公里、长约五十公里的庞然大物，外形就像一只拖曳着长长的腹部的白蚁蚁后。跟它巨大的体积相比，"渺云千仞雪号"就像停在蚁后身上的一只小工蚁。

飞船的气密门慢慢打开，早有审判庭的官员等候在航天港里，官员说："阿史那教授，这趟行程辛苦您了。"

"梅姐姐这次没说我不务正业吧？她经常说我身为实验室负责人，整天乱跑。"小雪问官员。

官员说："这倒没有。"小雪本来就是闲不住的性格，身兼督察官有个好处，就是可以光明正大地满世界溜达。

小雪把小丫头搂在怀里："这孩子叫宋云颖，小小年纪就知道怎样破坏气密门。论资质是个好苗子，所以带回来培养。法院那边你替我留意一下，如果定罪的话，给她弄个特赦令。"她早就习惯了科学审判庭那种把科学凌驾于法律之上的作风，一个能培养成优秀科学家的好苗子，必须想办法保住。

飞船还顺带着捎回了"紫雪松号"太空城 822 舱段的几百名幸存者，反正"三色堇号"也缺后勤杂务人员。

宋云颖被编入少年班，跟其他资质过人的天才型孩子一起，由最好的老师传授知识。小雪本来以为，事情就这样算是告一段落了，却没想到，宋云颖特别黏她。别人家的孩子，都是一放学就赶回家，只有宋云颖老是往她家跑。

"为什么不回家呢？"小雪蹲下身子，问年幼的宋云颖。这丫头脏兮兮的，衣服还是昨天穿过的衣服，头发蓬乱，好几天没洗过头，肚子发出饥饿的咕咕声。很显然，她的亲妈根本不管她。

宋云颖低着头不回答。小雪很在意这件事，很快让审判庭查明了情况："紫雪松号"太空城其他幸存者们，把这几百名幸存者视为不该活下来的人，他们活下来的代价是二十五万原本可以活命的人死于非命；而这几百名幸存者又把自己被排斥的缘由迁怒于宋云颖，就连亲妈也把她视为灾星。

更何况，她的母亲最近和一名低级研究员打得火热，完全没有顾及她的感受。小雪听说，宋云颖的生父是搜集星际物质，供兄弟会流浪所需资源的飞船驾驶员，两年前就遇难了。对这种破碎的家庭来说，选择再婚是很常见的事情。

"不知道为什么，韩叔叔对我很好，但是他很少在家。"吃饭时，宋云颖对小雪提起。小雪的厨艺很不错，同样是人造食品工厂里利用水、氮气和二氧化碳合成的糖类和蛋白质，在别人手里只能煮成一锅可以充饥的糊状黑暗料理，在她手里却能做成各种美味的蛋糕和面包。

"因为你很可爱啊！"小雪微笑说着，给宋云颖梳理头发。

然后，小雪变了，变得不爱离开"三色堇号"飞船，不再像以前那样满世界行使督察官的权力。她回到实验室，重拾那些久违的生物实验课题。宋云颖放学后，常到实验室找她，于是她经常一边做实验，一边辅导宋云颖做功课。

"小雪姐姐，这是什么生物？"巨大的生物实验室里，宋云颖经常好奇地问小雪。跟很多小孩子一样，她也很喜欢小动物。

小雪说："这是以地球生物为蓝本，经过基因修改的生物，暂时没想好给它起个什么名字。我们发现了一颗可能可以定居的新星球，天文学家们正在设法探明星球的具体环境。而我们搞生物的，则根据他们已经探明的情况，有针对性地设计生物。最终目的是把那颗星球改造成适合人类生存的环境。"

宋云颖特别黏小雪，小雪也喜欢带着她出入各种场合，甚至连顶级学者之间的那些会议，也常带宋云颖旁听。同事们都取笑说，号称"科学院之狼"的阿史那雪，已经变成了科学院的头号保姆。

在顶尖的科学家联席会议上，宋云颖认识了很多科学泰斗。他们当中有些已经活了上百年之久，是那种因为太重要而不允许死亡的科学家，依靠先进的医疗设备强行维持着生命。

最近的会议，讨论的内容也多半是这颗新发现的特殊星球。

一名天体物理学家说："这颗星球所围绕的恒星是一颗很不稳定的红巨星，氦闪太厉害，它的高能射线像核弹爆炸那样横扫星球表面，普通生物难以生存。"这名天体物理学家已经活了两百多年，苍老得好像干尸，坐在轮椅上，身上接满维持生命的管子。

工程建筑所的技术专家说："建造……足够深的地下城，沙沙沙……可以有效阻挡氦闪。问题在于……未来，建造地下农场？或……

沙沙沙……地面农场？"他的声音是瓮声瓮气的电子合成声。三百多年的漫长岁月让他身体的绝大部分器官都已经衰竭，无数人造器官代替了衰竭的器官，只剩一颗仍然活跃的大脑，严密地保护在金属躯体内。

"制造不怕氦闪的庄稼和动物，不是做不到，但是存在一定的生态风险。"阿史那雪说。

一直在旁听的科学审判庭中将突然问："阿史那教授，您比在座的很多人都要年长。为什么这种地方，会有一颗无主的宜居星球？"将军今年七十多岁，是会议室里年龄仅次于宋云颖的第二年轻的人，在科学领域是门外汉。但是他的提问，往往能切中要害。

两千多年的太空流浪，兄弟会不是没发现过宜居星球。然而宇宙虽大，宜居星球却非常宝贵，它们要么是某个外星文明的母星，要么早已成为外星人的殖民星。流放者兄弟会是宇宙海盗出身，倒不是没想过霸占别人的宜居星球，只是掂量掂量了自己的实力后，发现打不过，只能夹着尾巴灰溜溜地离开。

一支穷得掉渣、流离失所的地球人流浪舰队，很难打得赢拥有母星、科技先进又财力雄厚的外星文明。

"梅姐姐，你怎么看？"小雪问生命研究所副所长梅小繁。

梅小繁背对着众人，看着会议室墙壁上巨大的屏幕，高高的椅背遮挡了她娇小的身影。屏幕上的画面随着她的手指不停旋转、放大，屏幕的焦点是宜居行星所属的恒星，一颗非常巨大的、不稳定的红巨星。这颗恒星已经走到生命的尽头，将在不久之后发生超新星爆发，方圆十几光年内的一切生命，都将会在超新星爆发的高能辐射下，灰飞烟灭。

问题是，"不久之后"是多久？没人能准确预判一颗红巨星具体的毁灭时间。对动辄以十亿年为单位计算的恒星寿命而言，"不久之后"也许是太久以后的事情，也许发生在下一秒钟。

无休止的会议几乎每个月都要召开两三次，各种检测和实验数据源源不断地摆上会议桌。有几次会议，宋云颖甚至见到了流放者兄弟会的首领，那是一个消瘦的老人，却掌握着兄弟会至高无上的权力。但是在充满危险的宇宙面前，他也只是渺小的蝼蚁。

首领认真听取了每一名科学家的意见，谨慎地提出意见："我们先派几个人到星球上探明情况。缪塞尔博士，空间跳跃实验进行得怎样了？我想知道一旦遇上最坏的情况，我们能不能尽快逃到安全的地方。"

"准确定位跳跃点的成功率是45%，我们至少要逃出二十光年之外才安全。那儿有一颗适合我们暂时落脚的恒星。"缪塞尔博士是空间物理所的所长。

两千年前的地球联邦末期，祖先们逃避机器人叛军追杀时，逃到了南门二。南门二殖民星的科学家们面对机器人叛军的杀戮，带着兄弟会的逃亡队伍，使用了极不成熟的空间跳跃技术，带大家来到这片谁都不知道位于宇宙哪个角落的陌生星海中。

这两千年来，他们始终找不到地球故乡的位置，并且空间跃迁的技术瓶颈至今都难以突破，无法做到绝对可靠。

"我同意首领的意见。咱们先派些人到行星上探明情况。"阿史那雪向来是科学院的急先锋，最喜欢冒险。

会议结束后，小雪让宋云颖独自回家，好好照顾自己，她将加入前往宜居行星的探险队伍。

宋云颖独自走在回家的路上，回的是小雪的家。将近八岁的她站在小板凳上，自己做饭，自己吃。尽管韩叔叔很希望她回去，但是妈妈早就不要她了。宋云颖觉得，韩叔叔对她好，也不过是因为她和高高在上的审判庭督察官小雪姐姐关系密切，韩叔叔想从她身上得到宝贵的升迁机会。

宋云颖听说，妈妈和韩叔叔的婚礼定在了下个月。

门外走廊的街灯一直亮着，"三色堇号"飞船采用的是地球时代的格林尼治时间，依靠铯原子钟计时，这是一种根深蒂固的习惯。尽管飞船里没有真正的昼夜区别，无论早上、中午还是晚上。

宋云颖看了一眼舷窗外的太空，那颗衰老的恒星很大，隔着大半个光年，都能看到它蚕豆般大小的体积，散发着刺目的红光，镶嵌在无尽的黑暗中。

流放者兄弟会的飞船群停泊在恒星最外围的小行星带，放出无数小飞船，收集各种资源。这些堆积起来的物资，是万一人类在流浪过程中找不到合适的小行星带补充资源时，最宝贵的物资和能量来源。

探险飞船出发了，大概要十年才能到达行星。宋云颖的眼泪慢慢流下来，这是她离开妈妈时都没流过的泪水。

自己吃饭，自己写作业，自己上床睡觉。宋云颖翻来覆去地睡不着，敲门声却突然传来。她跳下床，开门，发现小雪姐姐醉醺醺地倚靠在门框上，手里提着一瓶酒。在粮食奇缺的流放者兄弟会，只有在不惜代价全力保障物资供应的"三色堇号"飞船上，才会有酒类这种奢侈品的配额。

小雪看见她，落寞地笑了笑："我被踢出探险队了，梅姐姐叫我回家带孩子。"

宋云颖迅速爬起床，扑到小雪怀里，紧紧搂着她的脖子，怕她会再离开。

宋云颖最后一次和妈妈在一起，是在妈妈和韩叔叔的婚礼上。那时的她刚刚完成学力测试，跳级到小学五年级。在妈妈的婚礼上当花童，这让她感觉很怪异。

"那孩子感觉怪怪的，一点儿孩子的天真都没有。""该不会是那个宋云颖吧？那个灾星。"有男方亲戚在窃窃私语。

"她是我们家的孩子，叫韩丹！"韩叔叔急中生智，给她起了个新名字，替她解围。

韩叔叔的解围并不能打消人们的疑虑，人们纷纷议论："太像宋云颖了，那个毁掉'紫雪松号'的灾星。"宋云颖夺路而逃，瘦小的身躯，钻过人群，消失在婚礼上。

韩叔叔一路追到人迹罕至的消防通道，终于追上了宋云颖。

宋云颖朝着韩叔叔大声说："我不叫韩丹！我叫宋云颖！"

"小声点儿！你这孩子！让别人听到怎么办？"韩叔叔捂住宋云颖的嘴，小声说，"我已经安排好了，你换个名字，我们一家三口，去一座谁都不认识咱们的太空城，重新开始新的生活！"

宋云颖拼命挣扎："我不要！我要和小雪姐姐在一起！"

阿史那雪出现在消防通道的入口处，宋云颖挣开韩叔叔的手，撒开腿就跑，躲在小雪身后。

小雪对韩叔叔说："你的申请书我看到了，想去'白沙天号'太空城工作？"那是离"三色堇号"很远的太空城。很少有研究员愿意离开安全的"三色堇号"，到危险的太空城任职。

小小的底层研究员，他的调动工作申请书，照理来说不会需要阿史那雪这么高的层级批准。她看到了调动申请，意味着她一直在关注这事。

韩叔叔说："我想带这孩子走，改名换姓，人们会慢慢忘记她的过去。"

小雪问宋云颖："愿意跟他走吗？"

宋云颖猛地摇头，双手紧紧抓住小雪的裙摆。

小雪说："你的申请我批准了，过两天你会收到调任令。孩子留在我这里，我会把她培养成才。"

两天之后，韩叔叔和妈妈乘坐小飞船，离开了"三色堇号"。小雪给宋云颖换了个新的身份，也换了个更好的新学校：三色堇理工大学附属中学。宋云颖怔怔地看着新的身份资料上那陌生的名字：韩丹。

她问："小雪姐姐，我，真的一定要改名吗？"

小雪说:"暂时先这样吧,等你成年后,再考虑自己叫什么名字。我想让你直接跳过小学,开始接受中学教育。你敢接受挑战吗?"

"我一定能做到的。"宋云颖,不,韩丹说。

韩丹的学业,一下子从游刃有余变得非常吃力。尽管天资过人,平时又常接触各种知识渊博的大学者,接触过不少实际上远远超过了中学水平的知识。但是韩丹跳过的课程太多了,这让她有些应付不过来。

小雪一度担心刚刚度过八岁生日的韩丹应付不了繁重的课程,但是这孩子的刻苦程度近乎自虐,好像想把所有的痛苦都发泄在学习中。

在流放者兄弟会,大多数人都认为孩子能考进"三色堇号"飞船的学校,是往上爬的最好途径,却不知道孩子们在这种天才云集的学校中,在强大的学习压力下几乎无法喘气,扛不住压力退学者屡见不鲜。这时代的学生们,如果按部就班地升学,最多只能成为最底层的研究员,只有疯狂跳级的优秀学生,才能叩开科学殿堂的大门。

科学发展到今天,跟资质普通的大多数人已经有没多大关系了,人类几千年积累的科学知识浩如烟海,普通人就算研读到百岁,也读不完前辈们留下的量子力学、弦论等知识。想站在巨人的肩膀上更进一步?很多人在爬上肩膀之前就已经耗尽了一生。只有天赋异禀的少年天才,尽可能早地完成学业,尽可能早地投身科研,才有可能抢在寿终正寝之前,得出少许科研成果。

九岁那年,韩丹以全班吊车尾的成绩,勉强达到了初一的水平线。十岁那年,韩丹的成绩排名位于全校初二学生的中下游水平,跟班上同样跳级读书的神童们相比，并不占优势。

十一岁那年，韩丹初三，终于在全班同学中挤进了前几名。这时她已经是两个孩子的姐姐了。韩叔叔并没有当她是外人，只要通信条件许可，就常会和她联络，问问她的近况，也给她说说最近家里发生的事。

陌生的家中一切安好，韩叔叔最近在负责303号人造月球的巨型飞船引擎的测试工作，需要经常离开家，到太空中工作。兄弟会一共有两三百颗月球大小的流浪行星，都是用长年累月作为备用物资收集的星际物质堆积成的。人们把它称为人造月球，这名字中满满的都是对地球故乡的思念。

十三岁那年，跟很多同学一样，韩丹又跳级了。跳过高中二年级，直接就读三年级，在同学当中仍不算优秀。就在这一年，垂死的老恒星爆发了一次惊人的氦闪，氦闪以光速横扫整个兄弟会的飞船群，亮光照亮了视野内的大半个宇宙。凡是位于太空城的透明穹隆下，暴露在那颗巨大的太阳光芒下的人，全都在一瞬间死亡。

韩丹听着电话里韩叔叔哭泣的声音："他们只是想去太空城的公园里晒晒太阳，没想到……没想到……"

妈妈没了，几个同母异父的弟弟妹妹也没了。韩丹默默地听着韩叔叔的哭声，想起了小雪姐姐的生物实验室中，用来模拟氦闪下伤亡情况的小白鼠被瞬间烤焦的惨状，她忍不住呕吐起来。

十四岁那年，韩丹又跳级了，三色星理工大学本硕连读。韩丹的硕士生导师，不是别人，正是她的小雪姐姐，阿史那雪教授。

"小雪姐姐，为什么你会破格带硕士生？"韩丹记得，小雪姐姐通常只带博士生。

"想带就带呗！别问那么多为什么，选一个自己喜欢的课题吧。"三色堇理工大学占地面积一平方公里多，位于"三色堇号"飞船最重要的外挂舱段之中，地下是迷宫般的教学楼和学生宿舍，地面是倒扣在防护罩里的小型人造生态圈，是兄弟会飞船群中少有的不让人感到压抑憋屈的空旷场地。小雪斜扎马尾，轻便的吊带背心和短裙，一身地球时代女生的打扮，很难让人把她跟学者联系起来。

韩丹说："我想选不死之身的研究。"

小雪说："这课题已经很多人研究过了，科学院里不死的老怪物还少吗？"

韩丹仔细说了自己的想法，比传统的不死之身疯狂很多。小雪皱起眉头，摸摸韩丹的额头，确定她没发烧，看来这疯狂的点子她已经思考很久了。

小雪说："好吧，动手吧。做你自己想做的课题。"

韩丹十五岁那年，韩叔叔又结婚了，跟爱情这种可遇而不可求的奢侈品关系不大。两个在灾难中破碎的家庭，各自带着自己的孩子，组成新的家庭，互相依偎取暖，是两千多年的太空流浪中很常见的事情。

"三色堇号"的物资配给额度是别的太空城望尘莫及的。韩丹经常在"三色堇号"购置一些别处得不到的生活物资，邮寄给韩叔叔。这次自然免不了，要为韩叔叔的新婚备上一份厚礼。

十六岁那年，韩丹又当姐姐了，那个异父异母的弟弟，叫作韩烈。

这个时代的人，追求的是"生存"，而不是"生活"那种地球时代的奢侈品。男人在危险的太空中玩命工作，以确保大家有足够的资源活下来；女人在太空城里拼命多生孩子，以高生育率对抗太空流浪的高死亡率。每个人都麻木又顽强地活着，麻木得好像地球荒原上的杂草，也顽强得好似杂草。

"你知道我们流放者兄弟会，最初的梦想是什么？"在韩丹的十七岁生日那天，三色堇理工大学的实验室里，小雪问她。

韩丹问小雪："是什么？"

小雪说："是找颗合适的星球，重建地球故乡般的世界，让每个人都可以自由自在地活着。"

就在这一天，探险飞船终于抵达行星。实验室的电视机里，探险飞船传回来的第一个图像，在学校里引发的欢呼声，隔着实验室的金属墙壁都能听到。这种欢呼声在压抑的流放者兄弟会当中很少见。那的确是一颗宜居星球，如果把巨大的老恒星放在太阳系正中间的位置，这颗宜居行星就该位于土星的位置。毕竟行星系的宜居带会随着恒星的亮度不同，而存在很大的不同。

银色的植物、银色鳞片的动物，这颗星球上大部分生物体都披着泛着银光的外壳，让电视前的观众们啧啧称奇，想必是为了反射氦闪的强光，尽可能避免对身体造成伤害而进化出的外壳。新闻主持人兴奋地感叹生物进化的精妙，解释说红巨星"短智"的寿命，再短也足足有数百万年之久，有足够的时间让生命体进化出可以抵抗氦闪的有效性状。

"这不正常!"韩丹的脸色变了变,"生命从最原始的单细胞生物,进化到高等生命体,至少要几亿年时间!这些生物不可能是在这颗星球上诞生的!"凭直觉,她意识到这颗星球存在着巨大的未知风险!

"哦,聪明,但是你不是唯一的聪明人。"小雪面不改色,"很显然,它们来自另一颗更靠近恒星的星球,在这颗恒星还是主序星的时候诞生,因为恒星衰老变成红巨星,星球上的智慧生物带着物种逃离家园,来到更外围的这颗星球定居。他们原来的母星大概已经被恒星衰老时的膨胀给吞噬了。"

"我们发现了高耸入云的外星人城市废墟!"探险队传来的画面,让整个兄弟会都惊呆了。

小雪弹了弹鲜红的指甲,漫不经心地说:"红巨星的生命少说也有几百万年。这意味着几百万年前,外星人就已经有航天能力抛弃母星,挪窝到新星球上定居了。但是几百万年过去了,红巨星即将发生新星爆发,他们却只能抛弃家园,落荒而逃。看来这几百万年都活在狗身上了,竟然没能研究出更高的科技保住家园。"

韩丹说:"大概是寿命和大脑智力上限的限制吧?我们最高科学院在大幅度延长科学家寿命之前,科技也曾经一度停滞不前。很多学者还没出成果就老死了,新的学者还没学完前人留下的知识,就已经白发苍苍了。"

"所以你才坚持要做这个疯狂的实验?"小雪转身看着容器中沉睡的菌丝状怪物。

这丝状怪物像真菌和原始多细胞动物的混合体，但是人造生物有时候很难按照传统的生物学来分类。这是动物，还是植物？韩丹根本不在乎这些墨守成规的分类，她要的是一种能够迅速生长蔓延，能让她如臂使指地指挥，并且可以进行 DNA 编程的人造生物。

韩丹给这种人造生物起名叫"莉莉丝"，这寓意已经是不言自明：韩丹希望它像古代神话中的怪物之母莉莉丝那样，制造出她想要的，各种人工设计的怪物。

学校的生物学教授们对这样的研究方向颇有微词："什么样的导师教出什么样的学生。这韩丹，只要她愿意，只怕能让苹果树结出大象来。"

十八岁那年，韩丹提前拿到了硕士学位，继而考博。博士生导师仍然是她的小雪姐姐。但是，眼尖的同学们却发现韩丹好像憔悴了很多。听说这世上有些神童注定早逝，他们是以寿命为代价，换来的高智商。

恒星的氦闪越来越频繁，这是个让人心头不安的不祥之兆。也就是在这一年，"白沙天号"太空城在一次强烈的氦闪当中，发生了严重事故，韩叔叔一家生活的 665 号生活舱段遭到毁灭性破坏。为了避免大火蔓延到别的舱段，避免"紫雪松号"的悲剧重演，生活舱段被抛离，带着上千名来不及逃离的居民被抛向幽暗冰冷的太空。

这次，没有叫作宋云颖的孩子带着他们逃出生天了。

救援行动随即开始，先抢修"白沙天号"太空城，阻止更大规模灾难的发生，再救援 665 号生活舱段。能救回几个算几个。当救援飞船割开 665 号舱段时，舱段中已经没有活着的成年人。这是生活着近百个家庭的舱段，大火耗尽了舱内的氧气，稀缺的氧气面罩全都戴在孩子们脸上。每一个身为父母的人，都把有限的生存希望留给了孩子。

韩叔叔一家，只剩下两岁的小韩烈，他最后被送到了孤儿院。这是韩丹仅剩的亲人，没有血缘关系的弟弟。

十九岁那年，韩丹的身体状况急转直下，她病得已经无法走路了，坐在轮椅上，仍然坚持完成博士论文。

"我的……体检报告呢？"韩丹有气无力地问一名刚考上博士的学弟。说是学弟，年龄却比她大五六岁。

学弟说："还没出来。"实际上，她的体检报告早已出来了，却没人敢告诉她。报告显示，她的染色体上有几个异常基因，或许是在娘胎里就被宇宙辐射导致的基因异常。总之这几个基因让她的大脑活跃度远超常人，但是过度活跃的大脑也消耗了过多的能量，让身体不堪重负，注定了她早逝的命运。

韩丹看着游泳池大小的容器里，那体积越来越大的莉莉丝，说："报告出来了，就告诉我。想瞒住我是不可能的。"

"好的，学姐。"学弟满口答应，推门走了出去，只觉得心很沉重。

急剧恶化的身体状况，是瞒不住韩丹的。韩丹用小刀片割破手指，把一滴血，滴入莉莉丝的容器中。容器里的液体在翻滚，几根细小的藤蔓汲取了鲜血，它们又用特殊的酶对血红细胞里的 DNA 进行了测序。这种酶能从 DNA 链的一端开始，对其挨个进行核苷酸甄别，并把甄别结果送入莉莉丝的神经系统，进行模拟运算。

我活不过二十岁……韩丹闭上眼睛，阅读着莉莉丝的运算结果。莉莉丝的神经系统中，有一个利用生物电发送加密电磁信号的生物型信号收发器。它跟电鳗之间利用电磁波进行交流的原理类似。而另一个收发器，位于韩丹的大脑内，是她给自己植入特殊的基因组之后，在大脑里长出的指甲大小的瘤状物。

依靠这种特殊的连接，莉莉丝与韩丹融为一体。韩丹的意志，就像大脑控制着手指那样，控制着莉莉丝。

当天晚上，韩丹病逝。她的记忆、她的意识，在临终前，自动上传到莉莉丝的神经网络中。

莉莉丝没有思考能力，它的神经网络就像一个没有运算能力的硬盘，只能储存数据，再然后，对环境进行一些简单的应激反应。

这种应激反应，包括检测韩丹是否还活着。如果结果为"否"，则克隆一个新的韩丹，并把记忆和意识复制到克隆体的大脑中。克隆的基准点在她的十七岁，她身体状况和大脑活跃度都位于最好状态的十七岁，意味着新的克隆体最多只有三年的生命。

在克隆的过程中，阿史那雪一直守在实验室，看着莉莉丝慢慢鼓起一人高的蛹，看着韩丹的新身体在蛹中慢慢成形。当韩丹慢慢睁开眼睛时，时间已经过去了好多天。

"这孩子将来的成就，远在你我之上。"小雪想起了自己的老师梅小繁，对韩丹的评语。

"感觉怎样?"小雪问她。

韩丹破茧而出,从湿漉漉的容器里走出来:"像舒舒服服地睡了一觉。"

小雪说:"那就准备论文答辩的事情吧,不剩多少天了。"

博士论文答辩这天,是韩丹的二十岁生日。小雪没有等她完成答辩,就又以审判庭督察官的身份出征了。她终究兼任着审判庭第七师的督察官,联盟正规军搞不定的事情,审判庭这种精锐始终还是要出动的。再者,她对小雪的博士答辩,有绝对的信心,没她在场也没关系。

教授们看完她的论文,面面相觑:看不懂。答辩现场陷入了尴尬的静默。

"我,可以问你一个哲学问题吗?"终于有教授打破沉默,但是问的并不是他所在的生物学领域问题。

韩丹说:"您想问,我还是不是原来的我?"

教授点头,他正是想问这个问题。

韩丹说:"这是个古老的问题,早在古希腊,就有'特修斯之船'的悖论:'如果一艘船上的木头被逐渐替换,直到所有的木头都不是原来的木头,那这艘船还是原来的那艘船吗?'"

她停顿一下,继续说:"我不是哲学家,无法回答您这个问题。但是我们研究生物学的人都知道,包括人类在内的大多数生物,在新陈代谢的过程中,组成细胞的每一个原子,都会被慢慢替换。我们在座的每一个人,你的身体早已不是小时候的身体,也不是少年时的身体。我的情况也是如此,只是过程稍有不同。你还是不是以前的你?我想,每个人心里都会有自己的答案。"

另一名教授问："如果莉莉丝因为某些原因被撕裂成两半，各自克隆了一个你，后果会如何？"

韩丹微笑着，简单地做了回答。这个答案，后来被锁在最高科学院的档案柜里，不允许对外公开，外人也就无从得知。

答辩算是顺利通过了。韩丹拿到了自己想要的博士头衔。小雪姐姐出征后的家空荡荡的，韩丹更喜欢留在实验室里打发时间，继续改进莉莉丝，偶尔也会给"白沙天号"太空城的孤儿院打个电话，问问弟弟韩烈的近况。生物实验往往要很长时间才能出结果，于是边看新闻边等待，就成了她最好的消遣。

新闻上说，太空流浪并非易事。几年前，流放者兄弟会发现了一些陌生的外星舰队。他们逃离了这颗绕着垂老的红巨星公转的母星，在别的恒星周围开辟了新家园，但是故乡在他们的心中仍然无比神圣，不容别人染指。

兄弟会对这种依恋故土的心态很熟悉，毕竟两千多年的流浪中，每逢有外星人问起客从何处来，兄弟会总是说："我们是地球人，总有一天，我们会找到返回地球故乡的方法。"尽管谁都不知道地球在哪里。

没完没了的战争持续了好几年。今天的新闻又是最新的战报，兄弟会终于扭转败局，让外星舰队吃了个大亏。当然，正规军搞不定外星人，兄弟会出动了科学审判庭才摆平了他们。参战的审判庭第七师，是小雪姐姐担任督察官的部队。

然而，麻烦还在后头。新闻说，太空城里压抑逼仄的环境，让人非常怀念祖先们生活的海阔天空的地球。有些人不顾危险，试图偷渡到那颗行星上定居，还给那颗行星起了个名字，叫"希望"。

很多人明知道那颗星球非常危险，但是脚下坚实的大地和头顶辽阔的天空，对任何人都有着巨大的吸引力，飞蛾扑火般的吸引力。

这样下去会出大事的。韩丹心烦，关闭了电视机，实验室里只剩下设备的嗡嗡声。她听见实验室外走廊里有脚步声，似乎是几个刚考进来的研究生。她听到了研究生们的说话声。

"你们见过韩丹学姐没？""见过啊！她那眼神让人害怕。""是啊，就好像某种神秘的更高等级的智慧生物，在注视着我们。"

九、寒风飞雪

"亚细亚"星舰，满载而归的狩猎飞艇在厚厚的云层上方飞行，头顶是浩瀚的星空。从1号大陆到南极金属大陆，它需要飞行好几天。空中打猎是最安全的狩猎方式，哪怕把方圆几公里的猎物狩猎一空，激起莉莉丝的反弹，骨矛的攻击也仅限于地面，伤不到位于空中的猎人们。

这是韩丹授予南极基地食物采集队的特权。得益于莉莉丝的生态圈重建能力，南极基地的粮食始终很充足。

"听说'欧罗巴'星舰上，过得比我们苦多了。"采集队首领裹着厚厚的兽皮衣，看着夜空中那轮昏暗的"欧罗巴"星舰，对同伴们说，"他们的生态圈还没建起来，空气中满是剧毒的硫化物气体，只能把太空城的食物制造工厂搬到地面，用电力、水和碳合成黏稠乏味的人造食物，还得限量分配，一个个饿得面黄肌瘦。"

飞艇下方，滚滚浓云透着亮光，意味着云层下的海面是海上光源站营造的人造白天；飞艇之上，黑夜中的星光和太空城的亮光交相辉映。大规模的流星雨在大气层中留下无数明亮的尾迹，一些激光束穿过云层，把体积过大的流星炸成威胁更小的碎块。

流星雨是很常见的。在太空城里，这样的流星雨向来会造成严重的伤亡，但是星舰的大气层号称"永不损坏的外壳"，不但拦截了绝大部分的危险，还不用像太空城外壳那样不断修补。

几艘飞船夹在流星雨当中，闯进大气层。星舰建设局的正规飞船都是尽可能地避开流星雨，避免发生事故，只有偷渡者飞船才会躲在流星雨中，关闭一切通信设施，伪装成陨石，躲避警方飞船的拦截和追捕。

一艘飞船被防陨石激光炮击中，炸成一团火球，另外两艘飞船趁着这个当口，紧急加速，脱离防陨石系统预测的坠落轨迹，这是偷渡者飞船常用的伎俩。激光束擦着飞船表面划过，险些把第二艘飞船炸毁。但是死神并没有放过它，在它避开激光束的同时，一块陨石把它砸了个大窟窿，飞船爆炸，坠入厚厚的云层中。

第三艘偷渡飞船，算是运气好，毫发无伤地冲进云层，朝着南极基地的方向飞去。

狩猎队员们对这样的事已经麻木了。狩猎队首领喃喃地说："每个人都有追求更好的生活的自由。但是，施工重地，极度危险，闲人免进。"

在星空尽头的地平线上，一道道巨大的光柱穿透白里透亮的浓云，直指夜空。那是行星引擎阵在工作,努力把星舰推离危险的原行星盘,避免再遭受小行星撞击。

光柱越来越近,该下降高度了。飞艇每次完成狩猎,返回南极基地,都是一场和死神搏斗的挑战。当飞艇慢慢下降到透亮的云海时,翻滚的云海都会让飞艇发生剧烈地颠簸。厚厚的云层中,寒风把水蒸气冷凝成冰霜,一层又一层地覆盖在飞艇上,冻结成厚厚的冰壳,让飞艇近乎失控,像狂风中翻腾的一片树叶。

驾驶员沉稳地控制飞艇,让它慢慢恢复正常,他的驾驶技术非常高超。因为凡是技术不够高超的飞艇驾驶员,遗像都已经挂在南极基地的追悼馆里了。飞艇下降到云层下,一道道闪电在飞艇附近交织成网,伴随着撕破天空的雷鸣。冻雨夹着冰雹,从近在咫尺的云层底端洒落,冰雹又被狂风裹挟着,肆意乱舞,打得飞船外壳发出阵阵颤抖。

海的尽头,就是矗立着光柱的南极基地。行星引擎射出的等离子束,搅动了气流,让天气变得更为恶劣。狂风卷着惊涛,奋力拍打着南极金属大陆陡峭的边缘,南极基地的气温第一次低于零摄氏度,冻雨在金属大地上凝结成冰,哪怕是行星引擎全力运行的热浪也只把覆盖着冰雪的大陆融化出一个个以引擎为中心的大湖,无力融化整个南极大陆的冰雪。

狩猎队员们想起了科学家描绘过的未来:将来某一天,更为先进的人造太阳将高悬空中,地面上无数的光源站将告别历史舞台,而南极大陆的行星引擎也将被厚厚的冰雪覆盖,化为皑皑冰山。飞艇在狂风暴雪中无法降落,因为地面的飞艇母港已经被偷渡者飞船的残骸砸毁，大块的残骸在地上燃起熊熊大火，形形色色的逃生舱散落在大地上。其中一艘还算完好的飞船更是在雪原上一路滑行，撞上了高山般的行星引擎。引擎爆炸，震撼了整个南极大陆。

南极基地的地下城乱成一团："225号引擎爆炸，正沉入地下岩浆湖中！""损管人员各就各位！全力阻止火势蔓延！""偷渡者携带有枪支！""审判庭保护技术人员！"

工人和学者迅速撤出受损的引擎室，各种金属构件纷纷坠落地下熔岩湖中，损管人员和审判庭的战士们在人潮中逆行，奔赴事发地点。一名满身是血的偷渡者持枪挟持了225号引擎的工程师，大喊："你们给我一条生路行不行？"他脸上流下的，不知道是血还是泪。

战士们来不及开枪，他脚下的金属地板在烈火中坍塌。一名中尉冲过去，拉起工程师的手，他的金属义肢在灼热的引擎室墙壁上划出一路火花，机械手指抠出深深的印痕，两人吊在空中，眼睁睁地看着偷渡者消失在数百米深的地下岩浆湖中。

这一切，都发生在著名的甩手掌柜——阿史那雪不在基地的时候。当审判庭少将普布雷乌斯向小雪汇报时，小雪仍然是那副漠不关心的样子："普布雷乌斯，你跟我多少年了？"

将军对着通信器说："从我来到'亚细亚'星舰时算起，二十年了。"

小雪说："二十年了。哪一年、哪个月没偷渡者闯上门来？如果你连这点儿小事都处理不了，那干脆去食堂，点一份臭豆腐，一头撞死在上面得了。"通信器另一端的她，仍然在1号大陆上猎杀韩丹。

将军也知道自己事事请示，不敢自己拿主意的性格始终改不了。不管是谁坐上第七师师长这个位置，面对在自己小时候就已经是如雷贯耳、如同天神般存在的阿史那雪时，很少有人能鼓起勇气，自己拿主意的。更何况他前几次试着自己拿主意时，出过事。

"天气变冷了，请阿史那督多注意身体。"将军最后也只能拿这句没有意义的寒暄，作为汇报的结尾。

将军去视察受伤的工人，缺胳膊少腿在这里是常事，大家都习惯了机械义肢，何况将军自己也是残疾人。但是，有几个脑损伤的伤员给将军留下了很深的印象，医生说，连接他们大脑左右半球的胼胝体受损，导致两个半球无法沟通。伤者在病床上痛苦地挣扎，自己和自己搏斗，医生们不得不用强制手段把他们固定起来，避免其自残。

"这是脑损伤最常见的病症之一，异手综合征。"医生说，"两个大脑半球好像分别诞生了自己的独立意识，挤在同一个身体里，抢夺着身体的控制权。"

将军问："能治好吗？"

"能，但是……"医生犹豫着说，"治疗这种病人，让我觉得自己在杀人。修复大脑的过程，就好像杀害了其中一个独立的意识，让另外一个意识完全控制身体。"

将军想起了韩丹博士，他只见过韩丹寥寥几面。韩丹绝大多数时候都是离群索居，听说是莉莉丝的一些固有缺陷难以克服，她害怕和别人在一起，伤及无辜。

韩丹总是说，下一个版本的莉莉丝将会修复这个问题。莉莉丝就像个打了无数补丁的软件，功能非常强大，但是永远都有新的问题需要在"下一个版本"进行修复。

离开医院之后，将军在地下城的走道里，捡到了半张两指宽的照片，又把它镶嵌在水晶吊坠中。这是三百年前流放者兄弟会时代，被刺杀的兄弟会首领韩烈将军的照片。韩烈是备受争议的人物，他活着的时候，人人都说他该死；他死后，人们却追认他为英雄。

万里长城今犹在，不见当年秦始皇。普布雷乌斯将军听过阿史那督这样评价韩烈。一些审判庭的士兵会把韩烈的照片珍藏在身上作为护身符，当自己犹豫不决时，就看看这照片，扪心自问：你敢为正确的事情牺牲自己的一切吗？包括牺牲自己的名声。

将军对副手说："金上校，你安排1号大陆的工作人员撤离。"

金上校问："那成千上万的偷渡者村庄，也撤吗？"

将军说："告知他们实情，告诉他们逃难的方向。然后，各凭天命。"

金上校问："将军，要通知韩丹博士一起撤离吗？"

将军沉默了好一小会儿，才喃喃自语说："韩丹博士嘛……她即是莉莉丝，她即是大地，怎么撤啊……"

天气变得越来越冷，1号大陆上，只要不是傻子，都知道天气变了。

"这是什么？"隐居的山谷里，郑修远看着天地间飘飘荡荡的冰冷白色絮状物，疑惑地问。

宋云颖推开小木屋的柴门，说："是古书中提到过的雪，下雪了。"

"这天气真冷。室内暖和点儿，你多睡会儿吧。"郑修远紧了紧身上的兽皮衣，这几天，宋云颖的睡眠质量都不太好。如果是在太空城，零摄氏度以下的低温意味着制暖系统发生严重故障，紧随其后的就是大规模的伤亡。

宋云颖说："睡不着。"

郑修远问："又梦见'紫雪松号'太空城了？"

宋云颖点头。

天上传来飞机的声音，郑修远抬头，只看见数以百计的运输机，像北飞的鸿鹄，无惧天上翻滚的乌云、倾泻的暴风雪，朝着远方飞去。宋云颖手里有一个粗糙的矿石收音机，用粗陶罐和硫酸做了简陋的电池给它供电。矿石收音机沙沙的噪音中，传出了飞行员们在公开波段，用粗犷的嗓音唱着五音不全的歌儿："我们没有安全的避风港，我们无处可逃，我们向死而生。百年之后安全的新世界，会有孙辈们对我们的怀念……"

郑修远问宋云颖："你说，他们这是要去哪儿？"

宋云颖看着庞大的运输机群，像雪地上的孤雏看着迁徙去别处的候鸟群，说："他们应该是去 1 号大陆北端的基地，负责撤离工人和学者。星舰建设者的日子就是这样了，灾难来袭时撤走，灾难过去后又回来，来来回回的，一点点地把星舰建设起来。"

郑修远问："我们……不，我是说你，不撤吗？"

宋云颖说："这片大地，比我的生命还重要，我说什么也不会离开。"

郑修远整理着手边的狩猎工具，说："我不知道有什么东西，比一个人的生命还重要。"

宋云颖说："当然有。比一个人的生命更重要的，自然是无数人的生命。"

郑修远不作声，但是他突然的沉默，让她知道，他对这个答案并不以为然。

沉默了好一会儿，郑修远才说："我不是那种会做英雄的人。拯救世界这种事，咱们就让别人去做吧。你为这个世界牺牲这么多，有谁对你说过一声谢谢吗？反倒个个都像避瘟神一样避着你。"

宋云颖不再说话，默默地拿起院子里一段硬木，用小刀仔细加工着。她想做一把二胡，珍贵的紫檀木她已经在不远处的山谷里找到了不少，马鬃可以找审判庭的养马场要，现在就缺蟒蛇皮了。

过了好一会儿，她才说："我知道你不想当什么拯救世界的大英雄，也不想为不认识的人付出。但是我们会有孩子，会有子孙后代，我们总要为他们的生存环境做考虑。"

孩子？该不会……郑修远直盯着宋云颖的小腹，大脑一阵空白。如果说，这世上有谁是让郑修远愿意豁出性命去保护的人，那第一个肯定是宋云颖，第二个毫无疑问就是自己将来的孩子了。

宋云颖羞涩地笑了："现在还没有，但是将来总会有的。"

郑修远只好尴尬地傻笑，说："那我去打猎了。运气好的话，说不准弄条蟒蛇回来，你的二胡就有蟒蛇皮了。"他吹了个口哨，法涅尔从天而降，他骑上法涅尔，离开了这座陡峭的孤山。

这大半个月的时间里，郑修远已经慢慢告别了"蹩脚猎人"这个尴尬的身份，成了能打猎的男人。当然这少不了法涅尔的帮助。没有任何猎物能跑得过法涅尔的飞行速度，也没有任何猛兽能抵挡得了法涅尔致命的利爪。打猎对他来说变成非常轻松的事，只要骑在法涅尔身上拉弓射箭就行，尽管十箭有九箭射不中，但是法涅尔会替他解决掉那些漏网之鱼。

短短两个小时的狩猎，猎物数量又超出了预计。郑修远骑着法涅尔，朝海崖村飞去，他总习惯于把多余的猎物带到海崖村，换一些宋云颖爱吃的蔬菜。

海崖村新添了一座小学，用的是村民们能弄到的最好的建筑材料——捡来的飞船残骸搭建成的，轻便坚固。阿史那雪很喜欢小孩，留在这里任教，顺带着拉来了一帮审判庭第三团的学者、督察官兼任乡村教师，根本不在乎方圆百里的偷渡者村民们其实已经被这些手握实权的督察官吓得瑟瑟发抖了。

小孩子不像大人们那样知道阿史那雪的身份有多么的高高在上，他们只知道小雪姐姐对他们很好，于是整天围着小雪打转。雪花在空中飞舞，第一次看见下雪的成年偷渡者们惊恐不安地看着天空，不知道这意味着怎样的未知灾难；不懂事的小孩子们却被小雪带着玩雪球、堆雪人，玩得不亦乐乎。

法涅尔降落在村庄空地上，大人们对这庞然大物多少都有些畏惧，调皮的小孩子却攀爬到它宽大的翅膀和背上玩。

郑修远遇上了执行任务归来的陆征麟，还有他那帮不知道死过多少次又复活的弟兄们。他背着的电磁突击步枪枪托上、护木上，密密麻麻地都是划痕，早已刻不下新猎杀的韩丹克隆体数量，连他自己都不记得到底猎杀过多少个韩丹了。他依然排斥审判庭的人，那些文质彬彬的督察官们跟他打招呼，他爱理不理；唯独对握着他的生死大权的小雪，他不敢不理。

"遇上了狠角色？"小雪看着他手臂上深可见骨的伤，问道。

陆征麟说："还好解决掉了。"

小雪说："你搞不定的就留给我。别蛮干。"

郑修远一直盯着陆征麟的电磁突击步枪。陆征麟却看着郑修远身后的巨龙法涅尔。

陆征麟说："我们，最近好像很少像以前一样聊天了。"他们是同一个孤儿院长大的孤儿，从小无话不谈，亲如兄弟。但是自从郑修远和宋云颖在一起之后，他们俩中间，就好像出现了隔阂。

"你变忙了嘛，大家都不像在'千山岭号'时那样无所事事了。"郑修远的回答很敷衍。

陆征麟没有接话，于是两人又陷入无话可谈的尴尬沉默中。

海崖村存在好几方互相看不顺眼，却又只能互相依存的势力。以老沈为首领的偷渡者村民们对审判庭有天然的抵触心理，有些村民偷渡过来之前就有案底在身，时不时还搞出点矛盾来，但是又不得不低头，从审判庭手中换取保命的猎枪子弹。陆征麟不喜欢海崖村，但是也不得不经常来这里用猎物换点儿生活必需品。而审判庭对自己的定位是看守偷渡者们的狱卒，哪怕再不喜欢偷渡者，也得时不时巡逻各村落，看看他们过得怎样。

而阿史那雪，更是特立独行，根本不在乎各方的矛盾，心里只有韩丹这件破事。她的计划，郑修远也是知道的：把别的韩丹克隆体，像不断增生的肿瘤一样切除，确保只有一个韩丹占据优势，防止出现两个实力强大的韩丹互相厮杀，引起生态圈的灾难性动荡。

　　"这雪啊，到底要下到什么时候才是个尽头？"猎人首领老沈带着村民，用铲子清理山道上的积雪。农田的庄稼全被大雪冻死了，几个种田的女生一边哭，一边刨开积雪，寻找农田里还能吃的东西。

　　审判庭的人骑着战马，踏着山路上的积雪，出现在村庄里。村民们期盼着他们能带来雪什么时候停止的消息，他们带来的却是更坏的消息："所有的人都听好了！这一带的气温，将在未来几十天之内，下降到零下四十多摄氏度！你们赶紧往北撤离！撤到南纬二十度线以北，才能确保不被冻死！"

　　"我们为什么要撤？这是好不容易才重建的村庄！"村民们的抵触情绪很大。

　　"不撤就等死！"审判庭的上尉脾气并不好，"我们并没有义务对你们的死活负责！通知你们是义气，不通知你们是道理！撤不撤是你们的自由！弟兄们！我们走！"说完他就带队离开海崖村，一刻都不停留。

　　"阿史那督，这寒冷的天气，会持续很长时间吗？"猎人首领老沈恭敬中带着几分畏惧向小雪问道。

　　小雪说："也不长，就持续个七八十年吧？等星舰离开原行星盘，行星引擎关机，大气层恢复稳定，冬天也就结束了。"

看来，也只能按照审判庭所说的，全村迁徙到南纬二十度线以北了。老沈转身去找村长，商量全村的迁徙事宜。

迁徙的事情并不顺利，海崖村出现了分裂。

第一天，零下五摄氏度，一些村民担心孩子会被冻坏，拖儿带口，跟着别的村庄一起撤离，但是更多的人在观望。

第二天，零下九摄氏度，科学审判庭在附近路过，几个村民带着孩子，跟着审判庭的队伍一起北上。更多的人仍在观望。

第三天，零下十二摄氏度，如果除开以前生活在太空城，舱段供暖系统故障时的低温不算，这就算是人们见识过的最低的温度。海崖村还剩下很多人不愿走，围着篝火瑟瑟发抖。

第四天，零下十五摄氏度，大雪封山。"再不走的话，过几天就全都冻死在这里了哟！"阿史那雪背着长长的陌刀，踩着厚厚的积雪回到村里，"当然，现在走，估计也在路上冻死大半。反正别人都提醒过你们了，你们作死，倒也怨不得别人。"她的陌刀上带着一溜串冻成冰的血珠，想必又是去对付韩丹了。

大人们冷得瑟瑟发抖，孩子们冻得缩在大人们怀里啜泣，陆征麟和战友们互相搀扶着，跟在小雪后头，显然受伤不轻。

海崖村在这里已经存在了半个世纪，是很多村民从小到大的记忆，荒野上充满了未知的危险，村庄则代表着安全的庇护所。他们不想走，但是气温显然越来越低了。

"不能想办法结束这场冬天吗？"陆征麟突然问小雪。

小雪说："行星引擎全速运行，必然扰乱大气层，把上层的冷空气带到地面。这是谁都没法改变的物理规律。"

陆征麟的声音突然提高好几度："这破行星引擎就不能关机吗！非要把大家都冻死在这里？"

"你确定？那我真的下令关机啦！"小雪把通信器放在嘴边，"普布雷乌斯将军、伊万诺夫教授、欧阳局长，做好行星引擎关机的准备工作。"她有时候很任性。

"陆征麟！"老村长暴怒地站起身，"学者们决定启动引擎，必定有充足的理由不得不这样做！你胡乱阻止会出大事！"

通信器那头传来倒吸凉气的声音，然后是七嘴八舌的劝阻声："阿史那督！教授！老师！您不是说笑吧？星舰堆积到特定质量就要离开原行星盘！这里的小行星非常多，多待一天都非常危险！流星雨也就罢了，万一发生小行星撞击，那就是毁灭性的灾难！"

小雪故意把通信器开到免提，让陆征麟听得清清楚楚。小雪说："要不要关机，你自己决定。"

猎人首领老沈站起来，对村民们说："我们，迁徙吧。是死是活都得走。"

村民们匆匆准备了并不多的行李和食物，但是陆征麟好像和小雪较上劲了，并不愿走。老沈拍拍他的肩膀："年轻人，要学会低头认怂。我知道你想保护大家，但是这世上有些事是做不到的。开机，一村人冻死；关机，一整艘星舰成千上万人，连同咱们一村的人一起等死。同样是死，不要拖累别人一起死。"

村民们这次是全体结伴同行了，携老扶幼，依依不舍地离开这座生活了大半辈子的海崖村，前往未知的地点。陆征麟和他的战友们仍然站在雪地中，心有不甘。而远方，另外一个拿不准主意要不要走的人，郑修远，正站在山顶，看着慢慢离去的人群。

　　宋云颖不想离村民们太近，怕引来别的韩丹克隆体，给村民们带来灭顶之灾。所以郑修远决定留下来陪她。

　　"我们真的要留在这里吗？"郑修远问宋云颖。

　　宋云颖低头雕刻，说道："如果你觉得冷，我们就去北方避寒。我自己是无所谓，毕竟我即大地。只要有莉莉丝存在的地方，不管是岩浆海洋，还是冰山雪原，我都能活下去。"

　　郑修远看着海崖村的小雪，发现她也在回头看他。四目交接时，他觉得小雪是在担心宋云颖。

　　"走吧，我们去南方，对付别的韩丹。"小雪似乎无惧寒冬，往更冷的南方走去，在雪地里留下一串脚印。这串脚印似乎写满了孤独和痛苦。自己最优秀的学生，变成了自己不得不斩杀的无数魔鬼，这让她很痛苦。

　　陆征麟讨厌小雪，甚至仇视小雪，但是小雪握着他和弟兄们的性命，他只好追上她，继续为她卖命。

　　"你是审判庭的督察官，没错吧？一声令下就能出动大军的那种。"陆征麟问她。

　　小雪说："是啊，没错。"

　　陆征麟问："为什么你不出动审判庭对付韩丹？"

小雪说："审判庭的士兵们，上有父母、下有儿女。培养出韩丹这样的学生，是我的失误。我不能用他们的性命，为我的失误买单。这样做很无耻。"

她当然知道，自己擅自离开南极基地，以身犯险对付韩丹，早已让普布雷乌斯将军急白了头发。但是她向来任性，也不在乎。

陆征麟问："那我们的性命就不是性命？"

小雪说："偷渡到星舰上，干扰建设工作是重罪。你们是罪犯，能让你们活着，就代表我心情还不错。"

真是什么样的老师就教出什么样的学生。陆征麟想到韩丹冷血地操纵着莉莉丝，制造无数怪物袭击村庄，脊背就发凉。另一件让他背背发凉的事情，就是小雪狠手杀戮自己最优秀的学生韩丹。

陆征麟又问："为什么你唯独留下了跟郑修远在一起的那个韩丹？"

小雪的嘴角扬起浅浅的微笑："因为她最接近当初有感情的韩丹。看来恋爱真能改变一个人。"

陆征麟怪叫起来："那个动辄屠村的冷血恶魔能有感情？"

小雪说："她以前很善良，小烈遇害之后，才变成冷血动物。"

陆征麟问："小烈又是谁？"

小雪说："是她的弟弟，兄弟会首领，韩烈将军。三百年前下令不惜一切代价，建造星舰的人。"

"那个屠夫韩烈？"陆征麟再次怪叫起来。

远方，另一座小村庄。那里的村民跟海崖村的人一样固执，审判庭催了好几次，都不愿迁徙。陆征麟冻得瑟瑟发抖，看见村庄有袅袅烟火升起，对小雪说："我觉得，我们该到村里休息一下，稍微暖和一下身子。"

当他们走进山村时，发现烟火来自村里残破的小木屋围成的院子里，篝火已经快熄灭了，十几个男女老少，裹着兽皮，紧紧挤成一团，一动不动，身上满是积雪。

"老兄，让一让，我冷。"陆征麟试图让别人给他让个位置，对方一动不动。他有点恼怒，推了一把，那人突然栽倒，仍然维持着坐着的姿势。

"看来是冻死的。虽说零下十几摄氏度也不算太冷，但是对没有过冬经验的人来说，足以致命了。"小雪看着那人，对陆征麟说。

"大哥！这全村的人都冻死了！"陆征麟的战友们挨家挨户地检查房子，发现一个活人都没有了。

"这种事，见多了就习惯了。"小雪说着，让大家把尸体拖到院子里，搭起火葬的柴堆。火葬的烈焰舔舐着遇难者的遗体，映红了村庄的天空，小雪拿出随身的竹笛，吹奏起一曲悲伤的地球时代古曲。

"我们……"陆征麟似乎也动摇了，觉得迁徙或许是个正确的决定。

小雪说："我们去别的村庄，看看还有没有活的。韩丹的事情，就暂时放一放。"

传说中的魔王，阿史那雪，真的像传闻中那样，从来不在乎偷渡者们的死活吗？陆征麟对她的刻板印象动摇了。

海崖村的村民们集体迁徙了。风雪飞舞的群山中，光源站的光芒从地下往天上照，又被纷飞的大雪反射回地面，照不到天顶的浓云。这纷纷扬扬的大雪，就好像从漆黑到看不见尽头的宇宙中直接洒落到了大地上。

星舰的迁徙对生态圈的破坏极大，骤降的温度，直逼地球远古毁灭性的冰河时代。海崖村的村民们在迁徙路上，发现了很多被冻死的野生动物。曾经茂盛的无边森林，现在已经只剩光秃秃的树干，被冻成枝丫丛生的冰雕。

前方探路的猎人们，找到了一座可以落脚的村庄。村外有十几座新坟，埋葬的大概是在降温中被冻死的老人；村里空荡荡的，看来活着的人都已经往北迁徙了。

老沈下令说："女人留在这里，点起篝火驱寒，照顾老人孩子。男人跟我去打猎，弄些吃的。"

打猎似乎比以前容易一些。猎人们只需要翻开雪地，就能找到被冻死的野兽。"小心点儿，不要挖到莉莉丝，我们惹不起，也不该惹它。将来天气转暖，还指望着莉莉丝重建生态圈哪……"老沈人到中年，也变唠叨了，生怕年轻猎人下手没分寸。

厚雪之下，猎人们挖到几头冻得梆硬的森林狼，还有一头被森林狼吃了一半的麋鹿。野兽尸体上覆盖着莉莉丝厚厚的菌丝，菌丝透着生命的热气，正在渗出消化酶，消解尸体。

"小心点儿，别动它。我们看看还有没有别的猎物。"老沈虽然这样说，但是肚子已经传来饥饿的叫声。村民们都急需食物。

"沈叔，这是什么？"有眼尖的年轻猎人发现雪下的泥土里，有几个半人高的蛹在跳动，里面似乎是正在发育的野兽。

"似乎是……剑齿虎之类的东西。我们快跑！"老沈脸色骤变，巨蛹破裂，猛兽破土而出，撒开四条腿，穷追不舍。

野兽扑了上来，把老沈扑倒在地，老沈用猎枪架住剑齿虎的血盆大口，那两根匕首般尖锐的剑齿，离他的脸不过几厘米。

"你们快跑！不要管我！"老沈大声吼着，猎枪用力一挥，甩开剑齿虎。这种刚被莉莉丝制造出来的剑齿虎还没到达成年状态，体型不大，力气也弱，让老沈能有一搏之力。如果是成年剑齿虎，只怕光是一扑，就能把人扑成肉酱。

一声枪响，同行的猎人打死了剑齿虎。莉莉丝花苞般的蛹，顶开积雪，一个个地突出地面，绽放。在它岩石般的外壳的另一面，是柔软的生物组织分泌的植物培养基，数不清的耐寒植物种子已经发芽，一瞬间把整个光秃秃的雪原，变成了毛茸茸的耐寒植物海洋。

野兽越来越多。食草动物、食肉动物，纷纷破蛹而出，让刚才还毫无生机的大地一瞬间变得充满生命。老沈不知道莉莉丝在地下用了多少时间孕育这些生命，才能迎来这一刻的绽放，他只知道，被打死的剑齿虎，那一地的鲜血，现在特别扎眼。

老沈抬起猎枪，一枪放倒又一头猛兽，他知道自己必须足够谨慎，避免猎杀过多，激起莉莉丝的袭击。老沈说："咱们开始打猎吧。够吃就行，别多杀，这冰原生态圈说不准比以前的森林生态圈脆弱很多。"

这样的话只是自我安慰，因为没人知道韩丹是怎样想的。她也许会任由别人猎杀无数动物而无动于衷，也有可能会因为被猎杀区区几头动物而采取报复行动。总之，一切都不可预测。

猎人们发现一个陌生的女人站在森林里，光源站的光芒透过天上的飘雪射到地面，穿过光秃秃的树梢，落在她身上。她是附近村庄走失的平民吗，还是初来乍到的偷渡者？或者是……

"是韩丹！快跑！"猎人们看清楚女人的长相，撒腿就跑。韩丹对他们来说，比世上一切猛兽都危险！但是，想跑是跑不掉的，大地上涌出无数猛兽，把猎人团团围困。韩丹从来不需要自己出手，她孱弱的体力也无法对付任何人，但是只要她位于莉莉丝的范围内，就能操纵莉莉丝对目标发起攻击。

一声枪响，韩丹的额头崩出血花，她倒下了。猎人们看到巨龙法涅尔从天而降，郑修远站在法涅尔头顶上，手中的电磁突击步枪的枪口散发着刚刚开过枪的热气。

郑修远身后是宋云颖。韩丹之间的交锋仍然是那么残酷无情，至死方休。

十、灰潮拍岸

韩丹之间的对决，如走钢丝般凶险，稍有不慎就是万劫不复。

莉莉丝是韩丹的延伸。当两个韩丹出现在同一个莉莉丝的范围时，她们的脑电波会通过莉莉丝为媒介，互相接触。韩丹之间的对决，比外人想象的要危险得多，两人互相争夺莉莉丝的控制权，争相操纵野兽试图杀死对方，甚至试图入侵对方的大脑，抹去对方的意识，控制对方的身体。

宋云颖想起了两百多年前，生态圈还没开始建设时，她在南极基地的医院里，给脑损伤的工人做手术时见过的景象：因为受伤而一分为二的大脑区域中，两个因为分裂而各自诞生的意识，在脑回路重新接通的一刹那，会展开生死厮杀，结局往往是两败俱伤，工人也因此疯掉。

后来她想到的唯一的解决办法，是先杀死其中一个意识，再重建脑回路。那时，基地里很多人都说，她解决了医学上的一个大难题，但是只有她自己知道，她杀人了。这种事情做得多了，她也就慢慢习惯了杀人。

在离开孤山小屋之前，宋云颖曾经对郑修远说："如果我输了，我将不复存在；站在你面前的'我'，也将是另一个你完全陌生的人。"

这是郑修远第一次开枪杀人，确保韩丹没有机会伤及宋云颖。当韩丹倒下时，他只觉得灵魂好像被从身体中抽空，整个人傻站着。大雪天里，冷汗竟然湿透了衣服。

火葬的柴堆上，火焰在冰雪中摇曳，森林中的枯树被跳动的火苗映出无数似幻似真的影子，在风中如蛇般扭曲舞动。宋云颖静静地看着另一个自己，在火葬堆中变成灰烬，随着热气，飘散在天空淡淡的雪花中。

郑修远在擦枪，擦枪的手因为恐惧而颤抖，他试图给自己找点事做，减轻心理压力。他不知道为什么当初的韩丹，要设计出这种让人难以接受的韩丹—莉莉丝复合体，不断地克隆自己。

老沈问宋云颖："看着自己的克隆体站在面前，不觉得瘆人吗？"

宋云颖说："我连自己的死活都没放在心上，至于别人认为瘆人不瘆人，你觉得我会放在心上吗？"她是真的没把生死放在心上，猎人们看见她用树枝穿起打来的猎物，在火葬她自己的克隆体的柴堆上烤着吃。几个年轻猎人忍不住呕吐起来。

"我听说，韩丹对生命毫无敬畏之心……"一个年轻猎人小声对同胞说。

"别当着她的面说!"另一个猎人小声警告。

宋云颖说:"没事,我习惯了。生命从出生到死亡,不过是不足百年的短短旅程,我总是埋头做实验,经常在出成果时,蓦然转身,才发觉人间已是百年沧桑。我看见的只有实验室里跳动的数字,九十多万星舰建设者,七百多万偷渡者,以及成百上千座太空城里数以亿计朝不保夕的平民。"

宋云颖空灵的眼神慢慢扫过众人,说:"如果'紫雪松号'太空城的悲剧摆在诸位面前,诸位若处在我当时的情境上,是牺牲自己身边最熟悉的几百名亲朋好友呢,还是牺牲根本不认识的二十五万人?"

有猎人站起身,想反驳,但是看看身边的好友们,一个个都是在这蛮荒的原野中狩猎时,互相托付性命的过命交情,只好又慢慢坐下,不知道自己还能说些什么。

老沈拗断一根桦树枝,丢进火堆,看着腾起的火苗说:"我们很想反驳说,区区几百人的性命,哪有二十五万人的生命重要?但是想想自己,一个个都是偷渡到这星舰上来的,心里都清楚,自己的行为是妨碍了星舰建设。每妨碍别人一天,'紫雪松号'太空城的悲剧就有多一天的可能性会重演。我们哪来的底气指责你啊?"

有猎人犹豫了好几次,才问:"韩丹博士,如果'紫雪松号'的事,让您再选一次,您会怎么选择?"

宋云颖说:"我会选择让二十五万人逃生,自己静静地看着几百名街坊邻居在绝望中挣扎,最后死去,自己也陪着他们死去。这样的回答,你们满意吗?"

大家都不知道该怎么接这话，一片沉默。

1号大陆的天气，越往南越冷。通信器里，审判庭团部的通话一直不断，确认着各搜索小分队的位置。这些年，审判庭的命令一直都贯彻不力，上头的撤离命令并没有得到很好地执行，仍然有很多人留下来，搜寻各村庄的幸存者。

破坏命令的始作俑者，就是阿史那雪自己。现在的她，漫步在雪原上，寻找还没撤离的村庄。陆征麟带着弟兄们跟在后头，一路骂骂咧咧："真见鬼！我们为什么不赶紧往北撤离？我觉得我就要冻死在这里了，就算拥有复活能力，也扛不住这刺骨的冷！"

小雪嘲笑着说："我也不知道你们为什么跟着我。"

在他们身后，是一百多名瑟瑟发抖的平民。他们搜遍了南方上千座村庄，只发现这一百多个还活着的人，更多的人都已经被活活冻死了。

冰雪覆盖的大地并非毫无生机，高山和峡谷的背风面长满了低矮的耐寒灌木；哪怕是迎风面，也有贴着地面生长的耐寒开花植物，在雪地中各自美丽。一些白色的雪兔、驯鹿在啃食植物，不时警惕地抬头扫视四周，生怕被北极熊偷袭。

一座被雪压塌的荒村里，当他们靠近时，一头拿废屋当窝的北极熊突然蹿出，试图袭击人群，小雪反手就是一刀，顺带着解决了午餐问题。

"这里应该靠近南极！为什么会有北极熊？"陆征麟一边砍冻坏

的枯树做柴火，一边吐槽说。

"好问题，你该去问韩丹。这一带还有猛犸象呢！"小雪徒手撕了一块滚热的熊肉，连皮带血地撕成小块，塞进嘴里当食物。陆征麟皱起眉头觉得难以接受，这女人美是美了，有条件时生活也相当讲究，没想到竟然能跟野人一样茹毛饮血。

听她提起韩丹，那些互相搀扶着的村民们脸上都露出了恐惧的神色。莉莉丝所到之处，不管哪里，都会有这魔王般的韩丹存在。

陆征麟带领着人群，安葬了废村里的冻死者，架起了篝火，让大家取暖。人群就着篝火，炙烤食物，硬着头皮把半生不熟的肉吞进饥肠辘辘的肚子里。陆征麟有些后悔当初不听审判庭的警告，偷渡到星舰上。这里并没有他想要的天堂般的美好生活，而且来到这个世界的人，全都无法再返回太空城了。

一百多人的衣食所需，并不是一个小数字。特别是在冰雪覆盖之下的大地上，粮食并不好获取。迁徙队伍中的老人、孩子又特别多，走得慢，陆征麟不得不四处狩猎，把周围一切猎物都猎杀一空，用兽皮做衣，用油脂做燃料，好不容易才让大家吃饱穿暖。

在人群走过的雪原，所有能烧的树木都被砍伐殆尽，所有能吃的野兽都被吃光，只留下无数的灰烬和炙烤过的兽骨。这一路就好像野生动植物们毁灭的死亡之路。

大地突然传来震动，震级半大不小，大家并没有把这当一回事，毕竟地震在这个世界太常见了。但是地震并不像以前那样，在把世界瞬间变得面目全非之后，就迅速结束，而是持续不断地震动着，好像有无数野兽在地下飞奔。

轰隆一声巨响，一堵岩石高墙突破皑皑冰雪，从地面突起！扭动的岩石夹带着炙热的岩浆，在雪地上腾起白热的烟雾。不！那不是什么高墙！那是一头体型巨大的岩石巨兽的外壳！

"那是什么？"人群惊慌失措，四处逃散。

小雪放下吃了一半的生北极熊腿，捂着额头回答说："是'梼杌'，我不该在韩丹小时候，整天给她讲神话故事哄她睡觉的。当时没想过她真会利用硅基生命体设计技术制造这种怪物。"她觉得这货有点儿棘手。当然，现在大家只顾逃命，没人听她的解释。

"弟兄们！迎战！"陆征麟拿起电磁突击步枪，刚要往前冲，却被小雪一把抓住衣领，往后拽，"给我护送平民，往北撤离。不许回头。"

数不清的怪物从天上蜂拥而至，从地下破土而出。一头怪物试图追赶平民，被小雪一刀劈成两半。怪物群被小雪吸引过去，把她团团围住，陆征麟保护着平民，趁机逃离。

他们在崎岖的山谷里蹒跚前行，顺着山坡，往北逃。在逃离村庄一公里多的半山腰上，陆征麟回头看了一眼废村，只觉得心头发毛，漫山遍野的怪物，一眼看不到边，把小雪团团围在中间。被小雪砍死的怪物在她脚下堆成了小山，小雪身上全是怪物的血渍。陆征麟不知道这些怪物的血液由什么组成，黑的、绿的，冒着腾腾热气，就是不见正常的地球动物那种刺目的猩红血色。

"大哥！我们就这样丢下阿史那督不管？"有战友觉得这样逃跑很丢男人的脸。

陆征麟说：“我们赶紧走吧，大家的安全才是最重要的。”向来高傲的他，硬是不敢说自己已经双腿打战，幸好有厚厚的兽皮裤子遮挡。他只想着离这些怪物远点儿。

战友们扶着队伍中的老人和孩子，让大家尽可能加快步伐，逃离这个鬼地方。

如果我们在半途遇上另一个韩丹，该怎么办？这个问题像可怕的幽灵般徘徊在大家心头，却谁都不敢问出口。刚开始猎杀韩丹时，她们都不难对付，只要等着两个韩丹两败俱伤，再出手消灭即可；但是随着时间的推移、莉莉丝的融合，剩下来的这些韩丹，大多是在韩丹之间的厮杀中活下来的强者，一旦动起手来，漫山遍野都是岩石般刀枪不入的硅基人造猛兽，实在太难对付。

陆征麟搀扶着平民队伍中的老人，对弟兄们说：“加快脚步！我不知道阿史那督能支撑多久！咱们要尽快离开这儿！”他讨厌科学审判庭的态度一直没改变，尤其讨厌审判庭的大头目阿史那雪。这种让他有多远就逃多远的机会，他自然是要牢牢抓住。

漫山遍野的怪物，对阿史那雪的杀伤力却很有限。这个女人，号称具有审判庭中最强的单兵战斗力，实力之强，已经远远超出人类的范畴。她的陌刀插进梼杌的岩石外壳，手起刀落，岩浆般的血液喷涌而出。

韩丹却仍未露面，她知道自己就是整个作战体系中最薄弱的环节。在无数个韩丹阵亡之后，剩下的韩丹已经变得非常精明，轻易不会再露面。

梼杌锋利的獠牙刺穿了小雪的手臂，淋漓的伤口下，是力量远超常人的人造肌肉和附在金属骨骼上的电子神经元。人类的血肉和电子神经系统的高度结合体，带给小雪的是强大的战斗力。

但是韩丹走的是另一条路。她本质上还只是个普通女生，靠的是脑电波操纵莉莉丝。但是只要有莉莉丝存在的地方，就有她永不枯竭的野兽大军。

"别学姐姐我。能当普通人，就别变成像我这样的怪物。你知道姐姐我有多羡慕你是普通人吗？"小雪多年来一次又一次的劝阻，还是阻挡不了韩丹一步步从"人类"走向"非人"。

被砍死的硅基人造怪物，设计于星舰早期地狱般炎热的岩浆世界，它们在雪地里被冷却，变成石头般的雕像。更多的怪物仍然从地里涌出，一茬又一茬，永远看不到尽头。

"为什么你非要亲自出手？那些偷渡者，就算你放着不管，他们也会自己死去！为什么非要脏了你自己的手？"小雪麻木地挥动陌刀，切碎一头又一头的怪物，在体积庞大的怪物群里寻找韩丹瘦小的身影。

"好不容易才稍微有点改观的生态圈，他们一到来，就全都毁了！换成你，你能忍？"一百多年前的南极基地，一次会议上，韩丹把报表扔在地上，大声问小雪。

"我们可以出动审判庭，把一切破坏星舰建设工作的偷渡者就地正法！"那年的审判庭第七师师长，是韩烈将军的狂热拥趸。

"我不许！"那时，小雪全力反对，"为什么要脏了自己的手，去处决这些平均活不到五年的偷渡者？让他们自己死去不好吗？"她背后的大屏幕上，是地震形成的断裂崖，岩浆瀑布奔流直下，吞没了一座又一座偷渡者村落。星舰寄托着大家生存的梦想，偷渡者们以为自己来到的是天堂，现在却只能徒劳地逃命。

"他们的破坏，严重拖延了生态圈的建设进度！进度每拖延一年，太空城里数以亿计的平民就多一年暴露在危险的环境中！"韩丹很少动怒，但那一次会议，她是真的生气了。大屏幕上，是刚刚稳定的地壳上，人工设计出来的硅细胞耐岩浆植物森林。这些植物会分解大气中剧毒的硫化物和令人窒息的二氧化碳，制造宝贵的氧气，迅速改变大气环境。现在却被偷渡者大量砍伐，用来盖房子。刚刚在贫瘠的大地上冒出头的碳基苔藓类植物被采摘一空，生态环境地球化的努力，刚开始就被打回原点。

偷渡者们过得很苦，只能靠苔藓和地衣充饥。

小雪翘着二郎腿说："这关我屁事！太空城那头自己不全力阻拦偷渡行为，造成的一切后果本来就应该是他们自己承担。"

世人都说小雪冷血，不管是死了多少偷渡者，还是星舰的拖延会让太空城多牺牲多少人，都完全不会引起她的不安。她只想守着自己"不杀人"的戒律，哪怕杀一人以拯救天下苍生，也照样不做。让天下苍生去死好了。

韩丹说："你不动手，那我动手！"在她心里，人类的生存和延续是最重要的，为了这个目的，她不惜一切代价。

师长想当和事佬："博士，这种脏活儿，我们来做就行了。"

韩丹对师长说："别脏了你的手。我已经有'紫雪松号'太空城的二十五万条人命在身了，倒是不在乎这种脏活儿。"

"你敢动手，我就敢杀了你！"小雪掀了桌子，砸了铝合金椅子，半截铝管锋利的断口指着韩丹的喉咙。

韩丹毫无惧色："杀吧！造不成星舰，让逃离地球的这一支人类幸存者们在太空流浪中全部死绝。你能下得了手，就杀了我吧！"

"我不想让你步小烈的后尘，你是我对他最后的一丝念想。"这句话，小雪没能说出口。

一百多年前的那天，她放走了韩丹，韩丹带走了莉莉丝，然后在很短的时间之内，在岩浆海洋之上顽强地长出了无数耐高温的硅细胞植物，有了数不清的硅基动物，构筑成功了繁茂的耐高温生态圈。然后大气中的二氧化碳和硫化物含量直线下跌，温室效应骤减，世界急速冷却到五十摄氏度以下，陆地加速扩大。

然后，硅细胞动植物被大量冻死，韩丹对无用的生物毫不留情，任由其腐烂成泥，成为以地球环境为蓝本的新一代碳基生命扎根的土壤。

但是，莉莉丝随着大地板块一起被地震撕裂，于是这世上有了无数韩丹，每一个都是偷渡者们的大敌。没有人能彻底消灭韩丹，杀了一个韩丹，就会冒出一个新的韩丹，怎么也杀不绝。

"真以为，我不敢杀你？"小雪的陌刀崩了十几个细小的缺口，大地上倒卜的怪物已经多不胜数，其中不乏梼杌、饕餮一类如山般大小的人造巨兽。怪物破地而出的坑道下，连着薄薄的岩石下尚未完全凝固的岩浆，星舰大地形成之急，可见一斑。

大地已经被无数巨兽摧残得面目全非，每一头巨兽破土而出时，掀翻的泥土和岩石都会纵横交错地交织在一起，形成无处落脚的巨石，杂落在黏稠的岩浆中。冰雪被岩浆蒸发，冻死的大树被岩浆点燃，在寒冷的空气中腾起冲天的烟火。

周围的怪物更多了，负伤的右手让小雪只能左手持陌刀，衣服已经在战斗中残破不堪，她经历过无数次战斗，却很少有今天这么狼狈。她回头看了一眼北逃的平民，他们已经逃到两个多公里之外，翻过一道山脊，快看不见了，算是逃出了危险区域。

小雪把陌刀插在地上，轻蔑地对面前狰狞的岩石巨兽说："热身运动结束，姐姐我要动真格了。"小雪向着怪物慢慢张开受伤的右手，滴落的鲜血中混杂着灰色的血丝。灰色血丝迅速扩散，吞噬了地面的草木和泥土，迅速增殖成灰白色的尘，乘着岩浆上方的热浪，冲上天空，凡是被它碰触到的怪物，无论死活，统统像碰触到浓硫酸般，在绝望中号叫、挣扎、腐蚀、熔化。

怪物熔化，腾起更多的灰白色烟雾。灰白色的雾，穿过无数怪物被融剩的骨骸，扑打在山谷中，腾起高耸的灰浪。灰浪在天空中破碎，变成天上的灰白云雾，如同死神笼罩天地。

"大哥！你看！"山脊上，有战友听到远方怪兽的咆哮消失了，回头看了一眼，只看见废村一带全部变成灰色的海洋。梼杌山丘般巨大的硅黑色头骨上，静静地站着阿史那雪。

陆征麟大声吼："不许回头！赶紧走！"

韩丹是否露面，都没关系了。小雪感觉不到韩丹的生命迹象，任何生命迹象都不复存在，哪怕是细菌。

灰潮之下，万物皆亡。

南极基地，普布雷乌斯将军看着卫星图像，长长地叹了一口气。图像上，方圆数十里，所有的活物都被彻底吞噬，化为灰烬，就连这一片大地下的莉莉丝，也随之灰飞烟灭。

身边的上校问："将军，这是什么攻击？这么厉害？"

将军说："只怕是阿史那督的撒手锏——灰潮。她的血液里有无数非常细微的纳米机器人，受她的意识控制，一旦释放出来，就会迅速拆解遇上的一切物质，作为自我复制的能源和材料。它们疯狂增殖，可以吞噬世间的一切。"

上校震惊地看着画面，好半天才说："这就是灰潮啊，我还是第一次看见。听说一旦发动，能摧毁千军万马，当年地球上……不，当我没说。"他想了想，决定还是打住不再说。

将军说："我活到这个岁数，也是第一次看见。她就是个毁灭一切的魔王，幸好是站在我们这边的魔王。"

他们又讨论了一会儿未来几天的日常工作，然后上校离开了，只剩下将军仍然坐在办公室里。将军掏出手机，打开一张古老的电子照片，看了一会儿，又无奈叹气。那是阿史那雪的照片，他在刚刚来到南极基地时拍的，已珍藏了大半生。

那时的将军，只是个小小的上尉军官，辞别在太空城的老婆孩子，写了遗书，到了这永远无法回家的"亚细亚"星舰。初次见到阿史那督时，她一身黑色的审判庭制服，站在巨大的行星引擎下，跟工人们一起检修冷却管。当她从直径比人还高的管道中爬出来时，一脸的油污，那解决了重要故障时露出的微笑，倾国倾城。

又有一个韩丹死了，她的倒下震动了大地下蛰伏的莉莉丝。这次死的是一个非常强大的韩丹，是别人难以招架的那种强大，必然是小雪姐姐亲自动手解决的。

宋云颖看着在这漫长迁徙之路上，难得落脚休息的村民们，不好打扰了他们难得的大碗喝酒、大块吃肉的欢庆。她只好自己一个人，走到废村外，看着飘雪下的荒坟，这是废村原先的居民们的坟茔。这一路的迁徙，遇上的废村周围都有这样的坟冢，有些是病死在这个世界的人，但是更多的，是这次骤然降温冻死的人。

这一带的光源站都被破坏了，人造白天变成黑夜，只有远方一道刺破苍穹的光柱独自散发着光芒。宋云颖知道，那是位于南纬三十七度线的侧向行星引擎。星舰正在拐弯，过了三十七度线之后，就没有侧向引擎了，因为怕引擎干扰了位于赤道面上正在建设的天地往返电梯。

酒，是废村的村民们用野果酿制的，属于太空城里享受不到的珍品，海崖村的人们喝着酒，聊着天："这些天，地震变少了。""大概是行星引擎运行平稳了吧？""如果这东西不能平稳运行，以后每运行一次，子孙后代就遭灾一次，谁受得了？"

平稳运行，就意味着地震的频率降低了，莉莉丝不再像以前那样被反复撕裂，而是开始融合。当莉莉丝的年纪越来越大时，韩丹之间的厮杀也将会越来越剧烈，而胜者，也将越来越强。宋云颖怔怔地看着村口落满雪的荒坟，不知道自己还能活多少天。

郑修远在村口练习射击，老沈带着几名探路的猎人回来说："嘿，小郑，宋云颖，我们在前面发现了一队遇难的审判庭队伍，估计是遇上了雪崩，现在想找几个人，把他们好好安葬。"

他们走到山谷前的路口，已经有几名猎人努力铲开了积雪，雪地里露出了审判庭的黑制服。"是焦恩，他死了。"郑修远认得这名经常出现在海崖村的审判庭少尉，上次见他还是韩丹攻打海崖村的时候，那时他还在跟陆征麟握手比拼手劲儿。

在这危机四伏的世界，任何一个见过面的人，下一刻都有可能天人两隔。

猎人们小心翼翼地搜索审判庭战士们的遗体，寻找子弹和药物。拿走有用的东西之后，再好好安葬。

队伍中的一个女生双手合十，对着新立的坟丘喃喃自语："如果人有来世，希望你们将来能出生在星舰建成之后，恍若地球故乡般美好的时代里。"

老沈看了一眼从审判庭战士遗体上摘下的手表，说："我们回去吧。明天这个时候，大家出发，继续迁徙。"

往北的旅途，越来越艰难。海崖村的村民们动身算是比较迟的，越往北，猎物越少，所过之处都是别的迁徙队伍砍伐一空的森林、吃剩的兽骨，狩猎队花了很多时间，能弄到的猎物却越来越少。

村民们又走了两天，实在找不到食物，不得不挖开草地，试图寻找植物根茎充饥。雪地之下，有人发现了人骨，数量不少，夹杂在枯死的莉莉丝菌蔓间。

"这里好像发生过搏斗。""连韩丹都被杀了，真不知道怎么做到的。"他们在一片垂直的崖壁前，发现了韩丹的遗体，被电磁突击步枪打得跟筛子似的。遗体周围是无数战死的猎人，现场极为惨烈。

"饿急的村民们一拥而上，不惜代价的结果吧？"大家在窃窃私语，尽量压低声音，不敢被宋云颖听到。

"云颖，我们看看哪里有猎物吧。"郑修远不想听村民们的议论，牵起宋云颖的手，和她一起登上法涅尔的背脊。巨龙法涅尔腾空而起，盘旋着，搜索着周围可供狩猎的野兽群。

高空中风更冷，宋云颖缩在郑修远怀里，身体微微发抖。郑修远以为她在害怕，于是轻声在她耳边说："别怕，不管发生什么事，我都会保护你的。"

一群村民，拿着枪，能把韩丹当场打死？宋云颖知道这是不可能的。她不敢告诉郑修远，每一个"她"的生命都不超过三年。那个韩丹是在生命将尽的衰弱之际，无力再反抗，才会遇害的。

宋云颖更不敢告诉郑修远，自己的剩余的生命，也不足一年了。她只觉得手臂上的伤痕隐隐发痛。

"那丫头，至少有了两个月身孕。"老村长抬头看着越飞越高的巨龙法涅尔，对猎人首领老沈说。

老沈问："您也看出来了？"

老村长说："你是当爹的人，我是准备当爷爷的人，大家都是过来人，哪会看不出来？"

老沈皱眉说："我现在只担心郑修远这傻小子看不出来。"

海崖村的村民们都不知道，在他们身后，还有两支队伍在追赶，一支是陆征麟的不死佣兵团，另一支是审判庭第三团的行动小分队。

陆征麟在及膝深的雪地里跋涉，边走边咒骂着该死的科学家们制造出的该死天气，他们偷渡到星舰上只为了能过上几天活得像个人样的日子，现在却连活下来都很艰难。

天空不时有流星划破云层，大部分流星是从北往南飞，为他们指明了前进的方向。陆征麟知道，星舰正在离开危险的原行星盘，而这些由北向南划过的流星，是在它离开的过程中，闯入大气层的不速之客。

"报告总部，我是行动小分队的欧阳上尉，我们正朝着熔岩湖的方向前进！这一路过来，并没有发现韩丹博士的踪迹。"分队长向南极基地汇报道。

南极基地："一定要小心，韩丹博士现在敌我不分，我们怀疑她已经疯了。必要时请放弃任务，优先确保自身安全。"

欧阳上尉回答："明白。"

"等等，在你们附近有一个特殊信号。"南极基地传来新的消息，

"经确认，是阿史那督！她一个人在雪地里前行！估计沿途除掉了不少韩丹克隆体！"

欧阳上尉问："需要和她会合吗？"

南极基地："我看是不需要的，她喜欢独自行动。但是有必要时，你们或许可以呼叫她支援。"

欧阳上尉皱起眉头："这匹独行的孤狼，真是桀骜不驯！真不知道是谁让她当上第七师督察官的！"

"高层的事我不清楚，但是她那身战功可是实打实的，不管怎样，都该是她坐这个位置。"

南极基地："学者要什么战功？老老实实地搞研究不好吗？"欧阳上尉的暴脾气上头了，谁都敢骂。

"她学术领域也是著作等身的。"南极基地提醒说。

十一、石像森林

你们，到底想保护谁？又想消灭谁？

迁徙的长路，一天又一天走下去，审判庭战士们的遗体，不时会在雪原上被发现。大部分的战士都是在通知各村庄避难的过程中，死于大雪封山的危险和野兽袭击中。

郑修远和猎人们挖着墓穴，安葬这些战士们。墓穴很浅，薄薄的泥土层下，就是坚硬的岩石，怎样都挖不深。

宋云颖把一捧泥土覆盖在遗体上，怔怔地看着这些年轻的士兵们。她知道，这些士兵在太空城上，必定有他们心爱的妻子和孩子。宋云颖陷入了迷茫。她知道，审判庭和偷渡者原本应该是敌对关系，审判庭原本应该冷酷无情地把偷渡者送进地狱，阻止他们破坏这脆弱的环境；但是现在，却因为保护这些偷渡者而丧命。

也许，这就是作为人的良知，看着别人在这活地狱中身处险境，不愿袖手旁观，甘愿不顾一切地去救援的良知。但是这种良知，正是宋云颖当初在自己心里狠心抹去的。

因为那时的她，眼中看到的只有下面汇报上来的各种冷冰冰的数字，冰冷地显示着每天非法偷渡到这里的人数，冰冷地显示着每年太空城里的遇难人数。牺牲不守规矩的少数人，让遵纪守法地在太空城里等待的人能早一天搬到完工之后的星舰上，这叫理性。

当良知和理性发生冲突时，她曾经以为很容易做出正确的决定。但是当她真正走到这些偷渡者当中时，才发现，原来想做出一个既有良知，又有理性的决定，竟然比登天还难。

迁徙的村民队伍一路往北走。天空有时是白天，有时是晚上。路上不少光源站被更早之前出发的平民们破坏，他们急于拆解光源站，砸毁设备，取出里面的金属，打磨成狩猎所需的标枪头和箭头。

宋云颖问郑修远："他们不知道，这样破坏光源站，是在断后面的人的生路吗？现在气温已经很低了，如果没有光源站提供的光和热，气温会降得更低，足以致命。"

郑修远说："如果他们不这样做，眼下就已经活不下去了，又怎么顾得上后面的人？"

宋云颖说："这种事，如果让审判庭捉到了，是可以就地处决的。"

郑修远说："但是审判庭没有这样做。"

宋云颖没再说什么。她知道，是阿史那雪带头纵容，破坏了规矩。

"前面有一座森林。"探路的猎人们返回后向村民们通报情况，

"很温暖，没有雪，很多其他村的村民决定在那里定居，但是……"他们的神色有点古怪，看向宋云颖。她必然知道那是什么地方。

宋云颖说："森林里有数不清的石像，处处透露着古怪，还有一个冒着硫黄蒸汽的岩浆大湖。对吗？"

老村长问："我们，可以在那里定居吧？"海崖村不少老人都已经受不住这漫长的迁徙了，其中甚至有两名老人，已经在迁徙路上永远地闭上了眼睛。

"这恐怕不行。"宋云颖说，"继续往前走，跨过南纬二十度线，前往 2 号大陆，那边才是安全的。"

有时候，村民们是劝不听的。郑修远看了一眼宋云颖，发现她神色不太对。她静静地坐在巨龙法涅尔修长的脖子上，一动不动，并不像平时那样跟村民据理力争。他跟她接触的时间久了，知道她大概是在向莉莉丝发送指令。她发送的是什么指令？郑修远心中忐忑不已。

"不管发生什么事，我都会保护你的。"郑修远只能这样安慰宋云颖。

村民们加快了脚步。当他们看到地平线上的冰雪开始消退，出现翠绿的森林时，所有的人都按捺不住内心的激动，撒开脚丫，一路狂奔。前面是好大的一片森林！大树参天、鸟语花香。茂密的森林尽头是一片裸露在地面的熔岩湖，毫无疑问，这是地壳形成时，残留的未冷却的熔岩在这里长时间保持液态形成的。

雪花飘落在熔岩大湖里，在岩浆上迅速融化，紧接着汽化，变成漫天彻地的水蒸气。大湖里有数不清的怪物雕像，身高大多在十米以上，头顶落满雪花，那因为痛苦而扭曲的表情，定格在它们生命的最后一刻。

"这些怪物是怎么回事？"郑修远记得海崖村遭到韩丹袭击时，她麾下就有不少这种人造硅细胞生物，只要温度较低，就会被活活冻死，变成石头般的雕像。

一座用石头堆砌起来的简陋小桥，从湖边延伸到岩浆湖中间。岩浆湖的正中心是一座山丘般大小的光源站。光源站已经被破坏，这是岩浆湖光线暗淡得像地球夜晚的主要原因。光源站表面被石头砸得坑坑洼洼，排成阶梯的样子，便于定居在这里的村民们攀登上去，拆解光源站的零件。

村落附近是一艘长满青苔的废弃飞船，看样子已经坠毁很多年了，飞船的门被村民们撬开，货仓里好几十吨的货物，包括工人们的制服，被村民们拿出来用了大半。

一条蜿蜒的溪流从不远处的雪山峭壁中渗出，在充满暖意的森林中潺潺流过，绕着岩浆湖，冷却岩浆，同时也加热溪水，变成冒着蒸汽的温泉。冷却的岩浆变成石头，隔开了岩浆湖和环绕着岩浆湖的温泉，水边丢弃着村民们的取水工具，以及还没洗完的衣服。

但是，村民们去哪里了？探路的猎人记得半天前，他们来到这里时，还得到了村民们热情的接待。但是现在，只剩下空荡荡的房子。房子的屋檐下挂着腊肉和兽骨，兽骨在昏暗的森林中，亮着星星点点的磷光，据说在地球古代，这样的磷光会被迷信的人称为鬼火。

"一个人都没有，真奇怪。"一名猎人对陆征麟说。

一声枪响，惊飞了森林里的鸟类。有人中枪倒地，大声哀号！

"有埋伏！"老沈大声喊着，让猎人们收缩防线，保护身后的老人和孩子。数不清的人从屋后、从树上，朝海崖村的村民们射击，猎人们开枪还击，双方各有伤亡。

郑修远把宋云颖护在身后，朝着大树上晃动的人影开枪，一个人中枪，从树上栽倒下来，眼看是出气多进气少，鲜血喷涌而出。这画面让郑修远双手发抖，怎么也无法瞄准下一个目标，他知道自己杀人了，但是他不杀别人，别人就杀他，自己死了拉倒，但是谁来保护宋云颖？

眼看海崖村的村民们陷入危难中，越来越多的村民中枪倒下，宋云颖却一直在犹豫，她拿不准自己要不要出手。"村长中枪了！我止不住他的血！"村民们的惊叫声传入她的耳朵，她只觉得脑子里一片空白。海崖村的村民们只是"亚细亚"星舰上数不清的非法定居者之一，但也是这世上，除了最高科学院之外，为数不多的没有排斥她的人群。

大地猝然被撕裂，数不清的骨矛从地下蹿出，每一根骨矛都不偏不倚地刺中一名敌人。天地间霎时安静下来，所有的人都被眼前这可怕的画面惊呆了。

郑修远在恐惧中颤抖着身体，过了很久，才用艰涩的声音对宋云颖说："不是让你别动手吗？你这样做，会被大家当成怪物排斥的。"

宋云颖怔怔地站着。老沈一瘸一拐地走过来，拍拍郑修远的肩膀，说："别怪她，她不动手，我们只怕全都要死在这里。"老沈的腿也中枪受伤了，好在对方子弹不足，用的是自制的简陋弩箭，他才伤得不重。

村民们制服了仅剩的袭击者，一名袭击者大声哭着说："为什么你们要来这里！粮食已经不够吃了！你们来到这里，大家都要饿死！"

"这森林不是很多猎物吗？"宋云颖躲在郑修远身后，问袭击者们。

"这已经是韩丹看我们可怜，网开一面的结果了！"一个瘦小的男人说，"她允许我们每个月狩猎固定数量的猎物充饥，要是超出数量，她就会下毒手！"

他们说的只怕是真话。那些悬挂在屋檐下的兽骨，有被研磨过的痕迹。粮食不足的时候，人们会把兽骨研磨成粉，用来充饥。兽骨哪怕磨成粉，也很难消化，但是总比饿着肚子好。

村长死了，他身中数枪，血流如注，临终前用颤抖的手，把记载着海崖村居民生老病死的旧本子，交给了猎人首领老沈。这意味着，村长把带领全村人活下去的重任都托付给了他。

村长的儿子朝着宋云颖大喊："救救我爸爸！想办法救救我爸爸啊！"二十多岁的人哭得像个孩子。

老沈拉住年轻人，劝告说："没有人能死而复活，按照联盟的法律，永恒的生命只授予最重要的科学家……"

"去他的法律！"年轻人甩开老沈的手，揪着宋云颖的衣领，"那为什么你要把死而复生的能力授予陆征麟他们？那一整队不死的雇佣兵是谁造就的？"

"给我放手！"郑修远拉开年轻人的手，一拳把他打翻在地，"不死的生命不是什么好东西！她也没给我不死的特权！"

年轻人红着眼睛大吼："那陆征麟他们是什么？可以死无数次的炮灰吗！"

宋云颖不作声。那时的她，只想着制造一支不死的队伍，对付别的韩丹。但是不死的生命的确不是什么好东西，所以她并没有想过把这样的能力授予郑修远，宁可百年之后只剩她一个人孤零零地活着。

"是的，我们就是可以死无数次的炮灰。"陆征麟的声音从森林深处传来。他的不死佣兵团互相搀扶着，走了出来。一路奔波，他们才赶到这里，终于追上了海崖村的村民们。他们一身的伤，身上、脸上都是瘢痕和冻伤的坏疽，很明显在零下几十摄氏度的雪地里前行，对准备不足的他们造成了很大的伤害。偏偏他们又死不掉，无论被冻死多少次，莉莉丝在他们血液内的孢子都会自动修复身体，让他们承受着深入骨髓的伤，忍受着致命的痛，哪怕被伤痛折磨到试图自杀，也照样死不掉。

陆征麟以为自己在冰天雪地中搜索废村，已经成功地救出了一百多人。但是接下来的几天，老天爷尽情地嘲笑了他的天真，那些人不像他们那样有不死的生命，在迁徙路上，一个接一个地冻死在零下五十多摄氏度的雪原中。最后，天地间又只剩下他们这支小小的不死佣兵团。

"站起来，面对这该死的人生。谁让咱们生在这个最糟糕的时代。"陆征麟向年轻人伸出手，想拉他起来。年轻人看了一眼陆征麟的手掌，只觉得一阵恶心，翻江倒海地吐了起来。陆征麟被严重冻伤的手，断了好几根手指，裸露的指骨覆盖着一层从血肉中长出来的菌丝，正在顽强地长出新的手指。

"这不算最糟糕的时代。韩烈将军在世时，才是最糟糕的时代。"一个陌生的声音从森林里传来，随之而来的还有马蹄踏破枯枝落叶的声音。来的人是审判庭的欧阳上尉，带着他一整个加强连的一百多个士兵，人人都背着枪，一身黑色的审判庭作战型动力铠甲，有很完善的防寒功能。

"这是审判庭的作战部队，跟以前咱们常见的二线巡逻部队是两码事。"老沈说着，让大家往后退几步，不要起冲突。

"你们，到底想保护谁？又想消灭谁？"大家心里都有个问号。

欧阳上尉摘下动力铠甲的头盔，扫视了一圈众人，向宋云颖行了一个军礼，拿出一份文件："现在，我宣读来自审判庭最高层的审判令：保护平民，无论他们来自何方、通过怎样的途径来到这个世界。同时，消灭韩丹！签署人，审判庭大督察官，梅小繁。"

一百多名士兵齐刷刷地举枪瞄准宋云颖。陆征麟冷眼旁观，他不管对审判庭，还是对宋云颖，都没有好感，管他谁死谁活。

郑修远突然拦在宋云颖身前，不许他们开枪。陆征麟的脸色突然变了，一个箭步冲上去，冷不防地把欧阳队长打翻在地，抢过他的枪，顶着他的脑袋大声下令："全都不许动！不然我打死他！"

他不在乎宋云颖的死活，但是他跟郑修远是同一个孤儿院长大的孤儿，情同手足。他麾下的不死佣兵团更是不在乎性命的狂徒，看见大哥动手了，也纷纷拿起枪，围住审判庭的战士们。

欧阳上尉根本不在乎自己被枪指着脑袋，他反手握住枪管，强行挪开枪口。陆征麟感到不妙，当即开枪，子弹打在地面，泥土飞溅，红热的枪管灼烧着上尉的战术手套，散发出高分子材料燃烧时的焦臭。

没有人能握住开枪时，温度高达数百摄氏度的枪管，哪怕他愿意付出手掌被烤成焦炭的代价，烧成炭的手掌也同样不可能握住枪管！陆征麟连续开枪，试图用这个方法把枪夺过来。上尉的战术手套受热起火燃烧，露出手套下锃亮的金属手掌。他露出白森森的牙齿，嘲笑说："对不起，我是残疾人，义肢不怕烫手。"然后用力一夺，握着发红的枪管，像抡斧头般，狠狠地用枪托把陆征麟打得满地找牙。审判庭精锐和凭着不怕死就耍横的陆征麟之间，隔着一道银河那么宽的实力差距。

"你快逃！这里我顶着！"郑修远大声对身后的宋云颖说。他和她都知道，他根本顶不住训练有素的审判庭精锐，但是在宋云颖心里，只要他有这份心，她就很高兴了。

巨龙法涅尔突然腾空而起，扑向审判庭。战士们的子弹打在它身上，在坚硬的鳞片上发出一阵阵火花。鳞片碎裂，但是鳞片下方还有另一层灰白色的鳞片，子弹根本打不透！

纵使欧阳上尉见多识广，一时之间也奈何不了法涅尔："见鬼！这怪物竟然长了一层凯夫拉装甲！"

凯夫拉装甲的本体是一种高强度的芳纶纤维，属于有机物，在地球时代广泛用于制作防弹衣，甚至压制成装甲车的复合装甲。既然是有机物，那就难不倒韩丹，在设计法涅尔之初，她就在它的真皮细胞里集成了能分泌结构类似凯夫拉纤维，但是更坚固、更耐高温的高分子层的人造基因。

有士兵动用了电磁突击步枪挂载的榴弹发射器，在法涅尔身上炸出一团团火球。法涅尔吃痛，疯狂地攻击士兵们，但是榴弹发射器照样炸不穿法涅尔的鳞片。那结构复杂的鳞片上，厚厚的高分子纤维下面，还有人造硅基生物特有的硅酸纤维层，再往下还有一层法涅尔这独特的核动力硅基人造生物特有的贫铀金属网……

法涅尔的攻击扫得士兵们人仰马翻。欧阳上尉艺高人胆大，试图跳到法涅尔身上，零距离开枪，但是被鳞片反弹的子弹伤了不少自己人！他们哪里想过，这头为了在星舰建设早期，能在原始大气层中，冒着超大规模陨石撞击翱翔天际的人造怪物，它的鳞片结构竟然是照着地球时代的主战坦克装甲设计的！

有战士大声对着通信器喊："我们需要穿甲弹！地球时代用来对付坦克的那玩意儿！这怪物简直是生物坦克！"

法涅尔巨大的爪子一巴掌就打断了无数巨树，疯狂之中，它体内的核裂变核心高速运转，产生极高的温度，它巨大的鼻孔不断吸气，用空气冷却体内的核裂变核心——一个原理类似碳基植物细胞内的叶绿体的器官。不同的是，叶绿体利用太阳光辐射的能量为光合作用提供能源，硅基细胞裂变核心利用铀、钚、锎等重元素释放的核辐射，为自身提供更为充沛的能量。听说地球时代早期的人造卫星上的核电池，工作原理也与它类似。

吸入体内冷却核裂变的空气，被法涅尔从嘴巴吐出来，空气在它体内被加热到很高的温度，滚烫的热量一离开口腔，就炙烤得周围的植物迅速脱水、碳化，燃起大火。

"这怪物真会喷火！韩丹设计它的时候，脑子里都在想些什么！"别说是审判庭的战士们，就算是海崖村的村民们，也都夺路而逃。毕竟只要是个正常人，都被它狂怒之下不分敌我的攻击给震惊了。

"不……不是我！我没对法涅尔下达攻击命令啊！"宋云颖站在乱逃的人群中，手足无措。身边只有不怕死的郑修远，试图以螳臂当车的勇气保护她。

欧阳上尉仍然在和法涅尔缠斗，但是他这种沙场老手，作战的同时，还是敏锐地注意到，法涅尔喷出的热浪，点燃周围植物的速度越来越快，这意味着法涅尔吐出的气体温度越来越高。

欧阳上尉对士兵们下令："设法激怒它！让它不停战斗！不要让它休息！这怪物唯一的弱点可能是无法持久作战！让它体内的裂变堆继续升温！只要来不及冷却，它就会把自己烧死！"

一声筋断骨折的巨响，欧阳上尉阵亡！法涅尔把上尉一脚踩扁！森林里的腐殖土层不过一米多厚，法涅尔愤怒之下飞上天，再借势俯冲直下，踩出的爪印足有两米多深！连泥土下的岩石都被它踩碎了！

"无法持久作战？我制造的生物，怎么可能会这么差劲？"另一个韩丹的声音，从岩浆湖的方向传来。法涅尔扑打着翅膀，飞到她身边，爪子踩在岩浆湖里，完全不在乎将近一千摄氏度的熔岩高温。

法涅尔只听从最强的韩丹指挥。这意味着眼前的韩丹，实力在宋云颖之上！

正规军并不会因为指挥官的阵亡就群龙无首。随军的连级督察官立即代替阵亡的上尉，继续指挥作战："信号显示，站在熔岩上的韩丹释放的神经脉冲更强大，控制着法涅尔，判断的方法是……学术问题我们暂时放一放。我们集中火力，联合海崖村的村民和陆征麟佣兵团，先除掉熔岩上的韩丹。"

但是，督察官终究是半路出家的审判庭学者，在战术上犯了严重错误，陆征麟佣兵团看见审判庭被法涅尔打得七零八落，只顾着继续跟士兵们交火，根本不理会督察官的停火要求。而以老沈为首的海崖村猎人们，干脆作壁上观。老沈小声对身旁的猎人说："宋云颖教过我们耕种农田，算是对我们有恩，算是我们村的人。其他各方都是我们惹不起的狠角色，这神仙打架，咱们少掺和。"

但是，韩丹的攻势是不会停止的。郑修远震惊地看见，岩浆湖中被冻死的雕像般的怪物，一头接一头地拱破冻结成岩石的外壳，带着岩浆般的炽热光泽，朝着海崖村的村民们涌来！

郑修远以前听宋云颖提起过，在星舰建造之初，整个"亚细亚"星舰是星际物质堆积成的炽热原行星，星球表面是汹涌的岩浆海洋。那时的她制造了数不清的硅基人造怪物，它们天生能适应岩浆海洋炽热的高温，代替工人在星舰表面施工，星舰冷却之后，就被遗弃在世界各地，被冻成石雕。尽管只是工程型怪物，但是它们庞大的体型、巨大的力量，仍然能对海崖村的猎人们造成致命的威胁。

韩丹正在给这些怪物第二次生命，同时榨干它们最后一丝利用价值，把它们作为一次性的炮灰使用。

"快逃！我控制不住它们！"宋云颖额头冒出豆大的冷汗。韩丹之间的决战，大多是以争夺莉莉丝的控制权，互相弄死对方为目的，比拼的是谁的神经脉冲能压制对方，实现对莉莉丝的控制。

猎人们和怪物交战得难舍难分。幸好有宋云颖的压制，这些刀枪不入的怪物们动作变得非常迟钝，让猎人们勉强能站稳脚。

法涅尔再次腾空，朝猎人们扑来，这头独一无二的怪物之王，韩丹只制造了一头。它是纯粹的杀戮机器，原本用于猎杀失控的人造怪物，如果用来对付人类，杀伤力更为巨大。

郑修远朝韩丹开枪，几根骨矛从岩浆海洋中弹射出来，子弹打断骨矛，也失去了动能，只在韩丹身上留下一道浅浅的伤痕。但是这短短的一瞬间，已经足以让韩丹分神，让宋云颖操纵怪物实现了一次短暂的反扑。

距离韩丹比较远的怪物顿时开始掉转方向，向着韩丹拥去，而离她较近的怪物仍然处在她的控制之下，怪物之间开始内讧，互相厮杀。正在向着村民俯冲的法涅尔好像瞬间迷失了方向，重新飞上天空，不停盘旋，在空中焦躁不安地翻滚，她们的争夺似乎在撕裂它不够发达的大脑，让它极度痛苦。

但是，韩丹很快稳住阵脚，让大量怪物在她身前组成一堵墙。郑修远徒劳地射击，子弹在怪物的外壳上火花飞溅，不时有怪物被打死倒下，但是厚厚的怪物墙，让他再也无法伤得了韩丹一丝一毫。

宋云颖逃离郑修远脆弱的保护，撒开腿往怪物群奔跑！郑修远试图追赶，却被老沈死死拉住："臭小子！你不要命了？"

一头怪物扑向宋云颖，她朝怪物眼睛一瞪，怪物畏惧地后退。数不清的怪物慢慢让开一条路，不敢攻击她。

宋云颖停住脚步，回头看了一眼郑修远，她脸上也泛着泪光。她知道，韩丹是冲着她来的，如果她一直躲在大家当中，韩丹的袭击会把大家都害死。

宋云颖和那个韩丹，到底谁更强大？韩丹是占了站在怪物身上的便宜，怪物身上有莉莉丝的菌蔓，她赤裸的脚丫踩在菌蔓上，皮肤的神经末梢直接接触着菌蔓。

当宋云颖步步走近，踩在菌蔓上时，她和菌蔓之间还隔了一层鞋底，但是已经有超过一半的怪物脱离了那个韩丹的控制。她从怀里掏出了唯一的"武器"，一把随身携带的小刀。莉莉丝已经在她们的争夺中，被双方交错的神经脉冲折腾疯了，她们俩都无法再让怪物们按照自己的意志发动有效的袭击，宋云颖决定来一场短兵相接的近身搏斗。

老沈大声吼道："小心那些疯狗似的怪物！"疯了的怪物，不攻击韩丹和宋云颖，但是袭击起别人来倒是更疯狂。审判庭和陆征麟的佣兵团都在怪物袭击中出现了惨重的伤亡，敌对的双方被逼到同一战线上，不得不联手对付怪物。

"云颖！快回来！"郑修远的叫喊声隐约中带着哭腔，越来越多的怪物从岩浆湖里爬出来，岩石怪兽组成的巨墙，阻隔了他的视线。

"阿史那雪呼叫'渺云千仞雪号'飞船，准备发动激光炮对地打击。"一个冷冷的声音，惊呆了鏖战中的众人，阿史那雪赶到了！一束激光穿破云层，在怪物最多的地方炸开，怪物的碎片四处飞溅。

又一束激光炮在海崖村猎人面前炸开，朝着人群拥来的怪物，变成碎片，以更高的速度砸向众人，不少人也因此挂彩。

第三发激光束，解了审判庭的围，爆炸的气浪敌我不分，顺带着掀翻了不少士兵。

第四发，在陆征麟的佣兵团中间炸开。"啊呀，打偏了。对不起啦！我不是故意的，幸好你们还会复活，请不要放在心上。"小雪的道歉，顽皮中带着冷酷，一点儿诚意都没有。

第五发，也是功率最大的一发，把岩浆湖炸得熔岩飞溅，爆炸的气浪直冲天际！

云颖……郑修远脸色惨白，瘫坐在地上，只觉得整个世界都塌了。

"是法涅尔！宋云颖还活着！"老沈拼命摇晃郑修远，指着岩浆湖的冲天火浪。法涅尔穿过飞溅的碎石和熔岩，飞了出来，宋云颖紧紧地抓住它的爪子，全身都是血淋淋的伤。

"真能活啊，不愧是我养大的孩子。"小雪的吐槽，让人感到一阵脊背发凉。

"话说，是谁让你们消灭韩丹的？"小雪转身问向仅剩的十几名审判庭战士。

"是审判庭最高层的命令，签署人是大督察官梅小繁。"负伤的连级督察官在战友的搀扶下回答说。

"梅小繁！别人家的孩子死不完是不是！"小雪是出了名的爱护士兵，审判庭第七师是她带出来的部队，精锐作战连的损兵折将，让她很愤怒。

"'渺云千仞雪号'！给我瞄准'三色堇号'飞船，轰了梅小繁的办公室！"小雪绿色的眼珠子，冒着狼瞳般的凶光。

很多科学家喜欢将自己的办公室布置在实验室舱段最外围的飞船外壳上，小小的房间一面紧挨实验室，另外几面跟宇宙空间只隔了薄薄的墙壁。这样的办公环境，可以很真切地感觉到太空的空虚、孤寂、寒冷，还有迫在眉睫的生存危机。

梅小繁的办公室早已蒙了一层薄尘。梅小繁的工作很忙，她要么在实验室忙碌，要么在会议室开会，已经很多年没回过办公室了。当爆炸的震感传来时，她正在会议室里，跟学者们讨论3号星舰"阿非利加"的设计蓝图。一名工作人员赶过来，在她耳边说："梅督，您的办公室炸了。根据情报，是阿史那督干的。"

梅小繁点头，并未中断会议，她有着山崩于眼前都不动声色分毫的气度，并不在乎办公室被炸。3号星舰的设计蓝图仍有很多需要调整的细节，其中的关键是，"欧罗巴"和"亚细亚"分别采取了两种不同的技术路径，3号星舰要按照哪种路径进行建设，这让人难以取舍。

一名学者说："梅督，我们更倾向于'亚细亚'星舰的路径，韩丹在建设生态圈方面的成绩，有目共睹。"

另一名学者则忧心忡忡："'亚细亚'方案是一把双刃剑。现在看来，韩丹博士已经失控。"

工作人员把三百年前星舰计划启动前，韩丹留下的遗书复印件发放到每一名参会人员手中。每一名按照合法途径投入星舰建设工作的人，出发前都写有遗书，学者们也不例外。遗书上很详细地阐述了莉莉丝的利弊，在星舰早期，它可以迅速建起生态圈；但是到了一定阶段之后，将随着莉莉丝的被破坏、韩丹克隆体之间的厮杀而走向反面，甚至殃及星舰上的居民。遗书上有一句话：如果有一天，我失控了，还请各位将我除掉。星舰的成败是关系到子孙后代千百年后生存的大事，比我的生命重要得多。

一名学者叹气说："跟韩烈一个样，姐弟俩都一个脾气，把自己的生命看得很轻。"

梅小繁遵循韩丹的遗书，下达消灭韩丹的命令。但是这个命令，显然遭到了阿史那雪的反抗，炸毁她的办公室，就是她的警告。梅小繁正打算说自己的意见，桌面上的手机突然震动，这是来自"亚细亚"星舰地面的信号，它先是被发送到近地卫星轨道上的"渺云千仞雪号"飞船上，再通过飞船的通信系统，转发到"三色堇号"飞船。她点下接听按钮，小雪的骂声劈头盖脸地传来："梅姐姐！你脑子进水了吗！你以为审判庭的软脚虾们能对付得了她？"

"亚细亚"星舰上，血战过后的岩浆湖畔又添无数新坟。老沈在发黄的本子上记录着每个遇难的海崖村村民的姓名。村民们稍微收拾干净了村落小屋，暂时住下。大火烧过的森林中覆盖了一层薄雪，只有小雪的骂声在风中回荡。

"三色堇号"飞船跟"亚细亚"星舰隔了几千万公里的距离，通信信号的太空传输延时很严重，让她骂人也骂不痛快。特别是遇上梅小繁这种没有喜怒哀乐的人，不管她怎么骂，也只能收到一段波澜不惊的文字："这是韩丹的遗书中，委托我们做的事情。"

小雪对着通信器说："消灭韩丹的事情，我不是正在做吗？韩丹是我的学生！就算要除掉她，也该是我亲自动手！请你不要横插一杠！"然后骂骂咧咧地按下发送按钮。

过了十几分钟，梅小繁才发回新的信息："韩丹的事，关系重大。如果她失控的事情得不到有效解决，下一艘星舰，甚至未来的所有星舰，都只能采取进展迟缓的'欧罗巴'星舰的技术路径；如果'亚细亚'星舰取得成功，接下来的星舰就可以采用'亚细亚'的技术路径。你知道的，'亚细亚'星舰的建设代价，哪怕算上遇害的偷渡者，也比'欧罗巴'那头的伤亡低了70%。但是任由韩丹杀戮下去，也不是办法。"

小雪耐着性子看完，却没心情继续开骂了。糟糕的通话质量似乎有助于消火，十几分钟的通信延时，就算她的脾气再火爆，也泄气了。她心中有股愤愤不平的抑郁，"亚细亚"星舰的低伤亡率，韩丹功不可没，有功不赏，反而要被消灭，光凭这一点，她就觉得这事不厚道。

但是失控的韩丹，对偷渡者的杀戮也是实情。小雪没再说话，编了一条短信发给梅小繁："但是按照审判庭的规定，偷渡者擅自闯入星舰，影响建设进度，情节严重者可以判处极刑。"

又过了十几分钟，梅小繁才发回信息："此一时彼一时，星舰已不如刚开始建造时那么脆弱，我正在考虑废除这个规定。别以为我不知道你在敷衍了事，你的灰潮杀伤力无人可挡，如果你认真行事，韩丹早被你消灭了。"

小雪看了一眼不远处的宋云颖，很不满地向梅小繁发送了个鄙视的表情包，结束这次通信。

"大家都说我疯了。"宋云颖坐在欧阳上尉的坟前，对郑修远说，"但是，星舰计划本来就是个疯狂的计划。"

上尉简陋的墓碑上挂着一串项链，坠子里镶嵌着韩烈将军的照片。很显然，他也是韩烈的崇拜者，像很多人那样，把将军的照片作为护身符佩戴。将军是个争议人物，很多人私底下崇拜他；但是却很忌讳公开讨论他。

"将军看起来不像传闻中的暴君。"郑修远坐在宋云颖身边，看着照片里的将军，"他更像穿着军装的学者。"

郑修远想起一句古话：太空时代，不懂打仗的学者多的是，却不会有没学问的将军。

"想知道韩烈的事情？"小雪提着一壶酒，坐在宋云颖身边，问郑修远。酒是村民们私酿的野果酒，酸中带着苦涩，装在村民们烧制的粗陶罐子里。

小雪喝了一口这酸涩的酒，有酒总比没有酒好。她眼睛红红的，上面覆着一层伤感的泪光："韩烈这浑蛋啊，如果他当个学者，那该多好？偏偏跑去当什么将军。"

故事，要从三百多年前说起。

十二、星舰之始

那是星舰联盟成立之前的流放者兄弟会时代，人类在垂死的红巨星附近，发现那颗勉强适合定居的行星的第二十七个年头，也是人类跟这颗被命名为"希望"的行星上生活过的外星人发生战争的第十八个年头，同时也是韩丹拿到博士学位（十九岁）之后的第十五个年头。

没完没了的战争，将在可以预见的未来继续打下去。外星人即使抛弃了自己的母星，也不愿意让别人染指；而地球人太想要这颗适合定居的行星了。

第一批定居点是完全无视兄弟会三令五申严禁定居的禁令，硬顶着氦闪的致命冲击，强行建立起来的。最高科学院还不忘派出了大规模的考古挖掘队，把涉及科技层面的大量外星文物塞进火箭，送回"三色堇号"飞船。

战斗各有胜败。外星人为了扭转颓势，派出了最先进的母舰，一艘体型巨大，非常擅长远距离攻击的巨舰。一轮交火后，兄弟会顿时损失惨重：仅有的两艘主力舰，"拉美西斯二世号"航天母舰重伤，"炎帝号"巡天战列舰毁灭。

但是，外星人显然低估了太空海盗出身的流放者兄弟会抢夺飞船的能力。外星人威力巨大的远距离攻击，在兄弟会的小飞船突破防线，炸开飞船外壳，进入船舱内作战之后，变得毫无用处。这艘外星巨舰太适合地球人抢夺了，当初兄弟会看中他们的星球，就是看中它的环境跟地球高度相似，能让人类生存。谁能想到，这艘飞船的内部舱室也颇合地球人的心意。

大威力的枪支在抢夺飞船的舱内战斗中，属于杀敌八百自损三千的自杀式武器。子弹不长眼，在狭小的走廊和舱室中经常击中各种管道的线路，引发的大火和产生的毒气往往比敌人更致命。

兄弟会的二二七团率先攻入敌人母舰内部，携带着不易破坏管线的钛合金长刀，外加一支威力适中的手枪。但是敌人可没那么多顾虑，他们知道一旦飞船被夺，就只有死路一条，于是毫无顾忌地使用各种人类并不熟悉的武器，朝二二七团开火，根本不管对飞船造成的伤害有多严重。

迷宫般的飞船内部走廊燃起大火，能见度极低。让人心头发毛的呼叫声传来："我们被包围了！快呼叫援军！"一道道激光束交织成的火网刺穿舱壁、洞穿人体，二二七团瞬间死伤过半。

援军被挡在飞船外。巨大的飞船外壳上，试图登陆飞船的兄弟会战士们正在和外星人苦战，整整三个师的兵力被外星人牵制。直到审判庭第七师出现，外星人才被凶猛的火力彻底压制住。

"师长，你留在这里保持火力压制，我带一个团杀进去！"督察官说。

审判庭势如破竹。他们人数虽少，但是传承自地球联邦时代正规军的军魂仍在，纪律严明、骁勇善战。在他们看来，兄弟会的部队就是一群太空海盗出身的乌合之众。

二二七团的老兵们大多冲在第一线，已经阵亡了。残存的新兵蛋子们第一次亲眼看见审判庭踏上战场，冷静、知识渊博，又敢拼敢打，这是审判庭给新兵们的第一印象。他们锋利的刀刃在动力铠甲的加持下，会直接刺穿金属墙壁，同时还能避开那些危险的管线，从最不可思议的角度向敌人发动进攻。

兄弟会的部队大多都很排斥科学审判庭，觉得他们每天都只会拿着鸡毛当令箭。明明是军队编制，却每个级别都安插有最高科学院的学者担任督察官，审判庭的战士们光是保护那些书呆子督察官都得被折腾得够呛，哪里还能作战？

然而这次战斗，最终还是审判庭取得了胜利，占领了飞船。残存的十几个二二七团士兵互相搀扶着，像斗败的公鸡，来到审判庭战士们的面前。冰冷的长刀，冰冷的眼神，黑色的制服上镶嵌的是督察官的徽章。这些士兵才知道自己长久以来的认知错了，带头冲锋的并非军官，而是身为学者的师级督察官。

"韩烈？"督察官的目光落在一名新兵的身份识别牌上。

"您认识我？"新兵身上有种不卑不亢的气势，眼睛直盯着督察官胸前的身份识别牌。不像他的同伴们那样，不敢直视身份远高于他们的审判庭精锐。

督察官的名字叫阿史那雪，第七师里鼎鼎有名的大人物。她摘下讨厌的头盔，任由长发披散。

"过来帮忙，我们要破解这飞船的控制系统，把它开回去。"小雪带队走向飞船的控制室，抬头看着巨大的控制室里古怪的外星文字。十五年的交战，他们俘获过不少外星飞船，也破解了不少外星科技，把这飞船开回去并不算太难。

母舰慢慢掉头，朝兄弟会的飞船群核心处的"三色堇号"飞船飞去。"三色堇号"飞船是兄弟会的命根子，里面科学家们的安危关系到整个兄弟会能否生存下去，它的保护级别甚至比兄弟会最高层居住的"海盗五号"飞船还高。

"给。仓库里多的是，你们自己去拿。"小雪把一瓶包装式样很奇特的外星人生产的饮料放在韩烈面前，和他一起并肩坐在控制室内，背靠着金属墙。别的士兵只能自己去物资仓库拿饮料。十几年的作战下来，他们对外星人的补给品很熟悉，哪些能吃、哪些不能吃，都一清二楚。

"看你作战挺勇猛的，你是没有后顾之忧的孤儿？"小雪问韩烈。

韩烈说："我有个姐姐在'三色堇号'飞船，算是我唯一的亲人。她每年都会给我寄一些别人弄不到的配额物资，但是我从没见过她。"他的身份识别牌背面镶嵌着韩丹的照片，她十八岁那年硕士毕业的照片。当时韩丹把照片发给韩叔叔，让韩叔叔也分享她的快乐。

小雪问："你想见她？"

韩烈用力点头："毕竟是唯一的亲人。"

小雪说："那你就好好努力。身为军人，需要什么样的级别才能踏足最高科学院，相信你是知道的。"

韩烈默默攥紧身份识别牌。他知道的，只有少将以上军衔的将领，才有机会踏足"三色堇号"飞船，和科学家们商讨怎样对付那些拥有特殊科技的外星敌人。

"三色堇号"飞船越来越近，在黑暗的宇宙中，慢慢显露出一层红光，像远古神话里，在海面余晖中潜伏着的巨兽利维坦。那是普通人很难得到允许靠近的世界，同时人们也很少有机会能看清它的全貌。兄弟会的飞船来接自己的部队，审判庭的战士们留下来控制外星母舰，韩烈只能离开。在离别的飞船上，他眺望了一眼巨大的"三色堇号"飞船，这是他第一次如此接近姐姐，只隔了三百多公里的宇宙空间。

一个新兵蛋子，被高层领导看中了，意味着可以得到更多的上战场立功的机会，同时也意味着更高的阵亡概率。韩烈慢慢发现自己经常被派上战场，他知道一定是阿史那雪向军方高层打了招呼。

如果每次都能在战场上活下来，升迁的机会自然也多。阿史那雪很冷血，她给了韩烈比别人更多的机会和更多的危险，只想看看他能活着走到哪一步。

韩烈从新兵蛋子熬成老兵，进入军校深造，毕业后升任少尉，又被丢到第一线，带着更年轻的新兵们冲锋陷阵。立功、升迁，很多跟他一样被上头看好的年轻军官都倒下了，他却带着满身的伤痕，一次次活了下来。韩烈刚刚升任中校时，负责指挥战斗的上校阵亡，他接过指挥权，阵亡率接近一半的团竟然稳住阵脚，反败为胜，给上头留下了深刻的印象。这场战役，也注定了他将来会从上校升任将军，迈过这大部分军人都迈不过的坎。

类似的危急关头，他经历过不是一次，而是很多次。那个外星文明的实力本来就比兄弟会强，兄弟会一直都赢得很吃力。

直到有一天，将军终于获得可以进入"三色堇号"飞船的机会。

韩烈将军来了。不管在兄弟会的哪一座太空城里，都会引起一阵不小的骚动，很多人都会闻风而动，想目睹这位英雄的风采，甚至"三色堇号"飞船里也不例外，学校纷纷放假，学生们拥上街头，只想亲眼看看这位多次扭转败局，拯救兄弟会于危难之际的名将。

街道两边的人们只看到将军的汽车飞驰在"三色堇号"的街道上，目的地是9号会议大厅。"三色堇号"的街道有二十多米宽，和很多太空城一样，两边是住宅区和物资分配站；十二米高的街道顶部的天花板被漆成天蓝色，同时也是上一层街区的地板。

将军走进会议大厅时，学者们也是刚刚到场，大家的时间都很宝贵，点掐得都很准。新任总参谋长韩烈将军，兄弟会两鬓斑白的战斗英雄，很多学者都是第一次见到他。

韩烈上任很仓促，原先的总参谋长在外星人孤注一掷的奇袭中阵亡，一起牺牲的还有十几名将军。

会议桌上的身份牌标注了每个学者的职务和名字，涉及外星文明的各个领域都有对应的学者参会。将军开门见山，省略了寒暄和客套："首领希望我军攻下一颗敌人的行星，破坏他们骚扰我们新家园的能力。那颗星球的一切对我们都是陌生的，我希望大家可以协同研究，为胜利奠定基础。"

　　两千年来，每逢对付外星人，总是少不了科学家们协助研究。这早已是惯例。学者们早有预研，在会议上拿了出来，资料之多、研究之细，超出了将军的预料。

　　会议效率很高，废话几乎没有，将军身上有一种学者气质，由于长期与外星人作战，他对外星文明的了解并不比很多学者差，原本预定三个小时的会议，半个小时就结束了。科学家们时间宝贵，区区一名中将参谋长，在他们眼中不过是漫长生命里的一名匆匆过客，并不值得多做逗留。他们纷纷离席，回到各自的实验室。

　　只剩一名学者，仍然端坐着不动。她是外星智慧生命体实验室负责人——韩丹。

　　那一声姐姐，梗在韩烈喉咙，硬是叫不出口。刹那间，他明白了为什么姐姐六十多年不和他相见。

　　科学院里很多几百岁的科学泰斗，是无法从外表看出年龄的。姐姐的年龄，永远停留在十七八岁。

　　"咱们换一个地方说话吧。"韩丹说。

　　茶多酚、单宁酸、人工色素，还有饮用水。在"三色堇号"的家里，十八岁的韩丹亲手为两鬓斑白的弟弟调配了一杯茶。小雪姐姐以前说过，韩丹配出的茶，味道已经接近地球时代真正的茶。

家里的电视在播放新闻，在击退外星人的舰队之后，越来越多的人移居那颗被称为"希望"的行星，并建造地下城以抵挡接连不断的氦闪。然而这并不是好兆头。

韩烈面对陌生的姐姐，不知道该怎样打开话匣子。他坐了很久，才开口说："姐，你听说过星舰计划吗？"

韩丹说："谁没听说过呢？"

星舰计划并不是秘密，流放者兄弟会中无人不知。人在太空流浪久了，找不到合适的星球定居，就很容易萌发自己造颗星球的想法；但是大家流浪惯了，也见惯了主序星死亡、超新星爆发、中子星的磁力风暴等，潜意识里已经接受了"宇宙中没有任何一处地方永远安全"的观念，于是顺理成章地想到了要给人造行星装上巨大的飞船引擎，随时准备逃离危险。

这种行星和星际巨舰的结合体，在不同的人描绘中有着不同的名字，但是在兄弟会，人们把这种幻想中的星球级巨舰称为——星舰。

韩丹说："幻想一颗安装了飞船引擎的流浪星球，谁都能想得到；但是要把它从幻想变成现实，需要攻克的技术难关还是非常多的。"

韩烈尝了一口茶，说："但是，我们的科技一直向着星舰的方向发展。当初逃离地球故乡的小飞船群，已经变成了现在数以千计的大型太空城。飞船引擎技术也在不断发展，功率最大的引擎，甚至能推动月球大小的星体。"

韩丹的房间紧挨着飞船外壁，背对着老红巨星，其中一整面墙都是透明的巨型舷窗。她喜欢喝着茶眺望星海。舷窗之外，是几颗月亮大小的人造行星，其中一颗正在被不断提取资源，送往不远处即将完工的"炎帝号"巡天战列舰。

"炎帝号"是兄弟会的精神图腾之一，一旦被击毁，就会立即重造。每一代，都会有一艘主力舰被命名为"炎帝号"。

韩丹说："推动地球般大小的星球并不是最难的，难的是这颗星球上还有生物圈、大气层。引擎的推力会压碎地壳，产生的高温会让大气环流彻底紊乱。最严重的是，引擎喷吐工质推动星球时，形成的射流会像水泵一样，把周围的气体一同抛射到太空去，用不了多久，整个大气层就会被抽干，星球也将沦为荒凉的不毛之地。"

韩烈问："技术上无法克服吗？"

韩丹说："技术可以克服，比如引擎的核聚变堆可以把氢聚变成氦，把氦聚变成铍，释放能量的同时，一直聚变到形成氮和氧，再把它们释放到大气层中不断补充流失的空气。但是比技术更难的，是人心，代价过于巨大的工程，会有很多人反对。"

韩烈沉默了，然后换了个话题，随便聊聊家常。

短短的一个半小时的相聚，很快就结束了。韩丹看了一眼腕表的显示屏，说："我要去开会了，科学家联席会议。"那是最高科学院级别最高的会议。

绝大多数的人都倾向于停止流浪，到某颗星球上定居，重建地球文明。这次的议题是讨论怎样让那颗名为"希望"的行星，在未来某天的新星爆发中幸存下来。然而，大多数科学家都对此不抱希望。

韩烈告辞，乘坐兄弟会配发给他的私人小飞船，离开巨大的"三色堇号"飞船。他心头总是徘徊着姐姐那句话：比技术更难的，是人心。

老红巨星的氦闪越来越频繁，这意味着恒星中的氦已经不多了，没有足够的核聚变斥力来平衡恒星自身巨大的引力，它的内核已经形成一颗暗藏杀机的中子星。外星人大军正在撤退，或者说是溃逃更合适。韩烈知道兄弟会最近没有发动任何进攻。对方突然主动撤退，让他心神不宁。

韩烈无心处理军务，和驾驶员闲聊了几句。驾驶员问："将军，您说上头什么时候会正式宣布，让大家移居到星球上？"

兄弟会首领的态度一直模棱两可，既不说禁止人们在星球上定居，也不说允许人们在星球上定居。

韩烈说："那里不安全。"

驾驶员说："没关系，最高科学院一定会有办法的。"

最高科学院不是无所不能的神，但坏就坏在，大家以为他们无所不能。

韩烈说："去'海盗五号'飞船。"那艘大飞船是兄弟会的高层所在地。

半年后，当韩烈将军发动政变的消息传来，很多人都大为错愕。他们不相信被视为英雄的韩烈，竟然枪杀了兄弟会首领，罗曼诺夫上将，自己坐上首领的宝座。甚至就连韩烈的亲信和党羽，也不敢相信这是真的。

罗曼诺夫上将年事已高，韩烈是上将最得力的左膀右臂，他原本可以静静地等待首领过世，然后顺利继位。

人们这才蓦然记起，流放者兄弟会本来就是穷凶极恶的犯罪组织，内斗、夺位、厮杀，在地球联邦时代的流放者兄弟会当中屡见不鲜。直到祖先们逃离太阳系，面对茫茫宇宙，只能紧密地抱团生存，这种内斗的事才慢慢变少。

韩烈将军的第一个命令就让整个兄弟会一片哗然："所有定居在'希望'行星的人，立即返回太空城。现在开始倒计时。"他按下核按钮，已经完工的"炎帝号"巡天战列舰上的无数个发射井依次打开。这艘椭圆形的巨舰里面装载了近万枚核弹头！

"我们不能失去'希望'！"一名军官抗命。一声枪响，军官殒命。

装载着核弹头的弹道导弹离开发射井，在火箭发动机的驱动下，朝"希望"行星飞去。三个月，这是弹道导弹从发射到落在"希望"头上所需的飞行时间，也是韩烈留给那些试图在行星上定居的人的撤离时间。

韩烈说："替我接通最高科学院。"

屏幕上出现最高科学院院长苍老的面容，他满头白发气得根根竖起，一见面就大声质问："韩烈，你这是在干什么？"

韩烈说："三个月之后，我需要启动空间跳跃，带大家离开这个地方。"

院长的气不打一处来，说："我们找了两千年，才找到这颗适合我们生存的星球！"

韩烈的声音也提高了好几度："但是这颗星球快毁灭了！那三天两头就发生的氦闪你没看见？"

院长毫不退让："我们有足够的科技建造地下城、建造防氦闪保护罩！根据我们的计算，未来一百年内，这颗老红巨星爆炸的概率只有2.25%！我们一路流浪，大家的日子过得还不如地球时代的一条狗！我们需要有颗星球暂时落脚休息！"

想到行星上定居的人，在兄弟会里占了大多数。大家两千多年在逼仄压抑的飞船和太空城里生活了太久太久，这种压抑已经到了极限。以前是别无选择，现在看着宜居行星就在眼前，谁不动心？

"出兵！拿下最高科学院！"韩烈是第一个敢下这种命令的兄弟会首领。

没有人可以攻下最高科学院，科学审判庭人数虽少，战斗力却远远超过普通士兵。除非，科学院自己内乱。

韩烈挂断了通信器，院长目瞪口呆地看着漆黑的屏幕。韩烈很喜欢科学，院长跟韩烈认识了几十年，早在韩烈还是少校时，就在"白沙天号"太空城里见过面，两人聊科学、聊生存、聊未来，一见如故。他以为自己很了解韩烈，现在才发觉，他根本不了解韩烈。

当冰冷的刀锋架在院长的脖子上时，他悲哀地发现，自己不但不了解韩烈，甚至也不了解自己的下属。特别是那些在军队中有影响力的下属。他只知道，脖子上这柄钛合金陌刀，是审判庭第七师督察官阿史那雪教授的称手兵器，在战场上砍死过数不清的外星人。

"审判庭第七师听令！迅速占领 15、16、17 号闸道口！确保韩烈的部队顺利进入'三色堇号'！"审判庭第七师是阿史那雪的嫡系部队，她的话比师长的命令还管用。几百年来师长换了一个又一个，师级督察官始终是她兼任，号称流水的师长，铁打的督察官。

院长想起了几十年来一直风传的阿史那雪和韩烈的暧昧关系，她的确是最容易倒戈的那个人。

科学家联席会议仍在开会，会场却已经乱成一团。这些学者自认为比普通平民更睿智，此时此刻却各执一词，对对方的研究结果破口大骂："哪个王八蛋说老红巨星毁灭的概率是 2.25%？你不能用最乐观的数据来估算！""最坏的情况是它有 85% 的概率在百年内爆炸！""你不能把情绪带到科研中！""你们材料研究所以为能抵挡氢闪就了不起了？超新星爆发能把周围的行星炸成星际尘埃！你拿什么阻挡？""最高科学院要对人类的生死存亡负责！"

很多学者缺席，大部分是兼任审判庭督察官的学者！审判庭最高指挥官曼纽埃尔上将，用自己的眼睛在上千名科学家当中拼命搜索最关键的督察官们的踪迹——师级督察官阿史那雪、贺兰箐、乔恩都不见踪影；两个精锐团督察官江吉卓玛、冯·安德烈斯匆匆离席；耳朵里的通信器传来第九师师长和督察官内讧的消息，师长曼施坦因被督察官布莱恩一枪打死。

失控的都是精锐师和精锐团！数量虽然不多，但是战斗力最强。部队中的督察官大多是手无缚鸡之力，只会喋喋不休惹人生厌的文弱书生，但三个精锐师是例外，那三个督察官一个比一个能打，在士兵中的威望也极高！

会议从针锋相对的学术讨论演变成谩骂，然后很快演变成全武行。这些学者们看到了毁灭性的前景，但是对如何应对却各执一词，互不相让。

生命研究所副所长梅小繁呢？跑哪里去了？曼纽埃尔上将不得不推开扭打成一团的学者，在混乱的人群中寻找梅小繁。要知道这个可是比阿史那雪更危险的军级督察官！

"将军，您找谁？"冰冷的枪口顶住将军的后脑勺，那声音是生命研究所所长刘先生，一位年高德劭的长者，兼任科学审判庭的七位大督察官之一。他告诉将军："我们刚刚做了一次投票，一票弃权，三票对三票平局，最后抛硬币，决定支持韩烈。"

这是叛乱！将军转身反手夺枪，一枪打死了刘，这位五百多岁老人的生命终于走到了终点。而这时，"三色堇号"飞船已经战火四起，审判庭各师在各舱室和廊道短兵相接，杀红了眼。

战火从内部延烧到外面，审判庭集结了三个军的太空舰队，对付叛乱的第五军。而这三个军的督察官梅小繁，是那种只要在历史书上看到她的名字，就会让人头皮发麻的狠角色。

三个审判庭军垮得毫无悬念，根本顶不住第五军的进攻。韩烈的部队长驱直入，把支持定居的科学家们全部拿下。

韩丹始终作壁上观。她知道，只要"怪物"扎堆的那儿个所支持弟弟，胜负就已经是没有悬念的事。

三个月一晃而过，很多在"希望"行星上定居的人，逃命似的逃回太空城。太空城变成了大监狱，处处都有士兵严密把守，很多人都对韩烈的残暴噤若寒蝉。

　　上百枚带着核弹头的弹道导弹终于飞到"希望"行星，把星球炸了个底朝天。究竟有多少人留在星球上，与新家园共存亡？不知道。但是也已经不重要了，他们活不下来的。老恒星的氦闪越来越厉害，像个不停咳嗽的重病老人，向太空抛射出一阵阵致命的高能辐射。

　　空间跳跃设备开始充能，目标是二十光年外一颗年轻的黄矮星。兄弟会一路流浪，好不容易积攒下来的物质堆积成的月球大小的储备物资星球，有三颗已经开始进行质能转换，充沛的能量被送入一座座太空城和飞船。后来，三颗月球大小的人造星球消失了，全部转化为能量。这样的消耗让所有人都觉得肉疼。

　　瞬间跨越二十光年，这是目前兄弟会的技术极限。再远，失败率就会上升到无法忍受了，甚至会像祖先们一样，被送到谁都不知道是哪儿的陌生宇宙去了。

　　等到一切都结束了，韩烈又登上"三色堇号"，想见姐姐一面。韩丹却坚决不开门。

　　"姐，我以为你会理解我。"韩烈坐在门前，背靠金属门板，像个普通的老人。

　　韩丹不作声。韩烈说："这些天，我看了地球时代的影像资料。不对比还不知道咱们兄弟会的日子有多苦，哪怕位高权重如我，活得也不如地球时代太平盛世的一条狗。"

韩丹仍是不作声。韩烈说："我决定启动星舰计划。昨天大会上对星舰计划进行表决，结果全票反对。士兵们拿着枪指着他们的脑袋都没用。一个橡皮图章，竟然也这么硬气，我倒是没想过。"

韩丹沉默了很久，才开口说："那当然。两千年太空流浪的伤亡已经很惨烈了，谁还敢在这上面添上建造星舰的巨大牺牲？稍有不慎，就是全人类的亡族灭种。"

韩烈说："年轻时，我有一段时间和阿史那雪走得特别近。小雪姐姐说，地球古代很多大国，都是被漫长的交通线所拖垮。罗马帝国不断扩张，为了控制边远行省，设立了行省长官，结果行省长官叛乱；大唐帝国不断开疆拓土，为了控制边远地区，设立了节度使，结果节度使叛乱；蒙古汗国面积巨大，但是昙花一现，成吉思汗一死，马上分裂。甚至就连我们的地球联邦，横跨数十颗恒星的庞然大物，也逃不过这个宿命。

"如果把地球看成拇指大小的玻璃珠，距离地球最近的殖民星，月球，就是半米外的一粒小绿豆，火星则是五米外的一颗蚕豆；木卫二是一个多公里之外的一粒黄豆，土卫六是将近三公里之外的一粒玉米粒。而太阳系外最近的殖民星，环绕着南门二 α 星 C 的 1 号殖民星，就是两公里外的一粒小石子。而那些遥远的殖民星，甚至就只能是零散分布在广袤的荒原上，十几到几十公里之外的小沙砾。空荡荡的宇宙中，相隔如此遥远的殖民星，地球联邦能重演的，不过是地球古代过于庞大的帝国覆灭的故事。"

韩烈停顿了一下，又继续说："小雪姐姐说，第七次机器人叛乱时，太阳系内各殖民星被一锅端，也就不说了。太阳系外的殖民星，派军队回来救援地球故乡的，那是一个都没有，反而纷纷宣布独立。过于遥远的距离害死了地球联邦，如果我们选择在某颗星球上定居，将来也只能重演地球联邦的悲剧。只有星舰，地球大小，相互之间保持合适的距离，不远不近，在冰冷的宇宙中抱团求生，才能避免过去的悲剧。"

韩丹隔着薄薄的金属门说："道理谁都懂。但是谁敢冒天下之大不韪，启动星舰计划这个伤亡巨大的超级工程？"

韩烈说："让我来做吧，反正我的名声已经够坏了，再坏也无妨。"

这一年，被视为橡皮图章的兄弟会最高会议的第二次表决中，一千二百三十七票对十票的结果，再次否决了星舰计划。道理，在座的每一个人都懂，但是几乎没有人敢支持这计划。

也同样是这一年，最高科学院整整一年都在为了星舰计划争吵，各种研究数据、分析方案、数学模型，堆满了每一位学者的桌面。生存的道路有很多条，定居派、流浪派，以及折中的星舰派，各有各的道理。科学家联席会议最终以一千三百七十三票对一千三百七十票的微弱优势，决定支持星舰计划。

决议一出台，就不许再有异议。科学院的立场震撼了整个世界，这意味着他们的意志将走出科研领域的象牙塔，穿透进世俗社会。

科学家联席会议上，他们经过反复计算，拿出了建设星舰的可行性研究报告。会议决定，将人类的生存资源压至最低极限，把尽可能多的资源节省下来，投入到星舰建设中去。

兄弟会里，所有的人都被按照知识和体能，划分为不同的群体。科学家们的待遇仍然是最高的，工人们则得到了可以维持正常工作所需的最低限度的粮食。每一份口粮、每一份饮用水，甚至每一口呼吸的空气，都严格执行定额分配，违反者将被处以重刑。

科学审判庭的七位大督察官当中，生命研究所的刘所长已经遇害，副所长梅小繁递补了他的空缺。当他们联名签署审判令时，手都在发抖。审判庭的将军们在接过这道历史上最严酷的审判令时，脊背都在冒冷汗，他们知道自己在做一件千夫所指的事。

"为了人类的生存而战。"一名将军小声说出这句古老的口号。这句口号，在地球联邦灭亡之际，在数不清的联盟军士兵拼死阻击机器人叛军，保护难民逃向太空之时，曾经响彻地球故乡的天空。

严格的分配方案，激起了无数人的反抗。科学审判庭出动，执行科学家联席会议的决议，乘坐飞船奔赴各太空城，对一切不配合计划的人进行审判。

审判庭把一些老旧飞船改造成了巨大的休眠船，所有不能为星舰建设服务的老弱病残，以及试图反抗的人，都被带到休眠船中。在这里，他们将被强制注射特殊的药物，进入深度冬眠状态，船内的温度会慢慢降低到零下两百多摄氏度的宇宙背景温度。他们将不再需要消耗宝贵的水、空气和粮食，甚至连保温设备都不需要。

休眠船里，成千上万的人哭喊着，双手紧紧扣住冰冷的铁栅栏，手指因为寒冷和过度用力而泛白。审判庭的督察官站在铁栅栏面前，面无表情，对他们说："按照审判令，你们将在这里沉睡五百年。

五百年后，星舰将会建成，你们醒来后，将会看到像地球一样美丽的星舰。而我们这些醒着的人，到时候早已作古。"

督察官转身离去，墙壁喷吐的白雾，瞬间吞噬了铁栅栏后挣扎着的人群，把他们冻结成无声的雕塑。

上千座脆弱的太空城，无视人们的反对，停留在环绕着黄矮星的吸积盘上。吸积盘很大，尘埃弥漫，大大小小的尘埃在重力作用下，慢慢聚集，形成数不清的小行星，大的几十公里，小的不过几十厘米，它们正在慢慢聚集，在未来的数亿年里会形成真正的行星。虽然这些小行星某一天会撞穿太空城的装甲外壳，造成严重的事故。

"这里也不安全哪！这颗黄矮星太活跃了，太阳耀斑很频繁，稍不留神就会出现群体性伤亡。"科学家们抬头看着明亮的恒星，心中充满无奈。

兄弟会很少能找到既安全又资源丰饶的避风港，躲避宇宙中无处不在的危险。太阳系故乡那种得天独厚的安全环境，在宇宙中并不多见。

但是兄弟会必须在这种危险的地方停留，收集资源、补充能量、建造新的飞船和太空城。如果运气好，收集的资源比较多，还可以建造月球大小的储备物资星球，装上巨型飞船引擎带走，以备将来资源匮乏时使用。月球大小的质量，是目前最先进的飞船引擎能够推动的质量极限。

兄弟会有将近两百颗这样的人造星球。但是现在，韩烈一声令下，这些人造月球，一颗接一颗的，按照科学家们设计好的轨道，慢慢靠近，撞在一起，碎裂、解体，然后在引力的作用下，重新聚拢成球。

星球聚合的力量，压碎岩层，产生高热，飞溅的碎片严重威胁着太空城的安全。融化的岩石变成岩浆，重物质下沉变成地核，轻物质汽化、上浮，从岩浆海洋逃逸，又被越来越强的星球引力拉回来，吸附在表面，形成由高温硫化物、气态烷烃、二氧化碳和数不清的尘埃组成的冒着浓烟的原始大气层。

所有的太空城都爆发了针对韩烈的示威，其中不少演变成暴力事件，审判庭为此一直疲于奔命。

梅小繁亲自出手，镇压了"冰晶石号"太空城的暴动。阿史那雪到来时，事情已经结束。小雪看着反抗者被押走之后空荡荡的太空城，说："梅姐姐，这些人的团结，在地球联邦时代是看不到的，你说对吧？"

梅小繁点头。团结一致，反对科学审判庭的铁腕审判，这是兄弟会历史上的头一遭。

阿史那雪说："话说，我有点想念地球了。"

太空城破碎的防护罩下，抬头就能看到那两颗岩浆滚滚的新星球。没人能从这刚刚形成的原始星舰上抽取能源，它的引力远强于月球，普通飞船无法升空。它也无法随着飞船群和太空城迁徙，巨大的引力和厚实的大气层让飞船引擎的工质无法抛射到太空去，无法推动这比月球大八九十倍的庞然大物。

无法抽取能量，就意味着没有足够的能源进行下一次空间跳跃。韩烈就只给大家留了一条路：必须完成星舰的建造，才有能力继续迁徙。

星舰花了二十年时间形成地核、地幔，这其中自然少不了科学家们的殚精竭虑，使用了很多特殊的科技。第一片陆地，也在岩浆海洋中慢慢出现，像极了无边的亮红色海洋中的一座焦黑的小岛。

"三色堇号"飞船里，韩烈老了，佝偻了，八十多岁的他，白发苍苍，不见少年时的英姿勃发。韩烈从来不问姐姐的年龄，姐姐永远是十七八岁。

韩丹款待弟弟时，只有一杯清水："茶已经没有了，我没有多余的资源合成茶多酚了。"

"有一杯清水就不错了。"韩烈知道，这是兄弟会最拮据的时代，很多人连饮用水都无法足额获得。

韩丹说："你给我们出了个大难题呢，为了攻克建造星舰的技术短板，整个科学院都疯了一样拼命做研究。"

韩烈说："我有一个想法，憋了很久了。姐姐，你说咱们这兄弟会，到底算是个什么东西？"

流放者兄弟会，诞生于地球联邦时代，由被流放到殖民星的重刑犯组成。他们在荒凉的殖民星上发起暴动，夺走飞船，在联邦的太空航线上杀人越货，无恶不作，曾经是联邦心中最大的毒瘤，盘踞在太阳系边缘的航线上近百年，让人闻之色变。

兄弟会做过最亏本的买卖，是试图洗劫第七次机器人叛乱中，逃往太空的地球难民，结果发现对方比自己还穷，人数还非常多。

那个时候，联邦政府向太阳系外殖民星发送了求救信号，希望各殖民星派军队回来，拯救联邦于水火中。但是信号如泥牛入海，没人回应。兄弟会决定不请自来，回去支援地球方面。这时的兄弟会，基本是流放犯们的第二、第三代子孙，他们想立下战功、获得特赦，得到重返地球故乡的许可。

在木星轨道，兄弟会遇上了一波最大的难民潮，由联盟军残部护送，逃往太空。他们身后，是数量多如繁星的机器人叛军飞船。他们第一次和昔日劲敌——联盟军，联手御敌，但是在机器人叛军的攻势下，一败涂地。

漫长的逃亡之旅，就这样开始了。

韩烈说："流放者兄弟会，是两千多年没敢再犯罪的犯罪集团。我们没地方可以打劫了。我们需要高科技让大家活下去，我们需要养活大家。在这脆弱如纸的生存环境中，任何胡作非为都有可能带来毁灭性的后果，我们不得不制定各种规矩，维持秩序、维护治安。咱们明明是个犯罪组织，却不得不承担起政府的职能，养活大家。"

韩丹听说，兄弟会最初的几代首领都是极为嗜血的魔王。最后是生存的压力，而不是良心发现，迫使他们放弃作恶。

韩烈说："这些天，我一直在琢磨着，是不是该成立个正式的政府，结束这种别扭的身份，给流放者兄弟会画上一个句号。"

韩丹反对，声音提高了好几度："我们就算是犯罪组织，也是地球联邦的犯罪组织！另立政府就是背叛地球联邦！我们是地球人，不能背叛地球联邦！"

地球联邦存在于地球人最辉煌的时代，是地球人的荣耀，也是兄弟会魂牵梦绕的所在。

韩烈说："两千年了，地球联邦是否还存在，都是个问题。咱们，还能指望那份特赦不成？"

韩丹沉默了。两千年来大家念念不忘的那份特赦，只怕早已没希望了。

韩烈说："哪天星舰建成了，记得按照祖先们的传统，给我烧点纸钱，告诉我一声，成功了；哪天我们回到地球故乡，也给我烧点纸钱，也告诉我一声，回家了。"

弟弟的话，像在交代后事，让韩丹心神不宁。毕竟弟弟已经是八十多岁的老人了，在这个生存条件恶劣的时代，算是难得的高寿。韩丹看着弟弟在侍从们的搀扶下，离开"三色堇号"飞船，心中一阵难过。

三天之后，韩烈在视察"雪红花号"太空城时，被当地平民刺杀。

警察满世界寻找凶手，有三千多人骄傲地自称是凶手，没人知道谁是真凶。

消息传到"三色堇号"飞船时，整个科学院都震惊了。

"让开！我要去屠了那座太空城！"阿史那雪暴怒的声音回荡在"三色堇号"飞船的航天器舱段，舱段外停泊着她的"渺云千仞雪号"飞船。同事们死死抱住她，不敢放手。他们知道，屠城这种事，她真的做得出来。

韩丹说："小雪姐姐，哪里都别去。这条路是弟弟自己选的，他早就知道自己的下场。"韩丹很平静，但是脸上带着泪痕。她在强作平静。

一个星期之后，超新星爆发的亮光，刺透了茫茫宇宙的黑暗，照亮了整个兄弟会的舰队群。人们这才蓦然发觉，二十年前大家停泊的那颗老红巨星，爆炸了。

　　二十年前，韩烈将军发动政变，强迫大家离开；二十年后，爆炸的亮光传到了距离那颗老红巨星足足二十光年之遥的此处。这意味着大家前脚刚走，恒星后脚就炸了。

　　持续了一个星期的狂欢，无论怎样镇压都压不下的狂欢，在这一刻鸦雀无声。突然有人大声喊："韩烈将军是对的，将军是对的！"然后传来了哭声。一个人，两个人，数不清的人，号啕大哭。

　　从这一刻起，所有反对星舰计划的声音都不存在了。大家都觉得，将军是对的，错的是大家。

　　时间又过了半年，超新星爆发的光芒早已散去。那颗曾经的老红巨星，只剩下一颗小小的内核，被称为中子星。爆炸抛射的物质在中子星周围扩散，在高能辐射下慢慢扩张成一个血红色的环，像一只在宇宙深渊中逐渐睁开的眼睛，默默地注视着遥远的流放者兄弟会。

　　兄弟会打算用地球时代的大洲命名这两艘建造中的星舰，然而投票过程一度陷入混乱，不得不改为抓阄。1号星舰"欧罗巴"、2号星舰"亚细亚"，名字就这么定下来了。兄弟会高层宣布，以后还会建造更多的星舰，每一个地球上的大洲都会变成一艘星舰的名字。

　　在多个院所的努力卜，人造星球表面温度迅速降低，越来越多的焦黑陆地从岩浆海洋中凝固形成。是时候该到星球表面进行下一步的建设工作了。

电视上，科学院的专家向民众详细介绍了星舰计划："海洋、陆地、草原、森林、河流都会有的，还会有大城市。它将会拥有地球上的一切——除了机器人叛军。"

但是它的建造周期也是前所未有的漫长：初步估计需要五百年。

兄弟会成立了新的部门——星舰建造局。各太空城里，招募员大声喊："不要挤，排好队！都先写好遗书！我们这一去，就不会再回来！"

星舰的引力很强，跟地球故乡相差无几。一旦飞船降落在星舰上，兄弟会将没有足够的能源把大家再送回太空——除非是等到星舰完工的那天，建成巨大的天地往返电梯。

工人们出发的时候，很多人都想起了祖先们留下的视频资料中，两千多年前的那一场第七次机器人叛乱，想起了那些为了让人们能逃离地球，毅然奔向前线、慷慨赴死的联盟军士兵。

"三色堇号"飞船，科学家们被分为三部分，三分之一留守科学院总部，三分之一前往"欧罗巴"星舰，三分之一前往"亚细亚"星舰。星舰的地质稳定由行星地质所负责，巨型引擎的研究和建造由动力所和高能物理所共同负责，生态圈建设由生命研究所负责，其他各所严密配合。

有人在前往"亚细亚"星舰的科学家名单中发现了韩丹的名字，这并不是好兆头。

"这是您的安排？"审判庭的一名中将问现任生命研究所所长兼

大督察官梅小繁。

梅小繁点了点头，承认了。

将军极为担心："建造星舰，是她的宝贝弟弟韩烈将军强行推动的。你让她到星舰上建设生态圈，她还指不定会疯狂成什么样子。"

是的，梅小繁知道韩丹会疯。弟弟以生命为代价推动的事情，作为姐姐，她一定会全力以赴，什么手段都用得出来。但是有小雪在，梅小繁相信没问题的。

"各位！五百年后见！"阿史那雪大声说着，带队出发。

这一年，距离星舰联盟成立，还有二百八十三年。

十三、岩浆湖畔

　　星舰联盟成立的五十周时，庆祝活动非常简单，不过是最高执政官在电视上做了一个简短的讲话，然后直播两艘星舰上的风景视频。毕竟在穷得连空气都需要定额分配的太空城里，没有多余的资源举行热闹的庆典。但是两份星舰的风景视频就足以点燃民众们的热情，人们以水代酒，举杯庆祝，把平时从牙缝里省出来的食物拿出来，过了一个拮据但是很热闹的节日。

　　只要星舰建设进展顺利，人们再多的不满和压抑，也会一扫而空，毕竟适合定居的星球可遇而不可求，环境越来越接近地球故乡的星舰却近在咫尺。哪怕要百年之后才能完工，这一代人几乎不可能活到定居的那天，但是还剩下这一百多年的等待，至少有个盼头。前面看不到希望的两千多年颠沛流离都熬过来了，还在乎这一百多年？

　　太空城里的平民们中，几乎没人讨论进度缓慢的"欧罗巴"，每个人都在热议地球般美丽的"亚细亚"。"欧罗巴"的进度并不比当初的计划慢多少，但是"亚细亚"却已经很接近完成的样子了，只怕会提前一百年竣工。大家只等它离开流星雨极为频繁的原行星盘，来到安全的外太空，大规模的移居工作就可以排上计划表。

每当平民们为了这种关系到大家生存的超级工程而欢欣鼓舞时，总有一群人为了这个超级工程夜以继日地努力着，为了解决工程中出现的各种问题而殚精竭虑。只有今天这样规模盛大的宴会，才能让他们暂时放下工作中的烦心事，痛痛快快地放松一次。

南极基地的地面建筑群是规模宏大的地下城突出在地表的部分。在没有流星雨的日子里，建筑群里都会很热闹，其中又以倒扣在透明的陨石防护罩里的大型"露天"食堂最为热闹。

"大……大家好，这里是《今日星舰》节目，我是主持人大……大柱子！""让开，你这结巴，给我当主持人！""大家好！我是主持人李大力！"工人们拿着啤酒瓶充当话筒，在用工业摄像头改装成的摄像机前耍宝，这倒是很难得的轻松时刻。

几名学者也过来凑热闹，挤在摄像机前说："如果太空城上的各位不嫌弃，以后我们每天都抽点时间，给大家直播星舰上的各种琐事，跟大家一起分享星舰建设中的……那个什么？鸡毛蒜皮？是用这个词吧？"学者不太拿得准自己的用词是否恰当。

食堂厨师的脸上也堆满笑容，出现在屏幕上："现在是我们的聚餐时刻，今天的菜单有烤猛犸、红烧鲨鱼、水煮驯鹿肉，还有野生松茸。科学家们说，我们还在重建地球时代的大型农场，面包和牛奶都会有的。我们一定会尽快完成星舰建设，让大家都能过上这样的日子。"

这些工人和学者们并不知道，他们一时兴起，随手自拍、随口起名的《今日星舰》节目，竟然会在所有的太空城里都引起轰动，后来还成为星舰联盟的著名节目，长盛不衰地延续到五千多年后的未来。

"大家好！我是主持人凯瑟琳！"基地里的女护士凯瑟琳生性活泼，也客串主持人，"可惜阿史那教授不在基地，不然她说不准会来一段热舞。大家顺着镜头看，那边玻璃墙后看风景的老先生是普布雷乌斯将军，南极基地的二把手，他一脸严肃，大概是因为甘油三酯过高，被医生禁止食用美味的肉食，只能吃跟太空城居民一样的平淡乏味的人工合成食品，心里不高兴。毕竟看别人大块吃肉而自己不能吃，是人生最痛苦的事情之一……"

凯瑟琳只是开玩笑，但是太空城那边的人却觉得很有趣。将军并不在乎别人拿他开玩笑，他也年轻过，在这个压抑的时代，只要能给大家带去片刻欢乐，他并不计较被打趣。他只是在看着玻璃墙外的金属大地上行星引擎向着天空射出的光柱，几艘飞船正在慢慢降落，其中一艘满载着审判庭的新兵，另外几艘满载工人。一代又一代的星舰建设者就这样背井离乡，来到"亚细亚"，在这里终老，直到他们看不见的未来某天，星舰完工。

"那是……家庭？"将军看到不少工人，携家带眷地走下飞船。他知道就在上个星期，最高科学院经过研究，得出了"亚细亚"星舰虽然还很危险，但是已经比残破的太空城安全的结论，于是审判庭取消了长达两百多年的禁令，允许新来的工人举家搬迁。

最高科学院研究的方法倒也简单粗暴：看有多少偷渡者能在这个世界活下来，如果他们的伤亡比例比太空城低，就说明星舰比太空城安全了。

工人们打开食堂大门，走到寒风呼啸的金属大陆上，地下城的各个入口都打开了，很多工人来到地面，迎接这批前所未有的、以家庭为单位的新成员。大家都知道，一个新的时代，分成一个又一个的步骤，正在缓慢走来。

"爷爷！"一个小女孩的声音传来，将军看到了妻子、儿子、儿媳和几个孙辈，活生生地站在他面前。将军记得自己离开太空城时，儿子才两个月大，现在一家团聚，最大的孙子十五岁，最小的孙女七岁，不禁老泪纵横。

"如果韩丹博士恢复正常，莉莉丝不再失控，'亚细亚'的安全系数还会进一步上升。她无数克隆体之间的厮杀，殃及平民，已经成为继地震、流星雨和野兽袭击之后，致人死伤的第四大因素，并且有上升至第三大因素的风险。"将军抱起小孙女，想起了几天之前，跟审判庭高层通电话时，大督察官梅小繁说过的话。想让孙辈们安全成长，还是很不容易的。

解决的办法是：只留一个韩丹，没有别的克隆体跟她对掐，自然就内讧不起来了。

热闹的迎新活动，点燃了整个南极基地的热情。"阿史那教授回来了！"工人们的惊呼声，让人群再次沸腾。

阿史那雪，这头特立独行的"科学院之狼"，一个人去对付韩丹，又一个人回来了。她驾驶着"运50C"运输机,从1号大陆最北端的军事基地,飞回南极大陆,降落在这片满是冰碴儿的大地上,完全不在乎危险。她一身衣服早已在无数次激战中残破不堪,一把钛合金陌刀已经断成两截,但是当她站在南极大陆时,仍然像以往那样,带着顶天立地的气势。

"爷爷,这是什么?真好喝。"七岁的小女孩,缠在将军身边,杯子里是蓝色的果汁。

"蓝莓,野生蓝莓汁,是太空城里没有的东西。"将军慈祥地说。

小雪走进食堂,对兼职业余调酒师的科学家同事说:"一杯'地球余晖',谢谢。"这是南极基地里最受欢迎的鸡尾酒之一。

"爷爷,这位大姐姐好漂亮啊。"小女孩缩在爷爷怀里,有点儿怕生。

小雪看着将军的小孙女,鸡尾酒喝了一杯又一杯。借酒浇愁,酒精特容易上头,上头之后小雪的话就特别多:"韩丹刚到我身边时,就跟你孙女一个年龄,怯生生的,人却很聪明。那时候,我真的是把她捧在手心怕摔了,含在嘴里怕化了,疼着她,看着她一天天长大。现在让我消灭她,你说我能怎么办?"

"再来一杯'地球余晖',谢谢。"小雪把空酒杯递给路过的服务生。

将军提醒她说:"阿史那督,您已经喝了不少。"

"少废话!拿酒来!换'钢铁烈焰'!"小雪酒醉后开始发脾气了。"钢铁烈焰"是南极基地里最烈的鸡尾酒,能倒进油箱里作为燃料,把推土机开走。

世人都说,阿史那雪冷血无情,将军认识她大半辈子,也只是第一次看见她眼角噙泪。小雪一杯接一杯地喝酒，最后烂醉。将军也只能叫过几名女军官："送阿史那督回去。"

小雪落下了东西，是一个小巧的护身符，里面镶嵌着一张发黄的照片。南极基地里，很多人会贴身藏着这样的护身符，里面通常镶嵌着家人的照片，或者是自己崇拜的英雄的照片。审判庭不少战士就把韩烈的照片贴身藏着，鞭策自己为了人类的命运而奋战。

阿史那督没有亲人，这是众所周知的事情，她会贴身藏着谁的照片？将军好奇地捡起来，看了一眼，照片上是她和一名年轻的上尉军官的合影。军官身上有一种很斯文的书卷气，但是眼神深处透着坚毅；照片中的阿史那雪，表情像普通的小女生般俏皮，依偎着军官肩膀。

这年轻男人是谁？将军疑惑地翻到背面，看到一行字：

致我漫长的人生中短暂相遇的你，希望你是不朽的名将。

娟秀的字迹有过泪水洇开的痕迹。

这男人，是青年时期的韩烈。

地下城里无日夜，但是大部分人的作息规律仍然遵循着人类本身的习惯。次日"清晨"，准确来说是地球格林尼治时间早上七点，将军走进实验室，很难得地看见阿史那雪在实验室里。

实验室的设备在分析各种将军看不懂的数据，一枚类似导弹弹头的东西，矗立在实验室中间。

"这是什么？"将军问小雪。

小雪说："一台神经特征信号模拟器，刚造好的，打算用来模拟韩丹的神经信号特征，欺骗莉莉丝，营造韩丹一直都在的假象，让它不再克隆韩丹。"

将军问："为什么以前不这么做？"

小雪说："我害怕哪天韩丹出了意外，莉莉丝却无法再克隆她，那她就真的死了，永远不会再复活。"

将军把护身符还给小雪，小雪默默地看着照片上年轻的韩烈，叹了口气，塞进口袋，对将军说："走吧，我带你看一些不一样的东西。"

小雪穿过无数地下回廊，带着将军走进地下城的工厂。普布雷乌斯将军是近几年才升任的少将，地下城里很多区域他仍不熟悉，特别是那些小雪直属管理的自动化工厂，普通工作人员甚至不知道它的存在。

巨大的地下工厂，全部无人化的流水线，好像钢铁巨兽的金属内脏在飞速运转。数不清的机械手，噼里啪啦的电火花，焊接着流水线上穿梭的各种零件。将军震惊得合不拢嘴，过了很久，才问："这是……人工智能控制的自动化工厂？"

星舰联盟非常忌讳人工智能，毕竟两千多年前的机器人叛乱毁了地球故乡。

小雪说："这是最高科学院特许的。很多事情都是有利有弊，'欧罗巴'星舰那头就没使用自动化工厂，导致需要更多的工人工作，也带来了更大的伤亡。我有绝对的把握控制这些流水线，生产一些我们需要的机械。"

将军看见这里正在生产巨大的无人战斗机和导弹，他不知道，小雪为什么要制造这种东西。星舰联盟的敌人通常是来自太空的外星人，战斗机这类在大气层内作战的战争机器是没有用武之地的。

小雪说："这些导弹是钻地弹，在第七次机器人叛乱中，地球联邦军队的不少地下指挥部，就是被机器人叛军用这种武器摧毁的。我打算把战斗部换成模拟韩丹特征信号的设备，用钻地弹打到地下的莉莉丝菌体中，阻止莉莉丝继续克隆韩丹。"

韩丹是小雪抚养长大的孩子，星舰是韩烈的遗愿。小雪一直在韩丹和韩烈之间摇摆，将军心想，不管小雪做出怎样的取舍，结果都是同样痛苦的。

将军听说，韩丹拥有一个人制造出一支机器人大军的本事，这是跟地球故乡的那些机器人叛军首领相同的能力。

小雪说："接下来，我会把无人机的控制权交给你。剩下的事情我下不了手，由你来做。"

将军知道，这个烫手山芋并不好接，任何一名审判庭的人，都无法承受"杀害科学家"的罪名。但是他也只能硬着头皮接下来。

接下来的好儿天，小雪都在南极基地的酒吧里，穿着最性感的衣服，喝着最烈的酒，喝高了就跳舞，伴随着让人忘记一切疲劳和痛苦的劲爆舞曲，在舞池中一支接一支地跳舞。

"大家好，这里是《今日星舰》节目，我是临时主持人米娜，这里是根据地球时代的视频资料重建的地球风格酒吧，现在舞池中跳着最美舞蹈的这位是……"喧闹的音乐淹没了主持人的台词，这档工作人员们随手拍摄，看到啥就拍啥的节目，将被发送到各太空城里，让那些暂时只能在压抑逼仄的太空舱里生活的人们，燃起了对未来的信心。

每天，将军都在南极基地的大屏幕前，看着遥感卫星监测的地图。地图上每一个红点，都是一个疑似韩丹克隆体活动的地方，这样的红点在"亚细亚"星舰的地图上有两千多处，并且还在不断减少中。而在几个月之前的高峰期有两万多处。

南极基地的飞机洞库，大门慢慢打开。南极金属大陆的寒风霎时卷入室内，让洞库里的工作人员瑟瑟发抖。一架巨大的 K-225 型加油机现在整装待发。

K-225 型加油机，绰号"平流层天使"，是翼展超过九十米的庞然大物，装载着五百多吨燃油，可以同时为多架飞机实施空中加油，巨大的载油量让它可以在天空不停地飞行超过一个星期。它的内部空间充足，除了四名驾驶员，还有足够的空间开辟成工作舱，可以改装成小型的无人机空中指挥部。这种空中庞然大物诞生于地球联邦时代，在第七次机器人叛乱中，它们游弋在天空之上，为那些基地被炸毁、无处降落的飞机实施空中加油，助它们四处寻找可以降落的机场。

"乖乖，你说阿史那督从哪里弄来的设计图？"地勤人员窃窃私语。

随着 K-225 庞大的身躯腾空而起，无人机在机库里驶出，在跑道上迎着大风加速，冲向下着暴雪的天空。机场的地勤人员看着这些挂着钻地型导弹、航空机炮里装满弹药的无人机，心头都有点儿发忧，一代代流浪地球人口耳相传的恐怖历史让他们心头的阴霾挥之不去。这是第七次机器人叛乱中，机器人叛军里最常见的"梦魇"无人机，翼展超过五米，杀人如麻，曾经给人类带来无尽的噩梦。尽管眼前是有人控制的版本，但是深入骨髓的恐惧感，却不是说忘记就能忘记的。

一架又一架的 K-225 加油机腾空而起，空中指挥部的技术人员指挥着无人机，庞大的机群像一只只巨鸟带着一群群无人机小鸟，飞向四面八方，它们将在高空展开巡逻和搜索，寻找韩丹克隆体。

大海、高山、草原、大河，在机翼下掠过，大地裂缝、岩浆瀑布、熔岩湖泊，一个个被它抛在身后。一架 K-225 的驾驶员，通过电台和同行的战友们聊天："这世界越来越接近地球了，我们却要杀害一名重要功臣，这合适吗？"

一名战友给自己的义肢上油，说："韩丹博士建造的新世界，并没有给自己预留位置。我想，她大概是太想念韩烈将军了。有些伟大的人物只适合后人怀念，如果你生在他那个时代，简直生不如死。"他在 1 号大陆负伤致残，见过韩丹克隆体之间的厮杀殃及平民，他还差点儿把命给丢在被毁灭的偷渡者村庄里。

"二三三号作战小队发现情况！"小队长立即向基地汇报，并把大地上的图像传送回南极基地——两个韩丹克隆体在一处温泉旁的村庄厮杀，一死一伤，可怜的村民们被这神仙打架般的厮杀殃及，人畜无存。

莉莉丝的菌簇突破地面，缠绕着受伤的韩丹。"她在读取死亡的那个韩丹的记忆！"随军的学者大声说，"不好！她发现我们了！"监控屏幕上，学者看到韩丹抬头，看向天空中的飞机编队。

"快爬升！"机长大声下令，试图升往更高的高空，躲避莉莉丝的攻击。

"这倒不必。"学者说，"莉莉丝制造的怪物，攻击不到万米高空上的我们。我们是安全的。"

"那你还咋呼个什么劲儿？"机长很烦这种没见过大场面的学者。

上级很快答复："允许发动攻击。"

一架无人机脱离编队，在村庄废墟上空盘旋，一枚导弹从机翼下扑向大地。莉莉丝的菌丝吞没了韩丹，菌蔓迅速下沉，飞机上的无人机操作人员们迅速把监视模式切换到红外波段，只看到韩丹模糊的身影在莉莉丝迷宫般的地下菌蔓中迅速逃离。

无人机操作员说："厉害，逃跑速度真快，简直是地下高铁。"他提到的地下高铁，同样是地球时代的科技，只不过是把地球故乡的高铁改成修筑在地下城里。在数百年后的未来，随着更多的地下城建成，地下高铁会不断被修建，在地下蔓延，并连接"亚细亚"星舰上的所有地下城。

导弹撞击地面，从万米高空看下去，地面只是出现了一个小小的凹坑。但是操作员拉近镜头，却发现在导弹的撞击点，一整座山头都塌了，特殊的钻地弹头挟着从天而降的冲击力，瞬间撞碎了坚硬的岩石，扎进一百多米深的岩层中。撞击的冲击波伴随着大量灰尘，扩散到数百米上的高空，宛若小小的蘑菇云。

屏幕上，韩丹的红外信号消失了，显然是被钻地弹穿越岩层，直接击中，尸骨无存。

"老天，没有填装炸药，也能有这么大的破坏力，你说古代祖先

235

发明这玩意儿来干吗？"学者单纯地问身旁的战士们。

机长说："当然是，为了……杀人。"

弹头里的减震装置效果很好，装在弹头中的韩丹神经信号特征模拟器开始工作，莉莉丝并未像以前韩丹被除去时那样痛苦挣扎，而是慢慢平静下来。学者看着屏幕上慢慢散开的绿点，心中松了一口气。

机长说："我这边收到了奇怪的通信电波，好像是特征模拟器发出的。各模拟器似乎要通过无线电波，形成无线网络，把被地震撕裂的莉莉丝重新连为一体。"

学者说："我觉得，阿史那督是想重现当初完整的韩丹。既然是她的设计，我想没什么好担心的。我们去找下一个韩丹吧。"

飞机在空中飞行。K-225庞大的机身里有简单的休息室，乘员分三班倒，持续不断地工作。无人机群实施了一次空中加油，继续执行寻找韩丹的工作。

经过几个小时的飞行，他们来到下一个特征信号点，那是另一座位于熔岩河流边的村庄，村民们并没有往北方迁徙，而是冒着零下数十摄氏度的严寒，开挖沟渠，设法把岩浆引入环绕村庄的沟渠中，为村庄和农田供暖，继续狩猎和耕作。

副驾驶向南极基地汇报说："发现韩丹。她似乎在和村民们一起喂养牲畜。话说谁想出来用岩浆驱寒的？庄稼似乎长得不错……"

学者喋喋不休地说："韩丹没失常的时候，是很好的人。以前我有一次去12号基地，韩丹博士还手把手教我怎样煎渡渡鸟蛋，那味道一辈子都忘不了……"

机长问："很好吃？"

学者捂着额头说："很难吃，她的厨艺糟透了，你见过带壳一起煎的蛋没？现在回忆起来，那股焦煳味还直冲脑门。"

上级的答复很快下达："允许发动攻击。"

"但是，韩丹博士似乎并没有做任何伤害村民的事！"副驾驶说话时，拉近镜头，他看到了韩丹的笑容。传闻中从来不会笑的韩丹博士，竟然在和村民聊天说笑！

南极基地那边换了一个苍老的声音："立即发动攻击。"

"但是，会殃及……殃及村民！"副驾驶不愿使用"非法偷渡者"这样的字眼。

苍老的声音愤怒了："发动攻击！我是普布雷乌斯！责任我来背！"

无人机操作员按下投弹按钮，机长拉起飞机，整个编队穿进乌云中，不敢去看村庄的结局。

编队继续寻找下一个韩丹。

海崖村的村民们，已经越过了1号大陆最南端的军事基地。基地里留守的士兵不多，他们并没有发觉，村民当中那个裹着厚厚的兽皮衣，只露出一双眼睛的女人就是韩丹。毕竟这一带的风雪很大，大家都恨不得把自己裹成粽子，从打扮上，就连是男是女都不太分得清，更别说辨别身份了。

"如果你们看见天上有一条巨龙在飞，一定要通知我们！那个危险的韩丹就在巨龙附近。"士兵们给村民们提供了一些帮助，同时还例行公事般对他们说了这样的话。每当有迁徙队伍从这里经过，士兵们都要说这同样的话。

海崖村的村民们并不想出卖宋云颖，因为她是队伍中唯一知道哪里才是容身之所的人；陆征麟的佣兵团虽然讨厌韩丹，却又不想帮助审判庭，所以没人告发她。士兵们并不知道，法涅尔躲在厚厚的云层顶部，避开了他们的视线。

1号大陆的尽头，海洋已经冻结成冰，一座座小岛延伸到海平线上看不到的远方。

郑修远听说在很久很久以前的地球冰河时代，整个地球被厚厚的冰雪覆盖，不少地方的大海都被冻结，祖先们踏着冰封的大海，从欧亚大陆迁徙到跟旧大陆并不相连的美洲大陆和澳洲大陆，甚至是更为遥远的太平洋岛屿上。

"亚细亚"星舰现在的气温，只怕比冰河时代的地球更冷。

"走吧，去温暖的北方。"老沈小心翼翼地带头走上冰盖。每走一步，都要仔细确认脚下的冰层是否能够承受人的重量。他听说，在他们之前，有很多不够谨慎的迁徙队伍，踩碎了冰层，掉进冰冷的海水里，被淹死、冻死。

陆征麟大声抱怨："真是见鬼了！如果我没记错，我们应该是生活在太空时代的人！我们脚下的应该是人类有史以来最大的飞船，人造行星和飞船的混合体！星舰！而不是什么蛮荒的破星球！我也真服了设计这个世界的那些疯狂科学家，让大家在高科技的太空时代过得跟原始人一样！"

一根骨矛从冰层下蹿出，冰冷的锋刃擦着陆征麟的鼻尖划过——准确来说，距离他的鼻尖只有一厘米。这时他才知道，原来莉莉丝的菌体不光潜伏在大地下，甚至连海底也有潜伏。

"重现地球故乡的生态环境是大家的决定！"宋云颖扯下蒙面的兽皮，冷着脸说，"这是流放者兄弟会时代，大家全票通过，一致同意的事情。我只是执行者。"

郑修远说："当时没人想到这样的环境危机四伏，人的生存这么艰苦吧？"

宋云颖说："提醒过，但是没人听。人往往只记得那些逝去的时代里美好的一面，而忘记了它不好的一面。原始风貌的地球故乡，史料里多的是猛虎吃人、瘟疫灭村的记载，你们哪里还记得这些？"

陆征麟问："你们就不能不制造那些吃人的猛兽吗？"

宋云颖大声说："没有猛兽的生态圈是残缺不全的！持续不了一年就会崩溃！再说世界上哪有比人类更擅长杀戮的猛兽？"

"云颖，别吵了！咱们赶路要紧！"郑修远赶紧劝架，他总觉得自从熔岩湖一战之后，宋云颖的脾气火爆了很多。昨天她也是跟陆征麟吵了起来，气急了甚至动手操纵莉莉丝发动攻击，如果不是他赶紧拦着，只怕陆征麟要就被大卸八块了。

突然间，宋云颖怔住了，很不舒服的感觉，让她脸色发白，四肢无力。郑修远见状，赶快扶着她。这几天，这样的突发状况经常发生，村民们都很担心，怀疑她是不是病了。

"再坚持一会儿，我们很快就可以走到岛上了。"郑修远搀扶着宋云颖往前走，心想如果再不成，就背着她走。

"我没事，只是刚才有点头晕。"宋云颖回答时，并没有以前习惯性的微笑。她并不想让任何人知道，她又感觉到了一个"自己"被无人机除掉了。

这种死亡的感觉，从来没有这么强烈过。她闭上眼睛，看到的却不再是方圆几个公里的莉莉丝，而是大半个1号大陆的崇山峻岭；她仔细倾听，聆听到的是大半个1号大陆万物生长的声音。"我即大地"的感觉，从来没有像今天这么强烈。

好像……有什么东西代替了阵亡的"我"，让莉莉丝觉得我还在；好像，这些东西还在互相连接，通过无线网络，把被撕裂的莉莉丝重新连为一体。这是……携带导弹的无人机编队？她看见了不知多少个"自己"，在钻地弹的打击下灰飞烟灭，一枚枚的钻地弹弹头里的特征模拟器开始工作。

宋云颖抬起头，空洞的双眼看着天空，她通过莉莉丝看见了大半个1号大陆上空飞行的飞机编队，海崖村的村民们却不知道她看见了什么。

"云颖，你怎么了？""宋云颖？""丫头，别吓我们！""该不会是病了吧？"村民慌了手脚，他们觉得宋云颖一定是病了，在这冰原之上，大家都缺医少药，再小的病，往往也会致命。

郑修远扶着她，大声说："坚持住，前面的岛上有最高科学院废弃的环境监控站！我们去那里休息一会儿！"

"我没事。"宋云颖推开郑修远的手臂，似乎已经恢复正常。所有的人都不知道，她暗中给法涅尔下达了攻击指令。

"这里是三二二一号作战小分队，K-225 的机载雷达在 1 号大陆尽头的冰封海面上发现目标。"其中一支机群，发现了海崖村民们的行踪，"我们计划在云层上端，利用无人机对韩丹发动远程攻击……不！我们遭到攻击！"

飞机一阵剧烈颤抖，机长惊骇地看见油箱指示灯迅速闪烁红光！巨龙法涅尔庞大的身躯从云海中蹿出，锋利的爪子划破机腹，穿透机腹油箱，划出一道十几米长的大口子，数百吨燃油倾泻而出！它的爪子在飞机蒙皮上摩擦出一连串火花，燃油被点燃，飞机瞬间炸成一团火球！

云层间透出闪光，很多村民都吃惊地抬起了头。"这是什么闪光？"老沈问宋云颖。

"闪电。"宋云颖撒谎说，"很罕见的球状闪电，地球上的一种自然现象。"

几十秒之后，爆炸的声音从万米高空传到海崖村村民的头顶，只剩下很沉闷的巨响。"这是什么声音？"

"打雷声。"宋云颖继续撒谎，但是夹了几句真话，"这是大气层中的放电现象，也就是闪电伴随的响声。这意味着我们的星舰环境已经越来越接近地球故乡，电闪雷鸣、风霜雨雪，这些都是地球故乡常见的现象。"

陆征麟看见远方有无数碎片拖着火焰坠落，问道："那是流星吧？"

宋云颖没有回答，但是村民们也没觉得不对劲，毕竟这世界，流星雨是非常常见的。

老沈说："我去看看。郑修远，你陪着宋云颖，带大家到前面岛屿的废弃环境监控站休息。"

老沈独自脱离海崖村村民迁徙的队伍，往飞行物坠落的地方走去，陆征麟命令佣兵团跟村民们一起走，他一个人跟着老沈走。

"你跟着我很危险。"当他们离村民们足够远之后，老沈才小声对陆征麟说。

陆征麟说："无论我跟不跟你走，都很危险。你知道我的工作就是对付韩丹。"

老沈不敢回头，小声问："你也看出来了？"

陆征麟说："那个女人不是宋云颖。"

说话时，他们已经来到陨石坠落的地点，散落在冰面上的是触目惊心的飞机残骸。宋云颖从来不会对审判庭下毒手，但是别的韩丹们会。

老沈看着冰原上烧得焦黑的遗骸，心头发毛："这魔鬼……杀起人来一点儿都不手软。"

陆征麟说："当初，阿史那雪让我除掉韩丹，我其实不想做，只是迫于阿史那雪的压力，硬着头皮豁出去了。但是这次，我是真的想杀了她。"

老沈心里担忧："你说，郑修远知道他身边那个宋云颖是假的吗？"

陆征麟和老沈返回迁徙的队伍，队伍已经穿过冰面，到达一座小岛上的废弃监控站，并且找到不少库存的食物，大人们把这些数量有限的食物留给孩子。监控站的外形像一只倒扣在大地上的碗，只有两层楼高，低矮，不起眼，但是复杂而巨大的地壳压力监控设备深入地下数百米。一个接一个的地下房间，宛若地下迷宫。

"我们能不能在这里居住？""绝对不能！你看最高科学院都放弃这里了，意味着这里不能久留！""墙上这些名字是什么？""是遇难的工作人员名单。"在地下一层的休息室里，陆征麟听到在这里休息的村民们在交谈。

村民中突然爆出哭声，一个年轻人在墙上看到了父母的名字。他和郑修远类似，是父母到这艘星舰上工作，留在太空城的孩子，长大之后，他们偷渡到星舰上打听父母的下落。村民们一边安慰他节哀，一边抹眼泪，像他这样的年轻人，在海崖村当中有十几个。

"韩……不，宋云颖在哪里？"陆征麟问村民们。

一名村民说："她在地下第五层，跟郑修远一起在地下仓库，想看看有没有更多的食物和药物可以带走。"

监控站的电力竟然也是充足的，它跟光源站一样，电力来源是小型的无人地热发电机，一些监控设备仍在运作，努力把监测信号送回南极基地。

陆征麟紧紧捂住怀里的枪，小心翼翼地走下锈迹斑驳的金属楼梯，不敢让脚底产生任何声音。地下五层仓库的门虚掩着，仓库里粮食和药物堆积如山，陆征麟透过缝隙，看见郑修远跪在韩丹面前，声音带着哭腔："求求你告诉我，我的宋云颖在哪里？"

韩丹问："你怎么知道我不是她？"问了才发觉这个问题是多余的。

他俩关系那么密切，必然留有只有他们自己才知道的秘密记号。她叹了口气，说："善攻者动于九天之上，善藏者藏于九地之下。她去的地方，你去不了。"

陆征麟和郑修远从小一起长大，他深知郑修远虽然不是敢打敢拼的硬汉，但也不是动辄下跪的软蛋。陆征麟很想嘲笑郑修远居然为了一个女人的下落就下跪，但是仔细想想，这似乎也是人之常情。听说一个男人，如果真心爱着一个女人，为她上刀山下油锅都愿意，何况是区区一跪？

韩丹推开门，陆征麟顿时无所遁形，他想拿枪射击，却发现自己全身都在颤抖，恐惧的感觉从脚底升起，伴着冷意，流遍全身。韩丹拥有控制动物的能力，尽管人类可以用顽强的意志抵挡她的控制，但是仍然难以摆脱她的神经干扰，现在他无法动弹。

"你觉得我下手特别狠，杀人不眨眼，对吗？"韩丹好像能从陆征麟眼中的恐惧里，读到他心里想的事情，"如果我不动手，让他们用无人机发射一枚钻地弹下来，请问海崖村的村民们，还能有人活下来吗？"

陆征麟无言以对，他在无人机残骸中的确看见了导弹的碎片。

郑修远追问她："告诉我，宋云颖在哪里？"

韩丹说："那天的岩浆湖之战，她跪在我面前，说她怀孕了，要我放她的孩子一条生路。我说好吧，毕竟我们曾经是同一个人。我负责牵制住审判庭的人，你顺着莉莉丝直径超过两米的血管，进入地下深处。"

她继续说:"'我们'拥有特殊的能力,能进入莉莉丝位于大地深处的菌体内部,那是别人无法进入的地方。毕竟'我们'和莉莉丝是两面一体的存在。"

陆征麟看着韩丹扶着楼梯的栏杆,消失在四楼的楼梯口,才小声对郑修远说:"她好像病了,走路很慢。"

"我知道!"郑修远哭着说,"每个韩丹的生命都不超过三年!天才不是没有代价的!"

当机队被击毁的消息传回南极基地时,将军试图向阿史那雪汇报情况,却看见她在酒吧里喝得半醉。南极基地的鸡尾酒,用野果和富余的粮食发酵而成,是这个时代的人们能享受到的最好的酒。

"普布雷乌斯?过来,陪我喝一杯?"小雪用涂着鲜红的指甲油的手指,拈起酒杯,问将军。她的打扮向来引导着南极基地年轻女生们的潮流,她总是说,人类一定要重现地球时代的繁荣,包括那些在漫长的太空流浪艰苦岁月里被抛弃的纸醉金迷。

将军说:"阿史那督,您知道的,我从来不喝酒。"

小雪大声说:"酒保!给将军来一杯儿童果汁!"

整个南极基地,也就小雪敢跟将军开这种玩笑,毕竟她的身份地位和辈分摆在那里。酒吧里的人想笑又不敢笑,个个都憋红了脸,只是苦了酒保,忐忑不安地给将军送上一杯精心调制的儿童果汁,用最好的野生蓝莓和基地里新近建成的全自动牧场产的牛奶调制而成。

将军压低声音说:"我们对博上发动的攻击,在1号大陆最南端发生了意外，十五人阵亡……"

小雪脸上带着醉意的笑容消失了，取而代之的是无声的落寞："那孩子是我养大的，我会给大家一个交代。"

将军默默地喝着儿童果汁，对科学家动手，始终是他心里迈不过去的坎。但是这次，他没说同意，也没说反对。

次日，地球格林尼治时间早上六点，小雪很认真地花了半个小时梳妆打扮，穿上很久没穿的审判庭黑色制服，戴上白色的手套，在军衔的地方很仔细地别上最高科学院的徽章，打开柜子想找一把称手武器。她一直对审判庭里科学家督察官不配备武器的规定耿耿于怀。

她用着最顺手的钛合金陌刀已经断了，柜子里剩下的尽是尘封的扳手、电钻、焊枪。

"尽管这次地震造成的伤亡很惨重，但是，不管是地震还是岩浆海啸，都打不倒我们！现在我命令，不管是学者还是审判庭战士，都跟我一起紧急抢修基地！韩丹，把焊枪递给我！"

南极基地刚开始建设时，只是漂浮在火浪滔天的岩浆海洋中，封闭在防护罩里的金属孤岛，每一步建设都要付出不小的生命代价。但是，星舰的建设进度关系到后世的生存，人生最多不过百年，与其在日渐老旧的太空城里瑟瑟发抖地等死，不少人还是愿意选择在建设基地的过程中死得像个英雄。

柜子里还有一个生锈的打蛋器、面粉筛，以及一把菜刀。

"今天是你的一百八十岁生日，也是基地人造食物工厂的人工合成奶油生产线投产的第三天，姐姐我给你做个生日蛋糕，咱们好好庆祝一下。"

"小雪姐姐，我已经不是小孩子了！"

"在我眼里，不管你多少岁，都是小孩子。"

柜子里还有一把铝管焊成的旧二胡，二胡的弦用小雪自己的长发做成，拉起来音色很难听。

"等到生态圈建成了，有了优质的硬木，姐姐给你做一把真正的二胡。"

称手的武器，在箱底还剩一把青铜剑，那是一百多年前小雪闲着没事自己打造的，是秦代将军佩剑的式样。多年前韩丹问过她，为什么费事打造这种完全没用的东西。

"以前和你弟弟在一起时，他说如果生在安稳的年代，他想当个历史学家，去研究古代的将军用的是什么样的武器。"

青铜剑很锋利，尽管蒙上了一层薄薄的铜锈。阿史那雪拿起青铜剑，走出房间。其实她并不需要武器，只是觉得空着手上战场很不自在。

一架运输机停在南极基地的跑道上，将军亲自送别阿史那雪。"你留守基地，别摆这些虚的。"她说着，登上飞机。飞机在跑道上轰鸣着，扑向风雪的天空。

一名上校问："将军，我们就这样放着阿史那督独自行动？"

将军说："这事情，我们无从插手。传说在很久以前，阿史那督是个冷血无情的魔王，直到后来收养了韩丹，学着带孩子，才慢慢变得有点儿人情味。"

从南极基地，到事发的地点，哪怕是乘坐飞机，也要飞行好几天。

不是飞机不够快，是她要顺道查看1号大陆上各地的建设情况，飞机要在天空折返盘旋好多次。明眼人都知道，她在尽量拖延和韩丹正面交锋的时间。

行星引擎的无数光柱刺破了"亚细亚"星舰的南方天空，当飞机穿过云层，把白天抛在云层之下时，出现在舷窗外的是无边的星夜。夜空中太空城如同大大小小的满月，星海中那一抹横亘夜幕的淡淡的乳白色，是星舰正在远离的原行星盘，这让她想起地球故乡夜幕中的银河。

流星雨已经变得比以前稀少了，但是如果以地球时代的标准看待，这世界的流星雨还是很密集的。太空城里的工厂把生产出来的重要部件装上耐热壳和火箭发动机，从太空发往"亚细亚"星舰，在大气层中划出流星般明亮的尾迹。仍然有偷渡者飞船以流星雨作为掩护，偷渡到这世界来，这种事情早已司空见惯了。

毕竟，人类并非绝对理性的动物，无论怎样的苦心劝告、怎样的严刑峻法，都无法彻底阻止偷渡行为。

透过云层的缝隙，小雪看见一群偷渡者在冰原上和审判庭抢夺太空城发来的重要部件。偷渡者大概是想用这些珍贵的部件作为搭建简陋房子的材料，以抵御致命的暴风雪；但是审判庭要把这些部件抢回来，建设让地壳稳定下来、不再频繁发生大规模火山喷发的超级减震系统。双方大打出手，各有伤亡。

小雪记得，当初她坚持把审判庭第七师带到"亚细亚"，被高层叱责为"多带一大群人，浪费宝贵的生存物资的愚蠢行为"；但是现在，联盟政府高层已经转变了态度，盛赞她是"未雨绸缪，有力阻止了不法分子对星舰建设的破坏"，并且把这个做法也推广到了"欧罗巴"星舰。

机长请示小雪说："阿史那督，要出手阻止他们吗？"

小雪说："不用，咱们去下一个工地上空视察。"

飞机在空中转了一个圈，飞往下一个地点，那里有一座挖穿了厚度不足一公里的薄薄的地壳，直抵岩浆层，正在极端恶劣环境下施工的地下城。那里是审判庭的重点防御区域之一，很多偷渡者想袭击那片工地，抢夺粮食，并霸占那片散发着硫黄气味的温暖地区。

"简直就是个战场。"机长看了一眼远方巨大的工地，感叹说。

小雪说："习惯就好。"

她在利用巡视做借口，拖延时间，希望韩丹能尽量走远一点儿，把海崖村的人带到安全的2号大陆。她甚至希望韩丹能在她出现之前，耗尽生命离开人世。

但是她的脾气又见不得审判庭的人被袭身亡，这事情必须要给大家一个交代。

一个星期的空中巡视，最终还是结束了。1号大陆说小不小，说大也不大，看完最后一个巡视地点之后，小雪知道自己没借口再拖延下去了。

机舱里传来南极基地的通信声："阿史那督，侦察卫星发现，海崖村一行已经过了冰封的群岛，正在翻越1号大陆南部的海滨山脉。我们已经能看到他们了！他们在冰川上！"

机长说："那道山脉很高，面积也很广，是东西两片大洋板块和南北两片大陆板块共同挤压形成的！比地球故乡的喜马拉雅山还要高一千多米！我们在那里找不到地方降落！"

这道山脉，小雪并不陌生。正是由于强烈的超级地震形成了它，大家才敢大胆地在星舰南半球建造大量的行星引擎。引擎启动时产生的气候剧变，形成的大风和降温，大部分会被这一万米高的雪山挡住，把2号大陆的生态灾难降低到可以接受的水平。

小雪说："你把飞机爬升到两万米高空，打开舱门让我跳下去。"

"不行！这个高度不管气温还是气压，都低到可怕！您……"机长说话时，惊恐地发现小雪按下了隔离按钮，一道气密门慢慢下降，把驾驶室和乘员舱隔成两个部分。

"降落伞！阿史那督！请您带上……不，不能这样做！"机长突然意识到，两万米的高空根本不适合跳伞。

"少废话，降落伞什么的，根本不需要！"小雪的声音通过通信器，传到机长耳边。通信器里传来呼呼的风声，机长看见小雪已经纵身跳进夜空，扑向大地。

十四、群山以北

横亘天地的山脉位于南纬十九度线附近，翻过这片山脉，就到达可以生存的世界了。在翻越高山的时候，海崖村又倒下了十几名老人，坚硬的冰川挖不出可以掩埋遗体的墓穴，村民们只能无奈地把逝者留在冰山上，任由他们和群山慢慢冻结成一体。

高山冰川上的气候，不像别处那样浓云密布，所以光源站无法通过云层反射光线，制造人造白天。这道山脉只能笼罩在无边的夜色里，太空城的月色光华，伴着满天星光，勉强照亮了黑暗中的冰川。

"事情不太对劲。"韩丹这些天，一直心神不宁，她小声对郑修远说，"按照阿史那雪的脾气，绝不会看着自己麾下的审判庭第七师士兵白白牺牲，她会报复的。以前曾经有偷渡的犯罪分子设下埋伏，杀害了审判庭一个小队的战士，她毫不犹豫地报复，把他们全杀了。"

郑修远问老沈："这事是真的吗？"

老沈点头："所以我们海崖村从来不敢动审判庭的人。"

陆征麟问："如果是狼和老虎把审判庭的人咬死了，她也要报复不成？"

老沈说："吃过人的野兽必须杀死，不然它们尝到了甜头，下次还会主动袭击人类。"

郑修远问韩丹："她连你都报复？"

韩丹说："在她眼里，我大概就是属于过了线的克隆体，她杀我也不会手软的。"她很坦然，大概知道自己本来就命不久矣，才敢在岩浆湖畔杀戮了大量审判庭战士，掩护宋云颖离开。

山脉的尽头就在眼前。高山之上，村民们看见了山的尽头那一望无际的平原，地平线那边，有数不清的光源站向着天空投射光芒，让浓厚的云层折射回地面形成的人造白天。

一片雪花落在郑修远的袖口上，他皱起眉头说："下雪了，这雪好奇怪，泛着灰白色的光泽。"

陆征麟说："这世界，下什么颜色的雪都不奇怪。上个月好几座火山喷发，火山灰直达大气层顶，把雪都染成灰色了。还有行星引擎喷射的高温等离子体气化铁，大部分抛射到太空中，作为工质推动星舰飞行，少部分被引力吸引，返回大气层、被氧化，赤红色的氧化铁还把雪花染成了血一样的颜色呢。"

"这雪……不对！是阿史那雪来了！"韩丹惊恐地看着天空，巨龙法涅尔腾空而起，垂直冲向天空，朝着两万米高空的运输机飞去！

"法涅尔！回来！"韩丹话音未落，巨大的撞击声从天上传来！

一个人影撞在冰川上，冰石四溅！所有的人都惊呆了：阿史那雪，竟然从两万米高空直接跳下来！

血肉之躯受损85%，机械结构受损16%，电子回路受损2%，人偶核心受损0，纳米灰血开始自动修复……

法涅尔落在地上，早在半空中就已经被小雪电光石火般劈成碎块，残肢断骸燃起火焰，落得满地都是，岩浆般炽红的血液把冰川烧得吱吱作响，直冒白气。

"法涅尔！"村民们都害怕地退了几步，法涅尔强大的战斗力、狰狞的外形，一直是韩丹巨大的杀伤力的象征，也是村民们心头的阴影。平时有宋云颖在，大家尽管心头不安，但是谁都不敢把对法涅尔的恐惧宣之于口，但是法涅尔的坠落，并不意味着恐惧的消散，而是另一个更大的恐惧，阿史那雪，代替了原先的恐惧。

"法涅尔……"韩丹怔怔地看着这头陪伴了她两百多年的人造怪物，眼泪竟然慢慢流下。她制造过无数怪物，代替工人在危险的环境中执行建设任务，那些怪物一群又一群地送死，她从来没有为那些怪物感到过一丝悲伤。但是，法涅尔不一样，这是她唯一亲自起了名字的宠物。

韩丹对法涅尔的感情是特殊的。小雪记得，当1号大陆的第一片森林在当时还很炎热的大地上顽强地舒展开嫩叶时，韩丹就很喜欢带着法涅尔徜徉在这片嗜热人造植物构成的森林中，检查生态圈的形成进度。

"为什么你整天带着这头怪物？"小雪并不喜欢法涅尔，她对法涅尔那种厌恶，就好像一个妈妈，看见自己孩子养了一条宠物，而耽误了学习和工作。

"因为我们都是怪物，多一个法涅尔陪着我们，至少不那么孤单。"韩丹抚摸着法涅尔尖锐的牙齿，对小雪说。

"不，我不是怪物。别把我算进去。"小雪对自己拥有远超于人类的生命和战斗力这件事情很介意。自从几百年前收养韩丹之后，她一直很努力假装自己是普通人类，尽管她知道自己其实不是。

"你们不跑吗？"小雪慢慢站起来，对村民们说，"法涅尔是核动力生物，血液里都是放射性元素，话说这核辐射嘛……"话没说完，村民们都畏惧地后退了几步，然后转身，撒腿就逃！大家都是在太空城生活过的人，对核事故的危险性，都不陌生！

韩丹大声说："老沈！你赶紧制止村民们乱跑！冰川很危险，你带大家往北走！要一直走到看见赤道地区的'通天塔'！"

灼热的青铜剑，带着从天而降时与大气摩擦产生的高温，透着隐隐红光。小雪似乎不怕高温，用青铜剑指着韩丹，却没想到一直被她视为弱鸡的郑修远，毫不畏惧地挡在韩丹面前。

"你不怕死吗？"小雪问他。

郑修远当然怕死，但是他觉得不能让女人受到伤害。陆征麟冷汗都冒出来了，对他说："咱们快走！犯不着夹在两个怪物中间，白白送了性命！"

郑修远一动不动，张开双臂挡在小雪面前。

灰色的雪在冰川上打转，风越来越大，竟然像龙卷风般席卷一切！

所过之处，竟然如同浓硫酸般腐蚀一切！

"灰潮！这是灰潮！我们快跑！"陆征麟拉起郑修远，也不管他是否乐意，生拉硬拽，硬要把他拉走！

大地突然颤抖，莉莉丝巨大的菌蔓，撕碎冰川下的玄武岩层，朝着小雪扑去！菌蔓头部无数锋利的牙齿飞旋着，打碎岩石和冰块，就像挖掘隧道使用的盾构机头部，无情地朝着小雪吞噬而去！

灰潮所至，如同死神降临，万物皆灭。这些由肉眼看不见的纳米机器人组成的灰潮，像病毒般迅速复制，极短的时间里就增殖出千万倍的纳米机器人，形成的灰白色狂潮。它们如惊涛骇浪般扑来，吞噬了如同海底蠕虫森林般狂舞的菌蔓！

脚底下的震动越来越强烈，郑修远连站着都很困难，颤抖的大地让他站不稳脚，摔倒后，他又马上很努力地站起来，试图在飞沙走石的暴风雪中站在韩丹面前。

莉莉丝的菌蔓似乎被灰潮吸空了生命力，迅速僵硬、断裂。一些顺着冰川滚入万丈深渊，发出重物坠入山谷的回音；一些菌蔓被灰潮中的纳米机器人彻底分解成原料，用以合成更多的纳米机器人，被分解的菌蔓迅速变成飞灰，在狂风中飞散。

地动山摇，群山坍塌，轰隆隆的声音好像无数巨兽在奔腾，夜色下，灰白的雪山腾起冲天的冰屑白雾。

韩丹说："雪崩了。"

小雪面不改色："那是当然的，雪山上最忌闹出大动静，很容易引起雪崩。"

陆征麟大声喊:"我们快走!再不走谁都活不了!"

"莉莉丝!"韩丹大声下令,巨大的菌蔓从地下蹿出,她拉着郑修远的手,跳入菌蔓张开的血盆大口。菌蔓内部,炽热、令人窒息,遍布着的网状血管像四通八达的迷宫,四面八方都是蠕动的肌肉组织,挤压着他们,往大地深处加速滑落。

陆征麟看着郑修远被吞噬,只觉得双腿发软。从山巅滚落的雪,夹着数不清的、比房子还大的石头,咆哮着,朝着他涌来,他绝望地闭上眼睛,却突然发现自己被人拉起。小雪拉着他,跳到一块巨大的石头上,石头在咆哮而下的雪浪中翻滚,腾起的雪雾笼罩了星空下的一切。她不停腾挪躲闪,在雪崩中寻找可以落脚的巨石;她随着巨石在冰川上的雪崩洪流中顺流直下,好像在进行一场拿生命做赌注的死亡冲浪。

风在耳边呼啸而过,风中的冰屑打得陆征麟全身青·块紫一块的,他听到了小雪的嘲笑:"大男人一个,居然会被这种小场面吓得面如土色,太没用了吧?"

雪崩的洪流在雪线以下的半山腰终于停住了,大量的石块撞断了半山腰的针叶林,终于失去了毁天灭地般咆哮的威力。雪山融水在这里渗入地下,融雪的气温比冰川上还冷,这让陆征麟瑟瑟发抖。

陆征麟破口大骂:"这叫小场面?在你眼中,到底什么才叫大场面?"

小雪说:"我见过地球故乡的毁灭。"

陆征麟的怒火一下子泄了,想反驳,却欲言又止。地球故乡的毁灭，是流浪的开始，他不知道能有什么比那段历史更惨烈。他小声嘀咕着，抱怨着，抱怨自己为什么生在这样的时代。

小雪把青铜剑掷到陆征麟身边，剑身插入土中："不想生在这个时代，那就自尽吧。给你无限复活的特权，我也收回来，免得你自尽也死不掉。"

"不，不要！别收回去！"陆征麟脸色惨白。在太空城的时候，他嚣张跋扈惯了，以为自己天不怕地不怕，来到这世界之后，仗着自己不会死，还是那么横。但是只要抽掉不死的生命，他顿时就垮了。

数不清的纳米机器人在小雪手指间凝聚，像一团灰白色的云雾。陆征麟看着害怕，拔起剑，把心一横，朝着小雪砍去！小雪空手入白刃，纤细的手指挡住了锋利的剑刃！

"怪物……怪物！"陆征麟惊叫着，落荒而逃！

"怪物？你以为我不想当个普通人吗？"小雪一拳打在身旁的一棵数十米高的冷杉上，灰潮顺着大树蔓延，把高耸入云的大树分解成随风飘散的灰烬，才算是消了心头的怒火。

大地在颤抖，颤抖得却很无力，莉莉丝好像已无力再钻破针叶林下树根层层盘绕的泥土层。这并不是好兆头，小雪记得，每一个韩丹的生命周期都不会太长。小雪不得不用灰潮腐蚀地面，帮助菌蔓破土而出。方圆数百米的森林，全被灰潮腐蚀一空。

菌蔓突破地表时，吐出两人，小雪只听到郑修远的哭声："她不行了！想办法救救她！"

小雪很烦哭声，特别是男人的哭声，更让她觉得反胃，忍不住说：

"哭什么哭？你是没见过死人还是怎么的？她都不知道死几百次了，还有什么值得哭的？"

郑修远找了几块石头，边哭边挖坑，试图掩埋韩丹的遗体。小雪冷眼看着，觉得越来越看不懂这个男人。

骨子里，小雪是讨厌郑修远的，她讨厌软脚虾一样的男人，更讨厌不守规矩，从太空城上偷渡下来，给星舰建设工作添乱的人。每当想到大家在玩命赶进度，这些人却过来扯后腿、搞破坏，她就有想打人的冲动。

但是，她又下不了狠手杀人。她知道太空城上的日子很苦，朝不保夕，不苦他们不会冒着生命危险偷渡，不苦大家不会豁出性命建造星舰这梦想中的天堂。

小雪问他："你来这个世界干什么？给我们添乱很有趣吗？"

郑修远告诉她，自己当初怎样去报名到星舰上当工人，招工部门怎样用未婚这个理由把他踢出去，他怎样横下心偷渡到星舰上。

郑修远说："当时我想，我都来到这个世界了，还能把我遣返太空城不成？到了之后，再找星舰建设局的人，给我份工作好了。"

"真是个另类。"小雪说，"按合法流程能走得通的事情，你居然也偷渡，你脑子进水了吧？"

郑修远低着头，坐在韩丹的遗体面前说："按规定，要结婚生娃之后才能到这里当工人，你说我怎么能拖累别的女人，还留下一个无辜的孩子在孤儿院？"

小雪说："建设星舰是很漫长的工作，从决策者的角度来看，不能让工人们连后代都不留就到星舰上送死，这样做只会让人类的牺牲越来越多，最后令星舰的建设工作难以为继。"

郑修远咆哮说："见鬼的决策者！妻离子散的又不是他们！我在孤儿院待了十八年！我不愿意见到我的孩子将来也这样！"

"这规矩是我定的！"小雪盯着他，"你可以只顾你的个人感受，但是我必须为人类的生存和延续负责！"

墓穴已经挖好了，郑修远把韩丹的遗体慢慢放入墓穴。这几天，她消瘦了很多。

小雪脱下审判庭制服的上衣，盖在韩丹的遗体上，说："如果你要和她在一起，就要适应她两三年一次的死亡。你未来的一生中，会送别她几十次，最后，她送别你一次，你们的故事就这样结束了。"

这些话，让郑修远稍微减轻了悲伤。死亡对任何人都是沉重的话题，但是宋云颖或许是个例外，也许哪天，他还有机会看到她活生生地站在面前。

郑修远给墓穴添上泥土，问："以后，她只能孤零零一个人？"

小雪耻笑说："你以为你有多重要？能一直陪着她的，还有我，还有梅姐姐，有叶卡捷琳娜、贺兰箸，还有最高科学院里数以百计因太重要而被禁止死亡的学者。"

郑修远填上最后一抔泥土，擦干眼泪后说："我知道我只是个普通人，当不了英雄，也不是救世主。很多次我站在她面前，想保护她，但是我知道，我从来没有任何一次有能力真正保护她。"

小雪说："很久以前，也有过一个傻小子说要保护我。我说你知道我是谁吗？他说知道，天下无敌的审判庭督察官阿史那雪。但是他说，保护表明态度，和能力无关。"

该出发去追海崖村的人了。郑修远站起身，一步三回头地看着林间的孤坟。他问小雪："天底下还有那么傻的傻小子？他后来怎么了？"

"死了。"小雪慢悠悠地走在后头，她为那人爱过、恨过、笑过、哭过，最后一切都已经成为过去，心房里剩下的，也只有涟漪散去后，最初的平静。

郑修远问："怎么死的？"

"我让他好好努力，他当真了，说要出人头地，成为伟大的英雄，给我最好的生活。最后打拼过度，就死于非命了呗！"小雪的声音带着几分嘲笑，不知道是嘲笑那傻小子，还是嘲笑自己。

郑修远边走边说："那还是真傻，我想不出能有什么更好的生活，是你没拥有的。"他知道，在依赖科技生存的星舰联盟，科学家的待遇是最高的，而审判庭手握生杀大权。小雪不巧是科学家兼审判庭督察官，待遇和权力都不缺。

小雪说："你错了，心爱的人在身边，才是最好的生活。"

郑修远问："那傻小子叫什么名字？"他只是随口问问，心想或许只是无名之辈。

"韩烈。"小雪得意扬扬地看着郑修远噎住的表情。

小雪并不在意海崖村的村民们走了多远，也不急着追赶，只是慢悠悠地走。小雪说："在地球联邦还没灭亡的时代，我最喜欢这样的徒步旅游，背起一个简单的背包，说走就走。我走过阿尔卑斯山，走过贝加尔湖，曾经走在人潮熙攘的纽约第五大道，也走过冰封万里的西伯利亚无人区，甚至沿着青藏高铁，一路走到拉萨。"

那是郑修远只在历史资料中见过的美好时代。

小雪说："那是最好的时代，地球联邦的无数殖民星源源不断地往地球输送各种物资和奢侈品，数不清的机器人代替人类工作。无论是以前的穷国，还是富国，无论是以前战乱的国家，还是一直和平的国家，在数不清的财富输入之下，都过着和平富足的生活。"

"真有这么美好的时代？"郑修远觉得这难以置信。

小雪点头："那时的人不用工作、不用学习，从出生到死亡，每天只需要快快乐乐地享受就好。但是，那也是最坏的时代，人们只顾着享乐，没有足够的知识去发现这样的社会中隐藏着的机器人叛乱的隐忧。所有的人都在狂欢，没人知道毁灭即将到来。"

"那还真可怕。"郑修远喃喃说。

他们慢慢走到了高山的尽头，在走过了无云的高山之后，在浓云爬不上的山坡边，郑修远看到了白天与黑夜泾渭分明的奇观。

山的尽头，是海拔四千多米的高原。尽管气温仍然很低，但是雪山融水滋润着这片大地，放眼望去，芳草如茵，一群群藏羚羊飞驰而过，一片世外桃源风光。

小雪说："往左前方二十公里，是2号大陆最长河流的发源地，我想把它命名为'长江'，但是星舰建设局说什么也不同意。咱们要去这条江的源头看看吗？"

郑修远说："不了，我还是想早点儿赶上大家。"他实在佩服陆征麟和村民们逃命的速度，这一路走来，走了好几天，只看见村民们生火做饭、狩猎动物充饥剩下的杂物，却不见村民们的踪影。再加上小雪一路游山玩水，走得也慢。

"你不急着回南极基地，主持工作吗？"郑修远记得小雪是"亚细亚"星舰建设工作的负责人。

小雪笑了，说："我啊，就负责把各部门的负责人培养出来，让他们个个都能独当一面，别来烦我，我也就乐得轻松了。"

郑修远闲聊般问："在你眼中，哪个部门的负责人最优秀？"

小雪的笑容慢慢消失，脸上出现落寞的神色："当然是生态圈负责人，我亲手带大的韩丹。她一个人扛下了建设星舰的任务，就算是算上被莉莉丝所伤的人，伤亡总数也远低于隔壁的'欧罗巴'星舰。整个最高科学院，谁不知道韩丹疯了，伤及无辜。但是换下了她，那可是要用更多的人的性命去填补这星舰建设工作的。所以，你能理解我为什么一直犹豫不决吧？"

这几天，郑修远一直想避免再谈及韩丹，但是韩丹偏偏是他们绕不过的话题。小雪说："她一直对当年'紫雪松号'太空城遇难的二十五万人耿耿于怀，觉得是她的责任，这些年她也一直在破罐子破摔，既然手上有了二十五万条人命债，再多几百几千条人命债也无关痛痒。所以你也看到了，莉莉丝对妨碍星舰建设的人，一直痛下杀手。善与恶，有时候并不是泾渭分明的。我怕星舰建成那天，她再无牵挂，直接以死谢罪。"

郑修远急了，说："但……但是，云颖并不是那么嗜杀成性的人！"

小雪说："说到嗜杀成性这件事嘛！在很久以前，我才是嗜杀成性的魔王，直到收养了韩丹这孩子，我才慢慢学着做一个充满爱心的普通人。但是，也许是我骨子里就不知道该怎么当个普通人吧？韩丹的成长轨迹越走越偏，慢慢地活成了我以前的样子，让我非常不安，却又无计可施。"

"但是，幸好她遇上你。"小雪微笑说，"我也不知道她哪根筋不对劲，竟然爱上了你。不管怎么说，她现在算是往好的方向发展，希望她以后能慢慢重拾人性，别再那样疯狂下去了。"

高原的尽头，又是绵延的高山，但是比前面海拔一万多米的群山矮了很多。郑修远站在高原上，眼前的群山看起来不过千余米高，但是翻过山脊，山的另一面竟然有近五千米的落差。那里的白云之下有茂密森林，蜿蜒的河流在大地上流过，地平线的尽头竟然是一座直抵天顶的巨塔，数不清的旋翼飞行器在巨塔周围盘旋，似乎正在施工。

"不知不觉，竟然已经接近赤道了。"小雪说，"那座巨塔是天地往返电梯，用强度非常高的特殊材料制成，连接着大气层外的同步空间站，将来建成之后，将是连接大地和太空的通道。它有个绰号叫'通天塔'。"

看到通天塔，郑修远的心情终于轻松了很多。他知道，这么高的高塔，无疑会成为大地上最显眼的地标，所有找不到安身之所的流浪者，都会朝着这个最明显的地标前行，试图投靠那里施工的工人，讨口饭吃。

但是，想象和事实往往是有差距的。当郑修远发现海崖村的村民们时，看见的却是村里的猎人们和审判庭战士们交火的场面。遮天蔽日的森林里，子弹在树枝的缝隙之间嗖嗖直窜，不时有人中弹倒下。

"糟糕，是第五团一三六连的人！第五团一直铁面无情，不像第三团那样通情达理！"小雪加快脚步，往事发地点赶去。

"你们给条活路我们行不行？"猎人首领老沈一边还击，一边高喊，试图跟审判庭和谈。在他身后，是海崖村里好不容易活着来到这里的老弱病残。

"你们给整个联盟的人类们一条活路行不行？我们只备了五万名工人的生活物资，多一个人都不行。"带队的督察官眯着眼睛说。他的黑制服胸前，挂着两排勋章，勋章上方是连级督察官的徽章，白净的脸上挂着一副书卷气很浓的眼镜，他瘦削的身形像个教书先生——食古不化的满身书呆子气的那种教书先生。

这种书呆子督察官最危险！他们只知道执行上级命令，从来不知道变通。上级没让他们收留偷渡者，他就可以冷血地把试图闯进来的人统统处死。

"这种不通人性的家伙是没法讲理的！"陆征麟大声吼着，拿着枪，以大树为掩护，不断躲避对手的射击，逼近督察官，试图给他致命一击。

一声巨响，一支金属手臂刺穿他藏身的大树，掐住他的喉咙！金属手腕上蚀刻着上尉军衔。一个不通人性的书呆子营级督察官，配上一个唯命是从的连长，堪称 2 号大陆上最凶残的组合。

"全都给我住手！"小雪终于赶到了。

"阿史那督？"上尉松开手，从树干中抽回金属义肢。

连级督察官的态度仍然冷硬："我只接到偷渡者接近通天塔施工现场的情报，没接到上级要求我们收留偷渡者的命令！如果没有新的正式命令，我们仍将继续严格执行禁止任何闲杂人等硬闯通天塔建设区域的旧命令！"哪怕面对"亚细亚"星舰上级别最高的顶头上司，他也毫不退让。

"那好，我现在就下达命令。"小雪说，"把他们押往通天塔以北的荒原，建设新的城镇。"

督察官说："我们没有多余的物资给他们建设新城镇！"

"不需要你们的物资。"陆征麟从地上爬起来，"不需要你们的物资，有野兽可供打猎、有木头可以盖房子就成……"

话音未落，一支枪顶在陆征麟的后脑勺上："不许杀害野生动物，不许随意砍伐树木！这是审判庭的命令！"督察官好像吃了炸药般大声嚷道。

小雪问："谁下的命令？"

督察官说："是您！阿史那督。"

"噢，好像是有这么回事。"小雪说，"两百多年前的命令了，那时'亚细亚'星舰混沌初开，你们没听到过第一株草发芽时学者们的欢呼声，没经历过从基因库里的数字代码还原成的基因组再次变成第一只破壳的雏鸡时，大家相拥而泣的场面。那时重现的每一个地球时代的生灵，都比我们的命还重要，哪里容得了别人杀害？但是时过境迁，有些老规矩，需要改一改了。"

她对老沈说："我打算把你们送到通天塔以北的荒原上，不给任何物资，允许你们随意狩猎和砍伐树木两年。两年之内，你们必须开垦出可以养活自己的农田和牧场，两年之后将不再允许狩猎。敢接受挑战吗？"

陆征麟问："我们有不接受挑战的余地吗？"

"我想没有。"郑修远看着士兵们的枪口说。

"你这孬种！"陆征麟忍不住对这个从小在孤儿院一起长大的好兄弟咆哮道。他偷渡过来是为了痛痛快快地大碗喝酒、大块吃肉，像地球时代的祖先们一样过着爽快的日子，不是来这里当苦哈哈的垦荒农夫的。

小雪说："不接受也行，另一个选项是去死。"

老沈说："走吧，以前那么苦都活下来了，现在不过是再重建一次村庄罢了。"

"阿史那督！"督察官仍不服。

"给我准备飞机，我这就回南极基地。"小雪说，"正式的审判令将会在一个星期之内下达，你给我看好这群人，别出什么意外。对了，你姓什么？"

"我姓陈。"督察官说。

小雪转身离去，留下一句话："铁面无私、奉公执法，连我的面子都不给。这么带种的男人不多，回头我给你个嘉奖令。"

通天塔非常巨大，近看更是个庞然大物，好像神话中支撑天地的巨柱，抬头看去，只见它穿透云层，通向看不见的高处。数不清的工人在这座巨塔上忙碌，毕竟星舰的建设周期虽然很长，但是分解到每一项具体工作，工期仍然是很紧迫的。

郑修远小声问督察官："我可以报名当工人吗？"

督察官沉着脸色说："一切按规矩办，你有太空城里的工人招募处的介绍信吗？"

这介绍信，郑修远是不可能有的。他只好羡慕地看着巨大的通天塔，羡慕地看着在刺穿苍穹的高塔上，那些背着氧气瓶，在几万米高空中像蚂蚁一样工作着的工人。

审判庭连长说："没什么好羡慕的，每个月都有人意外身亡。这工作不好做。"他走路一瘸一拐的，右腿是机械腿。

郑修远低头叹气，心想自己也许是没有机会当工人了，只好跟着海崖村的村民，在审判庭的押送下，往北前行。

人群顺着通天塔下正在建设的地下真空磁悬浮地铁工地，走了整整一个星期，仍然没走出施工范围。狭长的施工线路，从通天塔下一直蔓延到北方地平线那肉眼看不到的远方。

这片大地温暖、潮湿，蜿蜒的大河从这里流过。这里没有行星引擎工作时扰乱大气层带来的低温，也没有让人望而生畏的岩浆裂缝，环境美好得就像传说中地球故乡还没被工业文明破坏时的自然风光。

高层的审判令下来了，那个严肃死板到让人生厌的书呆子督察官，让战士们把村民集中起来，宣读审判令："偷渡到星舰上，是违反禁令的重罪。鉴于'亚细亚'星舰一切皆草创阶段，没有足够的条件建造监狱关押你们，并且劳动力紧缺，现在决定判处你们终生劳役，终生不得离开'亚细亚'星舰。签署人：审判庭第七师督察官，阿史那雪。"

"这样的审判令，满意了吗？"督察官问村民们，一副"你们赢了"的表情。

"我们本来就没法再逃回太空城。"郑修远抬头看着远方高高的通天塔，叹气说。

陆征麟说："别在我面前读这种没用的审判令……"

老沈当场喝止陆征麟："你给我闭嘴！不然你就滚出咱们的队伍，自个儿找活路去！"

督察官说："你们在这里，建设一座新的城镇。以后不光是你们在这里生活，或许还有更多来到这儿的人要接纳。如果能建成，你们就一直住下去；如果失败了，那就死吧，大自然会把你们抹杀的。"

督察官离开时，村民们听到了荒原远方猛兽的号叫声，伴着大地上的风，远远传来。老沈说："活下来，大概也是挺不容易的。"

"野兽？很好，送上门来的食物。"陆征麟问督察官，"要是野兽跑咱们村里伤人，我打来吃，这允许吧？"

督察官厌恶地看了他一眼，说："可以，你不被野兽咬死就成。"

郑修远说："我们开始盖房了吧。"

"弟兄们！打猎去！"陆征麟的叫喊声特别开心。

十五、新郢小镇

第一天，第一栋简陋的小茅草房建起来了，老人和孩子终于在经过漫长的跋涉之后，有了一处可以挤在一起遮风挡雨的地方。

第一个星期，村庄里建起了几栋木头小屋，村民们终于有了可以安身的地方。

第一个月，村庄外围建起了防止野兽袭击的木栅栏，还挖了壕沟。人们开辟了农田，一些猎人开始试着放牧。随着另外几批从 1 号大陆逃来的人的加入，村庄俨然已有城镇的雏形。

第一年，人们第一次感受到庄稼丰收的喜悦，这是久违两千多年的喜悦。

第二年，村镇的规模更大了，更大规模的农场、牧场出现在大地上，更多的人口来到这里，村镇出现了酒馆和餐馆。

打猎这种事，已经很少有人再做了。有了农耕和畜牧这两个稳定的食物来源，食物来源不稳定的狩猎和采集就逐渐退居二线，不再是人们赖以生存的活动。这跟原始祖先们有了耕种技术之后，就从游牧文明转为农耕文明的历史如出一辙。

"可以嘛，我原本以为你们会种不出粮食，饿死在这里。没想到还有富余的粮食可以酿酒。"酒馆里，那个严肃死板的连级督察官，破天荒地要了一杯水果酒，放下几枚猎枪子弹充当酒钱。

酒保目送忙碌着搬运稻谷到仓库的郑修远消失在门前，才说："有人教过我们种田。"

督察官问："懂这门古老技能的人可不多，我能知道是谁吗？"

酒保又目送郑修远搬运石头到村外修建新的防野兽城墙，直到他的身影消失，才又说："是宋云颖。"

督查官说："没听说过。"

酒保再次目送陆征麟带队出发巡视村镇安全，说："她有另外一个名字，你一定知道：韩丹。"

"是她啊……那怪物，恐怖程度不亚于阿史那督。"督察官说，"不，严格来说，我宁愿面对阿史那督，也不想和她打照面。你们遇上她，没灭村也算是怪事了。"

第三年，这里已经不能称为村庄了，而是正儿八经的小镇。很多建设通天塔的工人，选择在这里安家，下班后到酒馆喝几杯酒解解疲乏，回家洗个热水澡睡一觉，第二天继续上工，再玩命建设通天塔。

村镇里开设了学校，由工地里的工程师和学者们给孩子们授课，简陋的学堂里又有了琅琅读书声："我们是地球人，我们的故乡是地球……"

2号大陆上的光源站，从这一年开始，以二十四小时为周期，熄灭了又亮起，模拟地球故乡的昼夜变换。

半夜的酒馆里，督察官对老沈说："明天，上级领导要过来视察，打算正式委任你为镇长。"自从老村长过世之后，老沈就一直是大家的首领。

老沈问："这意味着，官方正式承认我们？"

督察官点头："官方地图上都标注这个镇了，名称大概你也从别处听说了，新郢镇。"

老沈问："这镇名有什么含义？"

督察官说："有山有水好风光，同时也是纪念地球故乡的同名古城。一听就是阿史那督起的名字。"

老沈问："明天视察，多大的官儿过来？"

"本星舰最大的那个官儿。"督察官捏着粗陶瓷酒杯说。

"噢。"老沈的紧张情绪一下子没了，很淡定地抿了一口酒。最大那个官儿，就是老熟人阿史那雪。

第四年，日子已经过得很安稳了。有新人加入这里成为新居民，也有旧人带队离开这里建立新村落，别处的工地有时候也会派技术人员来这里考察学习，琢磨着在自己的大型工地附近也建一个类似的小镇，给工人们更好的居住环境，让他们把家属带到这个世界来。

"你们这些浑球儿，为什么不一早就建设城镇？"酒馆里，陆征麟骂骂咧咧，手臂上的伤口在流血。这是他在小镇外围巡逻时，为了保护归家的工人，跟野兽搏斗时留下的伤。一个村姑正在给他包扎伤口，这些天，他跟这个村姑打得火热。那头倒霉的野兽现在正在酒馆火塘里烤得喷香。

"你以为早期星舰环境能种庄稼？在岩浆里种？"小雪也是新郓镇的常客，尤其喜欢这透着原木香味的酒馆，"按照计划，本来应该在这个时候，征召不怕死的志愿者，尝试着在这里拓荒、建立城镇，他们能不能活下去，我们心里也没底。你们不请自来，那是最好了！死多少人都是你们自找的，我一点儿心理负担都没有！既然你们活下来了，我也不会吝啬给你们个拓荒英雄的荣誉称号，等你死后刻在你墓碑上怎样？"

"对了，郑修远这傻小子跑哪儿去了？"小雪突然想起很久没见到这人了。

"他？工作狂。"陆征麟说，"种田、放牧、修城墙，什么活儿辛苦就做什么，似乎想用高强度的工作填满所有的时间，把韩……不，宋云颖给忘了。前些天他还疯狂申请加入修建通天塔的工人行列，被拒绝了。"

小雪说："不结婚生娃留个种，不许去最危险的一线。这规矩是找定的。"

陆征麟皱眉："你怎么对别人结婚生娃的事，执念这么重？"

小雪说："你忘了我是生物学家？最讨厌物种灭绝的事了，我不想看到人类也在物种灭绝名单上。"

"话说你自己有娃吗？"陆征麟口无遮拦，不知道自己戳到了小雪的痛处。

"闭嘴！"小雪一杯酒泼得陆征麟满头满脸，怒气冲冲地走出酒馆。

韩丹，只怕已经不在人世了吧？不管是陆征麟，还是酒馆里别的原海崖村村民，都已经好几年没韩丹的消息了。他们都已经知道每个韩丹的生命周期从来不超过三年，莉莉丝也好像从来没存在过一样，再也没有活动过。

第五年。

"小子，你给我过来一下。"镇长老沈让郑修远放下手头的工作，到他的办公室来一趟。

老沈问他："今年几岁了？"

"二十四岁。"郑修远抬起头时，眼睛里有过度疲惫的血丝。2 号大陆的气温很暖和，甚至有些许炎热，他身穿的是无袖的粗麻布衣。

老沈说："你不主动找个女人成家，也就算了，每次相亲会你也不去，我不好对审判庭的那些督察官交代啊！你是忘不了她？"

郑修远低下头，想忘记爱过的人是很难的。他心里也清楚，已经四年了，云颖不可能还活着。

老沈给郑修远泡了一杯茶，推到他面前。去年定居者们在开辟的新村附近发现了野生茶树林，难得小雪有空也有闲情教大家，才炮制出这茶叶。淡淡的茶香，好像能把人带回地球时代。

老沈说："年轻人，该低头时就要低头。有个带着孩子的女人想见你，我觉得你还是见她一面吧。"

"好吧，我认了。"郑修远的声音很疲惫，飘忽得好像从另一个世界传来。

"很好。"老沈推门走了出去。没过多久郑修远听到门后传来脚步声，成人有节奏的脚步声，外加孩子欢快的脚步声。

"妈妈，我们这次可以见到爸爸了吗？"孩子的声音，让郑修远心头有种说不出的紧张。

"这次一定能见到了。"是宋云颖的声音！郑修远抬起头，转身，看见带着孩子的宋云颖。那个小男孩怯生生地躲在她背后，探出个脑袋看着他，眉眼很像童年的他自己。

"云……云颖？"郑修远难以置信地问她。

"是我。好久不见了。"她浅浅的微笑，一如以往。时间无法在她永恒的十七八岁年华上留下任何痕迹。

郑修远突然惊叫："不，你不是她，你是韩丹！"她的手臂，洁白无瑕，并没有四年前留下的刀疤。

她马上拿起桌面上的小刀，在手臂上划出一道血口，痛得全身发抖。

"你这是干什么？"郑修远吓得马上夺过刀，大声问她。他蓦然想起，四年前的孤山木屋前，他也是这样夺过刀，这样问她。

她忍着痛，挤出浅浅的微笑："我怕哪天，你认不出谁是我，所以先预留个记号。"

郑修远手忙脚乱给她包扎伤口，紧紧抱着她，眼泪滚了下来："你回来了，真的回来了……"

"事情办妥了，我本来以为您不会管这种小事。"新郢镇简陋的镇政府小木屋外，老沈对阿史那雪汇报说。

"哪能不管呢？"小雪抚摸着小屋厚实粗糙的原木外墙上碧绿的爬山虎的叶子，"她是我带大的孩子，这个郑修远，我就算再看不顺眼，也得认了。我只希望她有了家之后，别再像以前的我那么冷血无情，能活得像个有血有肉的人。"

老沈问："话说莉莉丝……"

"已经稳定下来了。"小雪说，"用了七千九百多万个神经特征信号模拟器，通过卫星，全球组网连成一体，再大的地震也撕裂不了莉莉丝，以后这世上就只有一个韩丹。如果没人再故意破坏环境，莉莉丝也不会再伤人。"

老沈从怀里取出老村长交给他的泛黄的笔记本，本子里记录了昔日海崖村里每一对结婚的新人的名字，记录着每一个在星舰上出生的孩子，这几年又添了新郢镇的新人们的名字。这次，该添上郑修远一家三口的名字了。

第六年，郑修远和宋云颖有了第二个孩子。

第十年，新郢镇的规模更大了。

五十年后，通天塔建成，"亚细亚"星舰和太空城之间实现人员往来。

一百年后，韩丹离开"亚细亚"星舰，负责起草3号星舰"阿非利加"的生态圈设计图。

两百年后，新郓镇扩大成新郓市，这是人类第一座以地球故乡城市为蓝本，在星舰上建造的大城市。

三百年后，郑家子孙离开新郓市，建设新的小镇郑溪镇。

五百多年后，利用可控核聚变产生光热的巨型人造卫星——人造太阳，慢慢张开巨大的发光板，所有的地面光源站退出历史舞台，"亚细亚"星舰实现了春夏秋冬的季节变化。

六百多年后，最后一座太空城退役，韩烈将军许下的诺言终于全部实现，所有的人都搬迁到星舰上生活。

七百多年后，"亚细亚"星舰换装更先进的新一代行星引擎。

一千多年后，七艘以地球时代的大洲命名的星舰，第一次实现空间跳跃，前往下一颗资源更丰富的恒星。星舰联盟将在那里建造8号星舰"盘古"。

一千七百多年后，星舰联盟再次迁徙。庞大的太空舰队护送着二十多艘星舰，利用已经成熟、不再存在风险的空间跳跃技术，瞬间迁徙数百光年，前往下一个资源丰富的星际空间。

五千年后，五百多艘星舰组成了地球人的太空流浪家园，二十三支航天母舰战斗群镇守着广袤的星海。星空中的霸主，俯瞰着难以计数的外星文明。

只有一件事情，仍然让人类无法释怀：地球故乡在哪里？七千年了，寻找故乡的事情一直没有进展。

人们精心保管着祖先们在贵州深山里，利用巨型射电望远镜绘制的脉冲星图，代代相传着那个古老的传说：星图上，如同灯塔光柱的万千波霎交会之处，就是地球故乡。只要找到星图上的脉冲星，就能找到回家的路，找到地球故乡。

尾声·祭祖

我们是地球人，我们的故乡是地球。

星舰联盟的每个孩子，在小学里学到的第一课，就是这句话。

我们要重建地球文明，我们要重现地球上的一切。这似乎是五千多年前，星舰联盟的前身——流放者兄弟会决定的目标。其实，地球既拥有着生理上最适合人类生存的环境，也是心理上思家的游子们无法忘怀的挂念。

郑溪镇里，不少子孙后代都回来了。他们当中有些人是星际航班的驾驶员，几个小时之前刚刚脱下太空服，换上舒适的休闲服，坐在古色古香的凉亭里和长辈们一起品茶。有些人投身于传统文化产业，闲来无事，一曲古筝袅袅动听。

家族长辈一聚集，话题往往聊起老祖宗："你说今年能见到老祖宗吗？""谁说得准？老祖宗可是负责五百多艘星舰生态圈的大忙人。""我回来的时候，看见老祖宗的私人飞船停泊在通天塔顶端的同步卫星轨道空间站旁。""郑冬不是在审判庭吗？""审判庭那么大，他也未必见过老祖宗。""他去年调到太空驿站工作了。""我活这么大岁数，还一次都没见过老祖宗。""能不能见到老祖宗，得看运气。""郑冬跑哪儿去了？听说他还带了准媳妇回来。"

明天就是重阳节，秦薇月跑哪里去了？郑冬正在着急地寻找她。郑溪镇说大不大，但是说小也不小，小镇里人山人海的，尽是郑家子孙，想找一个走丢的人，却也不容易。他终于想起打电话给她，确认了她在郑家祠堂，跟一个陌生的女生相谈甚欢。

一间又一间的仿古民居，雕梁画栋。居住起来是否舒适、是否实用，都无关紧要，只是这延绵不断的亭台楼阁，透着古老的仪式感。古老的飞檐斗拱、木雕工艺，雕刻着旧时代的飞船、太空城，还有星舰早期的岩浆巨浪和虬结的菌蔓。

家族中上了年纪的老人们聚集在离祠堂最近的镇前小广场前，张罗着明天祭祖的仪式。一名老人向小曾孙解释为什么要祭祖："在很久以前的地球远古时代，有人琢磨出了钻木取火，让大家告别茹毛饮血的生活，于是他被尊称为燧人氏；有人遍尝百草，开创农耕文明，给大家带来更多的食物，于是被尊称为神农氏。这些改变了人类命运的远古祖先，后来都被后代供奉为神。"

小男孩问："那我们郑家的祖先呢？"

老人说："我们的祖先当中，有优秀的科学家、勇敢的英雄，冷静的指挥官；但是他们当中更多的人，只是普通人，过着自己平凡的日子，做着平凡的工作。他们或许是焊接行星引擎部件的工人，或许是后勤部门的食堂阿姨，或许是给工人们送餐的小哥。他们像蚂蚁一样渺小，但是无数个他们一起努力，却慢慢搭建起供大家生存的、壮观的蚁巢。"

类似的话，当郑冬还是小孩子时，也听爷爷说起过。敬天法祖——敬天，是敬畏这天地间来之不易的一草一木；法祖，是效法祖先们开创这世界的勇气。爷爷还说，祭祖不是祭给祖先看的，而是给孩子们看的。茫茫宇宙、暗夜无边，要是没有点儿祖先们那样的勇气和进取精神，只怕是活不下去的。

郑家祠堂，规模巨大，院落里绿树成荫。一个延续了几千年的家族，无论贫穷还是富贵，无论人才济济还是平凡无奇，只要还记得自己的根，一代代地修葺建造下去，祠堂建筑群的规模是怎么都小不了的。

郑冬走过正厅两侧密密麻麻的先祖牌位，看见了秦薇月和她身边的女生。他心里一惊，恭恭敬敬地行礼："郑公修远膝下第一百九十八代孙，郑冬，见过老祖宗。"

"啊！啊！啊！你……你是……"秦薇月惊愕得合不拢嘴。

女生微笑："我姓韩，韩丹。"